当代中国文学书库

朱子溪·九竹林

久美◎著

中国文联出版社

图书在版编目（CIP）数据

朱子溪·九竹林 / 久美著. -- 北京：中国文联出版社，2023.4

ISBN 978-7-5190-5171-6

Ⅰ.①朱… Ⅱ.①久… Ⅲ.①长篇小说—中国—当代 Ⅳ.①I247.5

中国国家版本馆 CIP 数据核字（2023）第 096690 号

著　　者　久　美
责任编辑　周　欣
责任校对　周建云　李　晶
装帧设计　中联华文

出版发行　中国文联出版社有限公司
地　　址　北京市朝阳区农展馆南里 10 号　　邮编　100125
电　　话　010-85923025（发行部）　　85923091（总编室）
经　　销　全国新华书店等
印　　刷　三河市华东印刷有限公司

开　　本　710 毫米×1000 毫米　1/16
印　　张　13.5
字　　数　207 千字
版　　次　2023 年 4 月第 1 版第 1 次印刷
定　　价　58.00 元

目录

引　子

久美

朋友张爰在北京举办了一个画展开幕式，我是应邀参加活动的报社记者兼嘉宾。

开幕式上，听得最多的自然是与会者对画家张爰天花乱坠的吹嘘。他那歇斯底里的脏乱色块，让人眼睛受到了攻击性的“侮辱”，但是却被与会专家称赞为“深得凡·高手笔”。从莫高窟式的以形写神，到毕加索式的支离破碎，再到马蒂斯式的浓艳色彩，在张爰的画中都有体现。来宾们的讨论异常激烈，可谓是百家争鸣，但都无一例外地说张爰天赋异禀，天道酬勤，功夫不负有心人，像他这种集“古典”“抽象”“印象”“野兽”“现代”“后现代”“超现实”等风格于一体的青年画家，属实是海淀罕见、北京罕见、中国罕见、世界罕见。

这个吹捧的声音，实在是让我听不下去的。如果在展厅再多待一刻，我可能会呕吐晕倒。因为对于张爰，我是十分的了解。

我们是一个院子一起长大的发小。孩提时代，他撅起屁股我就一定知道他要放什么样的屁，他眼神一歪我就能预料到他要骗哪个可爱的邻家女孩。说实话，我骨子里一直就瞧不起他，瞧不起他天生贱兮兮的模样。可是从幼儿园大班开始，一直到高中，我们都是同校同年级甚至同班的同学，他就像我走在田野里裤腿上缠绕的菟丝子，刚一拽下，转瞬又粘了上来。不得不说，这家伙唯一的优点就是聪明，但我潜意识里还是认为他这种聪明也是“贱”的延伸。比如，这家伙在幼儿园里会出钱请班里学习好的同学帮他完成作业，那么他干什么去了？他揣着糖逗女孩子去了呗。在小学三年级开始，张爰就拦在学生厕所外收“安厕费”。收费方式极其简单，就是趁人蹲坑的时候，他举起点燃引线的鞭炮要往粪坑里扔，示意对方赶紧把身上零钱都交出来。“最了不起”的是张爰一年年、一次次地在大小考试中作弊，却从未被监考老师发现过。但是有一次他的秘密被我无意中发现：他提前用调好的明矾和白醋来蘸笔，把答案写在属于自己的考场座位桌面上，桌面一干燥，上面就看不见任何字迹，等他需要答案的时候，他就用吐沫在桌上涂一下，答案就瞬间显现了。就这样，他的成绩竟然一直能稳稳地排在我的后面，最多不落下三名的距离。所以，作为学习非常努力、成绩又非常好的我，和他在一起，就往往得不到应有的赞誉和肯定。家人和邻居会对我说，“你努力勤奋又怎么了，你看张爰会吃会玩会睡觉会哄人，人家成绩也不比你差多少呀，要么就是你天生没人家聪明灵活、情商在线，要么就是你没有人家方法得力、全面发展”。我一开始还宁折不弯地解释，后来大人们却对我群起攻之，非说我格局没有打开，羡慕和嫉妒张爰的才能。

唉，痛心疾首，无可奈何！突然想起鲁迅的一句话“呜呼，我说不出话来”，我只能在心里更加讨厌张爰了。

高考后，我被保送到中国人民大学，张爰的分数则什么正规大学也上不了。我高兴得快飞了起来，一咬牙买了一千响的鞭炮来燃放，来庆祝终于摆脱了这个烦人的家伙（当然我这鞭炮是光明正大的，不和前文提及的他在厕所里那么猥琐和下作的行为一样）。后来，我在有浓郁人文氛围的百家厅周围，愉快地度过了四年。

临大学毕业，我在人大附近的知春路慢车道上，被迎面驶来的保时捷撞到，不过幸亏车刹得及时，只是手里的一摞书被撞在地上。车主不慌不忙打开车门朝我走来。他戴着蓝道夫墨镜，长发及腰，散发出兰蔻香水的味道。最引人注目的是对方酷似画室里发霉抹布的阔腿裤，再配上浑身珠光宝气的装束，我开始还以为这是遇见哪个富家女郎了。

对方迟疑了三秒钟，直接一拳头捶向我的胸口，喊道：“阿美，真的是你呀！听说你毕业了，我过来接你呢！”这一拳头击中的正是我心脏的位置，我眼冒金星，痛得蹲下来，都来不及确定对方是谁。

“我是张爰呀！”的确是张爰，这熟悉的声音，还是一如既往的沙哑之中带了几分臊气，“我知道你在人大，在你上学期间不好意思打扰你。最近我就在校门口蹲点守了十几回，终于逮着你了。”

“走，怀石花传日餐厅，庆祝阿美人大毕业。”我直接再次被张爰拽到车里，然后又被稀里糊涂地连吃带灌，“沾光”吃了一顿庆祝毕业的酒宴。有一说一，张爰宴会上的酒质量真不错，过后我晕了一星期才醒酒。

毕业后，我在北京一家报社工作。张爰则在同一个城市先后开了五家公司，公司业务从婴儿奶粉到女性内衣，甚至还包括拍卖文物、明星广告代言、拍电影等。他的业务统统与我无关，但是后来我才知道他背着我给我安了一个他公司“艺术顾问”的头衔。张爰的名字经常被人叫错，叫张爱。张爰也坚信自己“爱”缺失的部分，就是在我这儿，因为我的名字“美”字上面，正好多了两点。

就这样，我始终没能摆脱和逃离张爰“阴魂不散”的影子。

张爰这次却非要充当美术家，举办个人画展，让人啼笑皆非。而我又是被他列入名单的第一个贵宾，他在画展前半个月就给我送了邀请函。我本来已经想好了推脱的借口，因为我恰巧从世卫组织那里争取来一个出国去阿富汗难民营进行采访的任务。可是没料到张爰也给我们社长送了邀请函。社长专门点名，让我去采访画展，别的任务可以推后。理由也给得非常充分，不容反驳：我的美术鉴赏力和文艺评论水平是全社里最高的；张爰又是我的老同学，知根知底，方便深入发掘新闻；最重要的是首都媒体竞争激烈，通过画展报道务必要将张爰准备投放的广告费一分不少地争取过来。

不过，也不能说我在张爰的画展上毫无收获。画展上，我见到一位也是张爰邀请来的嘉宾。他叫卢轲，气质不俗，不怎么爱说话，大约和我、张爰年纪相仿。但是我发现在场的所有嘉宾中，他是最懂艺术的一个，是一个丝毫没有铜臭味、没被市侩气息熏染过的美术家。

当我忍不住吐槽张爰这些画太丑了的时候，卢轲把我叫到展厅一个僻静的角落，说道：

“在放松你的心态，放低你的姿态，放空你的状态时，你的心中才会对一切生出更多的信念、更多的怜悯、更多的发现。

艺术赏鉴中，观察者的大脑会情不自禁地通过认知、感知和移情对作品进行重新解读和再创作，这与艺术家原本的创作作品系列过程是一致的。这两类人共同的创造冲动，可以鲜明地阐释出虽然艺术不像柴米油盐是人类生存的物质必需，但世界上每个时代、每个地域、每个群体都在不断地创造着新的'图画'：通过艺术媒介，艺术家和观察者之间得以互相交流，分享创作过程，人们在这过程中能够顿悟，不自觉地意识到我们已经进入了另一个人的内心，可以看到隐藏在画面之下的真相，而此时画作本身是美是丑早已无关紧要了。不过呢，不论是'丑陋艺术'还是' 精美艺术'，只要是艺术，就能揭示艺术家内心世界震颤的琴弦。

如果是要反映世间百态、芸芸众生，'精美艺术'是最佳的选择，但'丑陋艺术'在揭露个体内心世界方面则别出心裁——折射出创作者内心执着的贪念、令人不安的白日梦、反社会性的欲望、荒谬不经的恐惧等。精美的艺术可以呈现给人类社会以常态的苦难和鏖战苦难的喜悦，而丑陋的艺术擅长表现精神世界里与生俱来的偏执和折腾不歇的不安全感。

艺术呈现样式越来越趋向多元化，某些荒诞的作品也会紧贴时空，使之更接近大众对于美丽、和谐等趋同认知的公约数，但另一部分真正丑陋的作品并不是刻意为之，反而会让我们感到不安不适。这些令人不安不适的内容，比如血腥残酷的战场、干涸龟裂的河床、爬满虱子的锦袍。这类作品的重点就是不好看。颜色和线条的错乱，似乎想要故意表现出奇幻、抽象和迷惑的感觉，就像是在用一面碎裂的镜子，观照一个破碎的世界。这在带给我们精神错乱感觉的同时，更是从另一个角度在告诫观察者不要过于沉迷和相信尘世短暂的欢愉。”

这一番话，我虽然没有完全听明白，但是也让我对卢轲刮目相看。

临近中午，张爰邀请来宾一起去北京饭店吃个便饭。来宾纷纷惊叹，感觉这个便饭有点不够“便宜”。

卢轲低声告诉我说：“我就不去饭局凑热闹了，没准还能给张爰省点钱。”

“张爰出手向来很阔绰，怎么会看到省下来的这点小钱？”

我以为卢轲是在开玩笑，不料他探过头来悄悄说道：“哎，我清楚张爰的老底。虽然你是他的老同学，但是可能你还不了解他做的事情。他为这次画展向银行贷了100万元的款，另外他的30万元装裱费还是我出的。”

我惊愕地说："不可能吧。他家一直很富有的，花钱就跟泼水似的。最近他还要给我们报社全年投80万元的广告费呢。"

卢轲略带轻蔑的口气说："还不是拆了东墙补西墙，他又是极会投机的人，驴子拉屎外面光的活，他非常在行。再说他欠了银行800多万元，虱子多了也不怕痒。哈哈哈，不说他了，他也不容易！再说，他也不算太坏，起码没有坑过你我吧！"

我深以为然，点了点头。

"你最近有空的时候可以去我的工作室坐坐，也算一见投缘嘛。虽然你不大懂画，但我觉得你是很有见识、很有良知的媒体记者。"说完，我们就击掌告别。

过了一周，我做完了张爰的报道。张爰非常满意，还专门赶在记者节前夕同城快递给我和同事每人一束鲜花和一盒巧克力。而我终于能稍稍闲下来，去造访卢轲的画室。他装裱出的画作大部分是油画，少数几幅是国画。果然他的画作风格和张爰迥然不同，色调清新、布局严谨，充满着田园牧歌的气息。对于画风我只能用一句话来形容，就是可以让人的心灵彻底地安静下来，像是被甘洌的泉水冲洗过一样。

"衣食之中无道心，道心之中有衣食。我是天生很不爱钱的人，倒不是说我故作清高。因为爱钱的往往没钱，比如张爰，他在路上踩了狗便，都想把它变成钞票；不爱钱的，比如像我，心里只有画画，但我从来没有为钱的事而发过愁。因为钱总想跳着钻进我的口袋，捂都捂不住，看来我也不能免俗的呢。"卢轲就这样开门见山地说道。

"您的画这么多，都是顶级水平的作品。您办过画展没有？"我接过卢轲递给我的一杯清茶，问道。

"有呀，我大学时代十七八岁就办过画展，而且一下子风靡京城，我的画被很多名流争相收藏，我在大学毕业就有了八位数的收入。可是少年成名也给我带来了无尽的烦恼。所以从那以后，我就再也没办过画展。"

"您真是个有卓见的画家！我对您的故事，很感兴趣。"我本来准备了详细的访谈提纲（这个其实也不算是计划中的采访任务，准确地说是准备了交流话题）。可是一见到卢轲，我就不自觉地被他活跃的思想带偏了节奏。

“那就从我的画展之前开始说吧。我在大一暑期很偶然地闯入到一条纯净的朱子溪，在附近的村落九竹林里住了一个多月，这地名都充满诗情画意，那里的风景和人物美得……我现在提起来都还想哭。回到学校我就把在那里写生的画作，整理了出来，办了个人画展。虽然很成功，但是遗憾的是，我再也没能踏入朱子溪。”没想到这个看似孤傲的硬汉，内心竟然这么柔软。

“您是不想去吧?”我放下茶杯，问道。

“我大学的一个暑期，想回去找找，可是赶上‘非典’，哪儿也去不了。后来毕业后我就利用出差和假期，都去找了，还是没找到。”

“在当今时代，找个地方找个人那不是太容易了嘛!”我觉得卢轲可能是没认真去找。

“你知道我是从南洋回来的，一开始对这里的地理并不熟悉。当时从朱子溪离开，出来后，又步行走了三十里，我就被暴雨浇成了落汤鸡，还发高烧了，脑子晕乎乎的。等我回到南京，我看到被浸泡的车票上，始发地位置只剩下一个‘南’字。”

“那不就有线索了嘛?!”

“这是非常关键的线索。我从回到学校，一直到现在，十几年了，从未放弃去寻找那里。我就利用我作为画家出去写生的便利，几乎到过南方所有带‘南’字的城区。先后去了江西的全南、龙南、定南、南城、南康、南丰，福建的南平、南安、屏南，广西的平南、南丹，广东的南雄、郁南、连南、潮南，浙江的南浔、苍南，重庆的南川、巴南，云南的广南、南华，还有安徽的南陵和湖南的南岳。南、南、南，太难了。功夫倒是花到了，但统统没有找到。”我光记录卢轲说的地名，就用了整整一页纸。

“现在网络资讯这么发达，您可以通过很多平台去寻找帮助呢!”

“这些我不是没尝试过。到目前为止，民政部门和报社、电视媒体等同仁帮我找到一百零八处叫朱子溪的地方，二百三十二个叫九竹林的村子。但这些都不是我十七岁曾去过的地方，而且这些地名都是在我画展成名后才改的。并且因为我在美术界的名气较大，全国还有二十五家景区都改名叫白马潭，这也是我那次画展成名作中提到的地名。这些景区之间素无往来，但意见出奇一致地聘请我为荣誉村民、荣誉山民、荣誉潭民什么的，还莫名其妙地每年不定期地给我发来景区的集体分红。”

“感觉哪儿都有张爰这类人的影子。”我有些无奈。

“我觉得让朱子溪九竹林的人们忘记我们是正常的、正确的，因为远离我们这些闹市之中的俗人，世外桃源、香格里拉才能不被打扰，‘独立’存在下去。可是我们却不应该忘记它们，因为它们的真实存在，让我们确信这个世界上还藏有一方至纯至美的人间净土，还有着诗和远方。”

“我愿意把您的故事写出来，编辑成书。这也许是我记者生涯中做的最有意义的一件事情。”

我端起他给我续好的茶，卢轲也端起一杯茶和我碰盏，说道：

“壮哉斯言！那就烦请您把我接下来讲的真实经历，一字不差地整理出来。我相信朱子溪九竹林的人们有一天会看到我的回忆，到那时，如果他们愿意，我们一定可以再次重逢。再说我的心，也无时无刻不在朱子溪九竹林，虽是天涯但心在咫尺。实际上，在我的精神世界里，我和他们就从来没有分开过呢！”

卢轲说完又拿起我的笔记本，在一个空白页工整写上：“九竹林”“筱郎”两行字。

西林小憩

火车往南行驶，南方有山，更远处是云，是雾，是无尽的地平线。

山路弯弯曲曲，火车穿过几个山岭隧道。这时，骤雨白凉凉地笼罩着茂密的杉林，车厢两边的山麓列队注目，向迎面车厢迅速地横扫开来。这年夏天，卢轲十七岁，身穿白色卫衣和咖色长裤，随身行李不过是一个双肩包和一个画夹。他独自出来旅行，这是第五天了。不过，他对这种旅行早已习以为常。

卢轲记得上车前，自己像一只躁动的小牛犊，挥着画夹在站台上跑得飞快，朝着前方的灯柱跑去，迎面就撞上一个女孩，背上画夹里的画纸被撞飞了一地。两人异口同声说了句抱歉，就都低头伏在地上去捡画纸。就在他追上一张最远的画纸跑回原地的时候，女孩已经把捡起的画纸整理好装进画夹并转身离开了。慌里慌张的他，只看清这个由身上的水墨荷花棉绸裤和披肩长发组合成的清瘦背影，脚步声清脆“哒哒”地响着，节奏分明地朝车厢走去。

卢轲来到自己的座位坐好，抬头发现刚才那女孩就和他迎面坐着，隔了两排座椅。她沉静的眸子把视线压得低低的，朝着自己不远的前方，似乎若有所思或若无所思，又似乎在有意无意地回避周围陌生人的目光，在她白皙的脸蛋映衬下，那如汪汪清泉般盈盈欲滴的双眸，投射出一种清冷、柔润的光，却足以让整个明亮的世界显得黯淡失色。

在轻瞥女孩脸蛋的那一刻，卢轲感觉自己的脸有些轻微红烫，呼吸似乎也瞬间停下，但分明感觉到心脏突然怦怦跳动了。在女孩抬起头的那一刹那，卢轲下意识地慌忙移开自己的眼神，装作看窗外稀疏的灯光。尽管如此，他还是能透过窗户玻璃看到女孩的侧影，略微有些模糊，不时还会被窗外灯光的强弱稀释得若隐若现，通过玻璃，她那顺滑的秀发占住了侧影的绝大部分，那挺挺、直直的鼻梁和小小、翘翘的嘴唇构成特别自然灵动的错落起伏。

卢轲沉浸在昏昏的、痴痴的感觉中，冷不丁又冒出一个念头：就算让自己变得透明，身体消失，只要能注视着欣赏着这无可挑剔的美，他愿意一直这样。这样想时，他又悄悄展开画夹，注视着女孩所在的位置。而她不知道什么时候已经趴在桌上睡着了，胳膊垫着小布包、双手重叠拱着托起下巴，那长长的睫毛和眉毛似乎要告诉车内外的灯光和天上的星星……女孩的披肩秀发盖住了大部分的脸，鬓角两边扎出的小辫很是小巧可爱。辫梢正好垂落在她的胳膊上。而女孩头顶的一缕头发还被蝴蝶形状的发夹啄住，微微凸起，像是孔雀头上的翎羽，端庄又自然。

这样的年龄，这样的心情，这样的容貌，怎么收拾打扮都能美得恰如其分吧。卢轲还是希望自己做个透明的人，然后让自己具备一种特异功能，让火车车轮不会突然撵上石子而发出戆戆撕心的撞击声，或是能用自己的眼神织起一张无形的网，让所有的飞蛾和蚊虫，或是车上所有对女孩的异样眼神的光波都能挡在网的外面。虽然女孩不会向他提出这个要求，但卢轲的灵感让他沉浸在执行真实使命的幻觉中。

车子又突然停了，外面一片漆黑。

卢轲迅速去取热水，返回座位时，女孩已经不见了，也许是下车了吧？想到今生可能与她再也无缘相见了，他心里不禁怅然若失，坐在了女孩的位置上，泪水倏地就在眼眶里翻飞婆娑。他好一会儿才恢复平静，暗暗笑自己的迂。

“孩子，是出门想家了吗？”邻座的中年女子说，她一直在低头看杂志，无意间抬头注意到卢轲的表情，就递过来一张餐巾纸。卢轲微微点了一下头，勉强地笑了笑，又陷入了久久的沉默。

卢轲很喜欢从别人口中听到“孩子”这个称呼叫自己。

这并不矫情，也并不复杂，只是在听到“孩子”的那一刻，心，是亮着的。

不过，十七岁的大学生，好像已经不能再厚着脸皮说自己是个孩子了。

它好像是一道成长的门槛，一条时光的分割线，一份难拒的票券，喜欢回望，沉迷回忆，习惯纪念，戒不掉的铭记、遗憾和敏感，此消彼长，在心头反复地翻捡……

过了好一会儿，他的心情恢复了平静，从火车窗外的玻璃缝隙间挤进来一丝丝的凉风，让人感觉很是惬意，似乎刚才的一幕是根本没有发生过的，也许是少年不识愁滋味，不自觉会沉浸在幻觉里吧？可是又隐隐能觉察到空气里还残留着一些幽兰清香的味道，只要一用力呼吸，就什么都嗅不到了。

心思就这样被一张看不见的蛛网包裹着，说不上喜还是悲，挥之不去的是那带着隔膜的牵引的暗流在涌动，那看似坚固的闸门好像随时要决堤，一泻千里了。卢轲赶紧扭过头去装作看窗外的灯光和星光，因为这时泪水已准备再次夺眶而出了，他并不想再让别人看见自己如此脆弱的样子。

火车继续往南行驶，南方有山，更远处依旧是云，是雾，是模糊而无尽的地平线。

他现在确切地知道火车是晚点了。广播说，前几天这附近下暴雨发了山洪，前方五十公里处的一段车轨半个小时前被埋在泥石流里了，相关部门已经在加紧抢修。车厢一停下来里面的空气就格外燥热沉闷。反正要晚点很久，时间充裕得很，像每天垃圾篓的废纸，都被写上满满的无聊。下午两三点的时候，卢轲携着手中的物品，被乘客携裹着走出车厢去透风。

站上有两三个妇女推着小车，一边走一边吆喝着，向乘客兜售凉粉和一些充满食品添加剂的零食。凉粉着实是酱油放得有点儿多，黑乎乎的一看就没有丝毫的食欲，胃和眼睛几乎一起向卢轲发出了抗议。不过此起彼伏吆喝的叫卖声音又尖又亮，像钢锉校对锯齿的声音，把卢轲隐隐的晕车状态和烦躁情绪全都明明白白地勾了出来，眼前晃动的影子都是浑浑噩噩的。

双脚算是全身上下唯一灵敏的了，不由自主地向前挪动着，像是告诉卢轲：主人，这里你一刻也不要多停留。就这样他凭着感觉走了五六分钟，当脚步停下来的时候，意识也清醒了许多，他才发现自己已经出了这个小站了。

丝丝细雨早已取代了噼里啪啦的暴雨，落地无声。举目望去，都是绵延起伏的山峦。顺着出站的唯一公路，卢轲继续往前没有目的地走着。大约一里的路程后，出现一个三岔路口。

当卢轲弯腰重新系一下松垮的鞋带，并起身整一下有些倾斜的背包带的时候，一只蝴蝶轻盈地飞过来，在空中上下起伏了两三下，准确无误地降落下来，并几乎覆盖了它似乎格外感兴趣的红色鞋面，黑色的翅膀一张一合，映衬出红紫相间的斑纹，显得更加神秘夺目，然后用一只前腿有节奏地磕着上面的小泥点。这大约是卢轲所有外出写生的经历中，见到的最动人和特别的蝴蝶了。

卢轲再次弯腰想要用手指比一比它的翅膀到底有多长的时候，它就又轻盈地飞了起来。

卢轲问：小天使，我该继续哪条路呢？蝴蝶竟然像能听懂话似的，在卢轲眉毛正前方两尺远的地方飞舞，把他引向前面的一条路。有了这么可爱的向导，他浑身不觉得有任何的疲惫和不适，它带的路有时是细沙铺就的笔直大路，有时是林间垫满松针的羊肠小路，有时又是长满两寸多长青草的菱形田埂。蝴蝶飞得不急不躁，而卢轲双脚也跟得不紧不慢，这让卢轲的出行有了朦胧又奇幻的感觉：眼前烟雨迷漫的无边灰暗基调里，有一盏雨淋不透，风吹不灭的金黄灯影在笃定的指引着。

不知道到底走了多久、多远，卢轲明显感受到双脚疼痛的时候，正好被一条十来丈宽的溪水挡住了行进的去路。雨已经停了，静立溪边，极目远望，只见夕阳映红了初晴的天空，也映红了泛出粼粼波纹的溪水，像一条七彩的玉带，在两岸青山浓绿的簇拥下向远处延伸，然后融进了碧天。

不一会儿，伸手处依稀又能触碰到空气中的潮湿水滴在没有节奏地飞舞着。在来回飘忽的暗淡浓云背景中，模糊且镶了毛茸茸边儿的圆月像襁褓包裹着的白胖婴儿，不时朝周围天地好奇的探探头，又浅浅睡去。

卢轲沿着溪水岸边往前走，走着走着，溪流又钻进了地下，没有了踪影和声息。

“嗷——”身后一个发出低沉又苍凉的声音传来，卢轲惊恐地回头一看，只模糊看出那是一个蹲着的庞大活物的轮廓，但双眼发出的黄蓝相间的光泽却摄人心魄。这是大野猫，还是大灰狼呢，或者是什么别的怪兽？他没法确认。天色已晚，又别无岔道，实在是退无可退，他只好硬着头皮快步往前走，能听见它不时从鼻子里发出“嘘嘘”的喘气声。他每次回头，那活物都一直不远不近、不快不慢地跟在后面。

路的两边是高不见顶的壁立悬崖，悬崖夹缝中的树木在劲风中摇晃，还张牙舞爪地变换姿势，这黑暗的景致就像群魔乱舞，卢轲顾不上路面的坑洼不平，片刻也不敢停歇。也不知道走了多久，他只知道月亮在云层里钻了无数次。直到前方两丈远的地方像是有一条庞大黢黑的蟒蛇拦住了去路，他才停下来。

卢轲扶住身边一棵差不多是他身高两倍的松树，脚步挪动不开。卢轲把画夹放在胸前，又从地上捡起一块长条石，决定要与那追上来的猛兽殊死搏斗一回。

揉了一下眼睛，卢轲才看清前方那不是蟒蛇而是安静的溪水。再一扫视身后，在头顶出现的月亮的朗照下，路白茫茫地蜿蜒伸向极远方，路上却空空如也。

恐惧、疲惫、饥饿，一起袭来，让卢轲觉得头重脚轻，有点眩晕。

卢轲靠着这棵松树枝干，不知道什么时候风已经平静下来，心神也渐渐平复下来。月色极其柔和，溪面上浮起一层白雾，上游的远处隐隐可以听到有人唱歌，歌声高亢清亮如一支响箭，似乎随时可以把乌云戳个窟窿，而溪流对面，一处微弱灯光处传来的是低沉的集体唱诵，给风注入了一丝新鲜牛乳般的温暖，还夹着些许泉水的清凉，听着这一高一低的音声应和，灯光和偶尔的月光映射下来，透过粼粼波纹化作满溪的星月，比朦胧的天际更加明亮。

这景象实在是太美丽了，让卢轲一动不动地沉浸了大约一刻钟。眼前光线微弱，他就展开画夹，把眼前的景象匆匆勾勒了下来。

溪水上没有桥，只有一排不规则的石墩，卢轲小心翼翼地踏步其上，嗖如一阵风，就来到那灯光处。

这里是一座靠山傍溪的寺庙，规模不大，但建制还算齐整，名西林寺。

卢轲推开山门准备进去前，回头看溪面上起了一片烟，细雨依然落个不止。进院迎面的是一位女居士，大约在耳顺之年，她举止利索而又娴静，皱纹全无，一直绽放在脸上的笑容神采，弥补了刚刚隐去的黯淡月光。这让卢轲感受到熟悉又久违的亲切，于是他朝她深深鞠躬，恭敬地喊了一声“女菩萨”！

"女菩萨"则喊他"文曲星"，还说昨晚梦见文曲星要降临曲溪，可巧今天就来了一位文质彬彬的大学生。她非常谦和热情地接待了卢轲，看他一身衣服都淋湿透了，就赶紧给他换了一套干净的灰色居士服。随后她又麻利地给他端上来一盘菜蔬、米饭和水果。卢轲快速用完餐后，说想去看看寺庙做晚课的场景。女居士笑容灿然，给他指了指大雄宝殿的方向，又端着餐盘去收拾了。

大雄宝殿里，香烟缭绕，幢幡肃穆，酥油的火焰和烛台的灯影交错闪烁，急促的诵经声和弥漫的檀香味交相呼应。正中矾石万年台上的释迦牟尼佛坐像，双目流露着对娑婆世界的慈悲关注和洞察一切的智慧光芒。面向佛像的青年僧人身穿红衣袈裟，整个人显得庄严、干净；二十余名居士分东西两列肃立，双手合十下的海青大袖在夜风中显得愈加飘逸灵动。

卢轲向大殿里凝望片刻，便轻轻地从一侧走进去，肃立在一列居士队伍后面静静聆听。满殿回旋的诵经声，如夏日正午的硕大雨珠骤然叩击、翻滚在芭蕉丛中，以不可抗拒的力量逼退、摇荡、淹没了一切视听，直抵人的肺腑深处。"火烧楞严、流水弥陀"，这个声音诵的正是阿弥陀经，其节奏快、急、促，密得水泼不入、针插不进。这样，内心"惊涛卷雪"般的杂念一时就没有了立锥之地。

忽地，这急促的声音戛然而止，高大的殿堂竟无一点声息，接着，一个略带沙哑、苍凉的嗓音从那位僧人的吟哦中稳健吐出，如无边的海面上有一条飞龙凌波飘然腾起，又仿佛是宇宙另一头传送来的神秘昭示。于是众人随着圆磬、木鱼、铃铎、大鼓的演奏，齐声应和起来。多年以后，这个声音，一直在卢轲脑海里回荡，留下了不可磨灭的记忆。

众人沉心于诵经声的无边柔波中。忽见僧人来到佛前合十鞠躬行礼，再前行几步，快步礼拜，又从香案上拿着一小钵，另一手做蘸水状，又转身向上向右做洒水状，行云流水的收放如仪，比舞者更摄人心魄。行毕，他再向大佛行礼，在向大众行礼后，回到原位。大殿也恢复了平静。

晚课结束，众人散去。女居士叫住卢轲说僧人请他到侧室寮房用茶。

卢轲敲一下门。室内无人答应。

卢轲再次敲两下门。"哪个，哪个?"室内传来问话。

卢轲回答："卢轲，来这边写生的。"

"'文曲星'呀，怎么不进来呢?"

卢轲闻声推了一下门，没开。卢轲只好说："门没开，进不来。"

"哈哈——开!"爽朗的笑声中，门"吱"的一声开了。

卢轲进门，赶紧合掌行礼。显然僧人已从"女菩萨"那儿知道了这个贸然造访者的消息。寺庙地处偏僻，平日除了周边香客居士，并无其他访客。在刚才晚课的众人中，卢轲眉宇间特有的书卷气还是给这位僧人留下了深刻的印象。

"记得当初有一个公案：世尊一日见文殊在门外立，乃曰：'文殊！文殊！何不入门来?'文殊曰：'我不见一法在门外，何以教我入门。'"说话的正是引领做晚课的青年僧人，早已换了便服，显得特别随和。"进门就是有缘。来坐下，请喝茶。"

僧人问卢轲需要什么帮助。卢轲答，想到溪水边上去写生。

"朱子溪上游的九竹林风土人情才是绝佳的，在那儿写生自然最妙。明天正好是六月六，这的村民都会一起晒经晒秋。"僧人看卢轲有些迷茫，接着解释，"晒经就是把家里的书籍经典拿出来晒晒，防虫防潮，以示对书的敬畏。晒秋就是趁着夏天把一些丰收的蔬菜干果晾晒，陆续到秋天，便于收藏。"

"感觉很新鲜呢!"卢轲脸上充满了好奇和期待。

"这茶也很新鲜，才出品，叫盘古龙珠。喝完这茶，你紧锁的愁眉就可以解开了。"僧人满面春风，把一个莲型玻璃盏递给卢轲，"九竹林的族长亨山二佬恰好要从敝寺请一部《地藏经》，准备回去晒经供养。你等会儿就乘舟把经书和我的一封信捎上，他会给你提供食宿方便的。九竹林呢，很神秘，是个世外桃源，几百年来没被外面的世界打扰，风光绝胜，民风纯真。当地的沐姓人家大多还是明代开国元勋沐国公的后人呢。九竹林有奇山奇水奇风奇闻奇宝，再加上你这天降的文曲星奇才，一定可以创作出奇画来的。"

卢轲听着又喜又懵，完全没想到写生的事情可以这么顺利，而且还能有一次奇特的旅行，连忙起身鞠躬致谢。

僧人法号延仁，起身拍着卢轲的肩膀，又交代了一席话，声音润如春风，朗若晚钟："喝茶宽心，随处宽心，前途宽心。"说罢便留下卢轲独饮，带好茶室的门离开了。

烛光轻轻晃动火焰，室内也发生了微妙的明暗变化，卢轲作为美院的大一新生，对光线异常敏感。他望着蜡烛滴下的“眼泪”出神，白天的烦忧情绪逐渐平复，开始仔细回味延仁法师给他讲述的朱子溪、九竹林的概况。

原来寺院门口经过的美丽溪水就是朱子溪，这一段名为曲溪，曲溪东西山犬峦牙交错，西山上有西林寺，东山上有碧落洞。曲溪上游就是方圆百里内唯一的村子九竹林。朱子溪水深盈丈，清可见底，九曲回肠，险滩众多。上溯接近九竹林二十五里处又钻入地下成为暗河，内部空荡开阔，阴暗蔽日，蝙蝠乱飞，水道如迷宫，据说是古代的藏兵洞。出了洞口，溪分两股上源：左边一股立于百丈悬崖之上，形成震耳欲聋的瀑布，瀑布下有未名深潭，水如绿翠；另一股则出奇的平缓，源头就在九竹林，也形成一个天然的更大的池潭，色如昆玉，名白马潭。潭中有岛，岛上有神秘莫测的高大围楼，围楼深处有许多的故事和禁忌。朱子溪两岸层峦叠嶂，猿鸢愁攀，而溪水沿途气候变幻莫测，譬如才是晴空如洗，转瞬雾气弥漫，忽而溪瀑倒流，俄顷彩虹映日，间有山石异动、狼狐哀嚎、老树呻吟等异相。虽说有这条溪水路可以通到外面，但若外人误闯，没有向导，就会不辨东西，是根本进不了九竹林的。而进村出村的舟子，也只在每月逢五、逢十五的日子，或重大赛社活动才可以开闸通过。舟子在上游通行时，也需十分小心，子时后暗河涨水则可行，午时后暗河落水则不可行。令人惊奇的是，行使的人还掌握了一个规律，每个行进在中游的船只载重不得超过三百六十六斤，也不得少于三百六十斤。超过前者，舟子吃水过深，会撞碰到溪底的礁石，造成行船漏水下沉的情况；若是低于后者，舟子遇到漩涡来回打转，失去方向，最终被激流冲成碎裂片板。九竹林顾名思义，绕池潭有九片竹林，每片竹林深处人家少的有三两户，多的也不过二十几户。几百年来，这里风调雨顺，无涝无旱，无殃无灾，无偷无盗。村民有一多半姓沐。老族长沐思年和妻子年念沐，育有四个孩子，山字辈。长子元山，次子亨山，三子利山，幼女贞山。沐老一生坎坷传奇，儿女齐全，父慈子孝，也算有福的人；孙辈八个，除了一个外孙之外，七个内孙都是清一色标致出落的女孩，其中那个最小的也是最楚楚可人的。周围村邻笑称，是老爷子一辈子做好事，七仙女来投胎报恩的，也算奇事一桩。

老族长年岁已高，辞位以后，族人又推举他的长子元山为族长。淡泊名利的元山婉拒担任族长一事，他已决定和双亲一起住，悉心照料他们的晚年。于是能力出众、热心邻里的亨山就被推举成新族长。其实族长在当今并无特殊地位和职权，只不过是村里延续传统，把族长作为族人日常行止特别是礼仪的楷模罢了。

卢轲一边吮茶，一边仔细看着房间墙壁上悬挂着的横匾，题写着“寂湛生光”四字，越琢磨越觉得这几个字内涵很特别。新茶入喉，这几天的疲惫、慵倦和躁动都消失得无影无踪。

透过窗户，他看到室外雨雾中的殿阁在微弱的烛光下显得更加含蓄深沉，但他感觉到周围有一种逼人的寒气在压迫着自己，使自己浑身动弹不得。

等半天身心恢复平静了，他才用铅笔在画纸上勾勒了一下窗外的轮廓，又在旁边即兴填了一首《行香子》：

风拢烟寒，风隐烟幽。叠几帘、幽梦东楼。月星疏落，应是延秋。合一双花、一双烛、一双眸。

君眠春好，君至春羞。拾春光、谁个抛丢？清尘渺渺，冰绪悠悠。化千信谷、千信水、千信愁。

泛溪奇梦

“阿弥陀佛，‘文曲星’先生请随我来!”女居士依然笑容可掬，把卢轲带出寺庙。

来到溪边草坪的天然码头，女居士朝远处轻歌泛舟的方向喊了一声“连山大佬”。远处舟子径直快速靠岸。她让卢轲站定，自己靠近舟子，和这位连山大佬轻声交谈了几句后，回头朝卢轲招手，微笑着示意他过来。

“先生，到了九竹林。如果碰到那几个细伢子，没见过世面，都淘气，不懂事得很，可能会惹你生气，还请多多担待，多多提携。”女居士说话间依然保持得体的微笑，但卢轲还是能听到她发出的轻轻叹息。

卢轲点点头，快步跳到舟上，身体出现短暂的晃动。回头看见女居士静立岸上码头，笑容恬淡如莲，朝他双手合十作别。他举起画夹不断朝码头挥手，连山也双手举篙，示意要行舟了（事隔多年，卢轲后来回忆起这段经历，感觉最不可思议的是这位“女居士”在月夜里的笑容，充满慈母独有的、笃定的温暖和力量。她笑容里的微小波动，自己是怎么在相隔两三丈远还能如此清晰地看到呢？还有她那轻轻的叹息，似乎没有任何声响，为什么他记忆中竟听得如此分明呢？他也曾说服自己是可能记错了，可是那笑容比画还要深刻地印在脑海中，擦除不掉）。

舟子缓缓行向上游，遥望山寺的灯光渐远渐弱。卢轲把行李抱进舟篷里，找到露天的位置坐好，脚下是湿湿的露水，天上是盈盈的白云，远山默然伫立，溪水清洗月影，夜风弥漫着迷离的感觉，传递出让他难忘的静寂。

沉浸在朦胧的月色中，卢轲又开始向连山询问一些九竹林的情况。卢轲看不清连山的脸，但他抑扬顿挫的方言，似乎是所答非所问。卢轲全神贯注地想要理解他说了什么，却只能捕捉到他重复一连串发出类似“盼果”“堆果”的词语。

卢轲以为“盼果”“堆果”是要载客的酬谢，就麻利从行李包里翻出一卷零钱，起身要给连山递过去。连山脸上的笑容像拧紧了阀门的自来水管立即停止了“流淌”，他像炸毛的公鸡一样把头仰起，斗笠顺着系带直接甩到脖子后面，这架势像是感到受了极大的侮辱。

在黯淡的月色中，只见连山右手直接立篙停舟靠岸，尝试把自己刚说的关键词语，再用左手指在空气中按笔画一一比画下来，并用加重的语气重复念了几遍。卢轲还是完全看不清、听不懂，更加茫然和慌张，他以为连山是要赶他下舟呢。

二人和舟子都静止了大约有半分钟的时间，而溪水夹岸的山峦不时传来夜鸮和狐狸此起彼伏的凄迷叫声，还有两只青蛙从岸边打斗“扑通扑通”跳入溪水里，这都让卢轲的勃勃兴致突然变成了恐怖的心情，最明显的就是他感到后脖子发凉，那上面根根直竖的毫毛，把颗颗饱满的汗珠费力地挑起。

卢轲脑海里甚至跳出这样的闪念：这会不会就是生命的最后一刻呢？

卢轲双手抓住连山持长篙的右胳膊，哆哆嗦嗦地说：“大佬①，大佬……”后面求饶的话，却一个字也蹦不出来。

连山左手有力地甩开卢轲，双手撑篙站定，干咳了两声，看着远处兀地唱了起来，歌声的确高亢清亮：

唱歌师傅小哥哎尊，
提起盘歌就盘你们。
米筛团团几多哎眼，
斗米做酒几多哎糟，
黄牛背上几多哎毛。
盘歌师傅老哥哎尊，
你起盘歌我知哎音。
米筛团团万个眼叻，

① 大佬，是长江沿岸部分地区对叔叔的称呼。

斗米做酒不论哎糟，
秀才心思赛牛哎毛。

“连山大佬，您唱得真好。我明白了，您刚才是要我和你一起‘盼果’——盘歌，‘堆果’——对歌，是吗?”卢轲发现自己完全可以听懂连山唱的内容，紧张的情绪才稍稍平复下来。

“对，对，对。在我们这二（竹）排登舟，一路都要盘歌互答，解个闷儿。客人想走到哪儿，沿河陪唱到哪儿就可以了。我在这溪流上来来去去几十年，双手和溪水一样，干干净净，几时收个哪个一毛钱？刚才要不是看恩（你）是读书人，早把恩（你）赶下去了！”

“太谢谢您了，连山大佬！是我不识规矩，多有冒犯！不过，我小时候跟爷爷在南婆罗洲，他也教过我盘歌。有些调子和您唱的还挺像呢。您再起个头吧，我来唱和。”

连山移舟前行，声音更加高亢清亮地唱着：

唱歌师傅小哥哎尊，提起盘歌就盘恩（你）们。
入山看见藤缠树，出山看见树缠藤，
藤生树死缠到死，树生藤死死也缠。
揽树开花花揽花，阿哥揽上妹揽下，
牵起衫尾等郎揽，等郎一揽再回家。

卢轲顺着调子接着唱和：

盘歌师傅大哥哎尊，你起盘歌我知哎音。
新买扇子七寸长，一心买来送女郎，
嘱咐女郎莫跌撇，两人睡目好泼凉。
河边杨柳嫩娇娇，拿起桨板等东潮，
阿哥摇船妹泼水，船浮水面任哥摇。

“不错不错。文曲星，大才子，一点就通。就是这样，一唱一答、有来有往。”连山终于爽朗地笑了。

“‘文曲星，大才子’，这么大的名号，我可不敢当！”卢轲用手擦了一下脖子上的汗珠，回应道。

“西林寺的延仁法师都这么称呼恩（你），肯定有道理。听说恩（你）还是大画家，回来可要把我画进画里，让我也跟着流芳百世，当然臭名远扬也可以。哈哈哈……”连山的笑声在溪流两岸山间传出悠远的回声，如地动山摇一般。

“对歌盘歌，走哪儿唱哪儿，你们山里人原来这样生活呀?!”

“山歌就是大山的魂啦。过山涉水，都要盘歌，山神啦、水神啦，都觉得安宁，会保佑恩（你）平安的。”

“哦?”

“看，天上地上都是光亮。”

“看见了，这是?”移动的窸窣光点，让这夏夜更加苍凉、迷离，卢轲觉得肩膀有些寒凉。

“天上飞的是萤火虫。地上滚的是磷火，山里人叫它鬼火。这两边埋了好多将军和军士，都躺在那儿有三四百年了，孤魂野鬼的，坟包的蒿子长了一人深。有人路过，他就亮个火光，和你打个招呼，过往的人给他唱个歌，彼此也不寂寞。”

“……”

“恩（你）是哪家的先人喽，今天路过也是有缘喽。请恩（你）喝一口水酒，没得烦心唉有忧愁———”连山一边唱，一边俯身把脚边的酒壶抱起，用牙齿咬开瓶塞，对着磷火的方向，往溪水里滴了几滴酒。空气里顿时飘起逍遥的香气。

“香呀，第一次闻到酒竟是香的。”这歌和酒让卢轲内心的恐惧驱散得无影无踪，他想接着说，鬼火充满美的仪式感，可抖抖嘴唇，话又咽了回去。

“来，小哥尝尝，我家里自己酿的，喝醉也不上头。”连山把壶塞塞好，一把扔过来，卢轲正好接住。

“嘶——”卢轲抿了一大口，辣得直吐舌头。

“恩（你）放心喝吧，到九竹林还有十几里，喝了解乏。我再唱一段隐滨散人的《知足歌》，秀才小哥可要对个好的（歌），才对得起我的好酒和一路颠簸呢。”

“没问题！”卢轲又喝了一口酒，胆气就上来了。

“壶中别有天地，等会你就知晓了！”连山用长篙敲击船帮打着节奏，唱道：

“知足歌，知足歌，栋垣可必要嵯峨！茆屋数椽蔽风雨，颇堪容膝且由他。君不见世间还有无家者，露处沙眠可奈何？请看破，莫求过。竹篱茅舍心常足，便是神仙安乐窝！

知足歌，知足歌，田舍何必苦谋多！只用平畴十数亩，或禾或菽自耕锄。君不见世间还有无田者，籽粒艰难可奈何？请看破，莫求过。一犁春雨常知足，身伴闲云挂绿蓑。

知足歌，知足歌，衣裳何必用绫罗！布衣亦足遮身体，破衲胸中寓太和。君不见世间还有无衣者，霜雪侵肌可奈何？请看破，莫求过。鹑衣百结常知足，胜佩朝臣待漏珂。

知足歌，知足歌，盘飧何必淡鱼鹅！蔬食菜羹聊适口，欣然一饱便吟哦。君不见世间还有无粮者，爨冷烟消可奈何？请看破，莫求过。粗茶淡饭常知足，鼓腹遨游仿太和。

知足歌，知足歌，娶妻何必定娇娥！荆钗裙布知勤俭，黾勉同心乐更多。君不见世间还有无妻者，独宿孤眠可奈何？请看破，莫求过。妻房丑陋常知足，白首谐欢赛翠娥。

知足歌，知足歌，养儿何必尽登科！当知有子万事足，虽然顽钝可磋磨。君不见世间还有无子者，只影单形可奈何？请看破，莫求过。有儿绕膝常知足，切莫劳形作马骡。”

连山盘歌底气充足，仿佛声音是从他脚底板发出来的，山峦漆黑缓缓向后，在万籁静寂处回声。酒劲上来，卢轲有点飘飘然，觉得这舟子是要驶向天的尽头。

不过，他的记忆愈发清醒，自己接下来该唱什么呢？他突然想起在刚才在那寺院寮房里，悬挂的卷轴上有一首曲词，是倪云林的《双调·折桂令》。等连山音落，他起身仿着连山的调子接唱：

草茫茫秦汉陵阙，世代兴亡，却便似月影圆缺。山人家堆案图书，当窗松桂，满地薇蕨。

侯门深何须刺谒，白云自可怡悦。到如今世事难说。天地间不见一个英雄，不见一个豪杰！

唱到“一个英雄”“一个豪杰”的时候，卢轲不禁想起家人都远在南洋，而自己多年独自漂泊大陆的境遇，声音不觉呜咽起来。

“唱得好！沐家好多小姐妹都擅长对歌，看来你到九竹林不会寂寞的。”

卢轲没有回答连山的话，嘴里不由得冒出一句：沧海迷家龙寂寞，云霄失伴凤彷徨。转而在酒意芳醇中，他神志渐渐恍惚，张口却出不得声。不过远处传来的女子歌声，他还是能清晰地摄入耳中：

剪中流、白苹芳草，燕尾江分南浦。盈盈待学春花靥，人面年年如故。

留春住。笑几许浮萍，旧梦迷残絮。棠梂无数。尽泛月莲舒，留仙裙在，载取春归去。

佳丽地，仙院迢遥烟雾。湿香飞上丹户。醮坛珠斗疏灯映，共作一天花雨。

君莫诉。君不见桃根已失江南渡。风狂雨妒。便万点落英，几湾流水，不是避秦路。

这曼妙的声音刚落，几个女子衣袂飘飘、步态袅袅，登舟而来，簇拥着卢轲来到一个岛上。岛上奇石峥嵘嶙峋，花木苍翠葳蕤，宫阙巍峨森然，不似人间景致。卢轲仿佛脚下无根，步下生云，但并未摔倒，乘兴问道：“这是哪儿？你们又是？”为首的仙女眉宇神似在火车迎面撞到的那位女子，只听她欠身屈膝喃喃作答：“文曲星君屈尊到此冥夜之丘，纯阳之陵，幸甚幸甚！十洲仙友齐聚迎候，灵芝佳酿俱已备齐。小女子乃昆仑墟曦瑶，奉命引路，恭请仙驾小憩畅饮。”卢轲满是疑惑，怎么这神仙女子也称呼自己文曲星君呢？他转身想寻找连山探问个究竟，可此时连山和舟子俱不见了踪影。

卢轲便随着众人来到一个宽阔的殿堂，酒桌上摆满美味佳肴，尽是他在人间没有见过的，曦瑶招呼众人一一坐定，起身端起酒壶说：“值此瑶池仙卉吐蕊之时，喜逢文曲星君大驾。各位仙家，不免饮酒赋诗相和，舞乐相伴，一醉方休，共迎天贶，方不负此良辰美景，爽心乐事！”满堂称妙。

有文昌、魁阁二仙起身拱手道：“我等奉玉帝御旨，有天庭公务在身，不便饮酒，负责磨墨、誊诗如何？”众人齐声说好。

曦瑶柔声道：“我等为星君与各位仙卿奏乐助兴。”

只听得仙乐浩渺，几只身着瓔珞装饰的大象列队出场，翩翩起舞，富态可掬。一仙女斟好美酒，突然，一头大象用鼻子握住一个酒樽，递到卢轲跟前，并跳跃起来，用前腿做出作揖的动作。全场笑声朗朗，卢轲也是几个月来第一次露出笑容，觉得香气早已沁入心扉，任凭千年长恨、万年梦魇都消释无遗，心底也平添诗意。正是：柳絮浮云无根苇，海天阔远任风云。

众人接杯举觞，手舞足蹈，无拘无束。酒水饮尽不待重斟，酒杯里面又是满杯；果品才刚吃完，盘中又恢复满盘。从十洲来的仙客吟诗唱和，好不热闹。文昌、魁阁二仙听罢把诗作一一抄录下来，分别是：

人间鸟瞰蛩千唱，天上云瞻锁万重。不尽湖山不尽翠，浮槎来去胜仙翁。

祖洲郭璞

浮名淘尽乐天真，怀抱华章脚踏云。天上清光怜此夕，仙台澄宇梦中身。

瀛洲王冕

白鹤瑶池水浅浅，缑山天气晕晴晴。东园载酒西园醉，摘尽蟠桃一树金。

玄洲嵇康

昆仑金雨浥芳尘，阆苑仙风玉宇春。劝君更尽一杯酒，西到龟台皆故人。

元洲王维

瑶台圣母好神仙，玉兔初来云汉恬。迎请星君到此地，临风承盏乐钧天。

凤麟洲李白

笙调银字心香烧，好将春梦付春潮。窈娘堤上秋娘渡，留有泰娘叹雨潇。

炎洲白居易

云如花绽月如银，好借星君栖此身。清酒满斟醺万里，两张琴瑟半溪云。

流洲朱敦儒

重重叠叠上青殿，羁旅痴儿笑凤前。有酒人生能几醉，一滴何曾到龙泉。

聚窟洲苏轼

云载中山千瓮酒，穹藏北海一沙鸥。日长似岁闲方觉，事大如天醉亦休。

长洲陆游

宝篆还将一撮烬，瑶台慢把七弦和。冰心云影缘相照，疏影银河映碧波。

生洲陶潜

到了行酒令环节，凤麟洲李白抽得一签：签者与右手第七名同饮一杯；彼座再饮，需吟签者同名诗作一首。

这太白先生捋须抡指一数，右手第七名的正是卢轲。众人都拍掌称妙，并要卢轲也仿太白先生的《将进酒》吟一首。卢轲推让再三，看旁边斟酒的曦瑶仙子也对他点头示意，眼含殷殷期待之意，也就接过酒樽一饮而尽，索性不再拘束。只听得他一出口吟诵，声音就如游龙萦绕飞旋，叩击宫阙梁枨，破瓦而出，轰轰作响，如同惊雷：

君不见手把屠苏让蒙恬，箭镞削笔画楼兰。君不见周处一吼惊虎魅，为民请命擒蛟鼋。举杯三饮邀曦瑶，烦忧尽付东流水。彭祖八百何称奇，莫待暮迟徐叹息。城河巷里笑城河，西天门外乐西天。宋琴心，汉剑胆，将进酒，有道衍。缁衣平靖难，运筹钵里尧舜签。杯斟满，豪饮干。更闻雷掣划宫阙，鸿雁声声滴漏寒。

众人称妙，一一给卢轲敬酒。天之将明，昴日星官开始司晨报晓。大家依旧诗性勃然，卢轲也是意犹未尽。

郭璞起身说道："素慕星君天分高，才情远，有风流高阁之才俊。萍溪相逢，神交得遂，而此去山高水阔，万望珍重。郭某有一鸾尾毫管旧物，惴恬相赠，聊表高谊。愿星君此去朱子溪九竹林，携奇思妙笔，挥洒遂心。”

卢轲口齿留醇，正要起身回应，不料酒力不胜、脚力不稳，忽然滑倒在酒塌之下，众人赶忙扶起卢轲。下来之后，卢轲就模糊了记忆。

天觃晒秋

卢轲再次醒来又是一个日沉时分了，心底湉湉软软的，眼前朦朦胧胧的，抬头能看见小小的窗外有飘动的白云，像着急回家的羊群，光线有些刺眼。

他挣扎了好几次，才慢慢从床上坐起来，端详室内的一切。明艳的光线下，古旧的陈设轮廓，显得更加干净、沉静，倏尔有一束明艳的霞光，透过火盆里水壶冒出的热气，看不出是从哪里投射进来的，跟粘人的懒猫一样，刚舔舐在卢轲的脸颊上，转眼就调皮地跳跃到地板上拉伸着四肢。

莫非这就是置身于古老的神秘围楼中的感觉？疑惑之间，卢轲发现靠近床头的桌几上，放着一张摊开的信笺，字端端正正，是毛笔书写的：

卢先生亲鉴：

文曲星大才子能到九竹林，真是沐家祖上积德，烧了高香。永安法师的书信已经收到，他招呼（叮嘱）一定要给你行方便。

惭愧得很，穷乡僻壤，没么事待稀客的，一定要包涵啦。连山把你送到，就鸡叫五更，看你醉了。就给你安排在围楼土库二楼，亮堂又安静，画画应该适合的。回来我让老五给你帮忙。

山里早晚阴湿，伏天也要生火，罐里有卤菜，炭中有红薯，铜壶有热水。你醒来慢用。这场（地方）是你自个的屋（家），千万莫要客气。

今天是六月六，大人细伢都出来晒秋了。回来扯闲白（闲聊）。

沐亨山沐手

看到信上说有吃的，卢轲才感到了饥肠辘辘。他跳下床，几乎是冲到了铜火盆边，揭开盖子，陶罐里面的卤猪蹄和板栗的香味一下子弥漫了整个房间，他就着汤勺连罐中的汤汁都吃得一滴不剩。接着，他用火钳拨开木炭和炭灰，取出一个硕大的烤红薯，撕开红薯皮儿，夹上几个腌辣椒，大口咀嚼。“嘶——”突然他被辣得嘴巴发出哆嗦的声音，眼泪也像断线的珠子在脸颊滚了又滚。跟昨天泪水中有看不见的复杂元素不同，今天的眼泪里面只有幸福的温度。

吃饱后，卢轲又看了一遍信笺，发现“老五”的后面还加有“老七”，这老五、老七都是什么人呢？

他走出房间，站在二楼走廊喊了一声“有人吗”，除了几只喜鹊“喳喳”回应几声飞走了之外，就没有别的动静了。前方能看到围楼中央一层层的屋顶，更前方是高出这些屋顶的东南、西北两个炮楼。远处似乎能听到有人在吹笛箫、对山歌，沙哑平实的词子和恬淡宁静的夕阳、苔藓斑驳的墙面、整齐黛青的瓦片格外和谐，这一切都将古老的围楼衬托得更加神秘、凄清和苍凉，卢轲心头倏地掠过一丝伤感。这一切正映衬了一首《忆江南》笔下的情景：

箫声起，神色黯然伤。归鸿不随游人去，流水自绕青山长。何处是故乡？

卢轲发了一会呆，背着美术器材，凭着感觉，曲里拐弯走了一阵，终于找到木梯下楼来，又沿着廊道，走了几个偏门，误打误撞地来到了上厅，廊柱上有一副对联：“阅卷见随处净土，掩门观自性深山。”廊檐下摆放了大大小小的桌案和板凳，上面一本本摊开的泛黄书籍，有些还残缺着封面，是族谱和《四书》《反三国演义》等，其中竟然还有一些珍稀的线装本古籍，如《园冶》《长物志》《闲情偶寄》《云林石谱》之类，为了防止被风吹乱，书籍边角上还搁了一些颜色各异、晶莹剔透的小鹅卵石。

卢轲随手拾起一本古书，书名是董其昌的《骨董十三说》，随便翻开一页，只见写道：“风月晴和之际，扫地焚香烹泉，速客与达人端士谈艺论道于花月竹柏间，盘桓久之，饭余髮坐，别设净几，铺以丹，袭以文锦，次第出其所藏，列而玩之。若与古人相接欣赏。”卢轲这会是真的感觉在“与古人相接欣赏”。

卢轲把书放回原位，旁边又一本书因为风吹的缘故，书页都翻开了，上面好像做了一些特别的记号。卢轲按住吹起来的扉页，细细浏览了一下，才发现书中凡是有提到“岳飞”的地方，都用红笔标注；而提到“秦桧”的地方，则似被香头焚掉。这是一本什么书呢？他打开右边封面，书名《精忠说岳》赫然在目。书里空白页的左下角有两行娟秀但风格不同的小楷字迹：“李香君珍藏”“薏郎珍藏”。卢轲轻轻自语：“这李香君是明末女中豪杰，可是这薏郎又是谁呢？”

卢轲又忽然想起今天是六月六，这九竹林的人会晒经和晒（族）谱，还有晒秋的习惯。迎面纵深的坪院地面上置有很多簸箕，晾晒着水苏、瞿麦的全草，与素旧的古书经典不同，它们色泽鲜明，让人久久难以忘怀。

晒经书和族谱自是对圣贤和祖宗的敬意，而晒秋是从六月六开始一直到中秋，把一些时令菜蔬、药材和粮食晾晒起来，为未来的秋冬做好储备。这夹杂书卷和草药、果实的晾晒气息，古老而天然，都让他对这里的每一个物件充满了好奇。

卢轲仔细绕着围楼周围转了两圈，对这里的环境有了总体的轮廓和印象：沐家围楼坐落在平整的岛子上，周围有池沼、绿竹、田舍、蓝天交相辉映，内部有布局严整的城堡、住宅、祠堂、花园。

坐北朝南的整体结构如巨大的“回”字。外面的口字是围楼外堡，宽十五丈，长二十丈，墙体外用河石、条石、青砖等构筑，内有夯土加固，底层厚度足足有六尺，二层为土库，是可以相互连通的走马楼，里面大部分房间为储藏粮食之用，四个拐角分别设有高耸的炮楼，每个炮楼都有对外防御射击的炮眼；核心建筑就在“回”字中间的“口”字部位，房屋分为三排，一共有九栋房屋围成十八个厅院，村民称之为“九栋十八厅”，院井地面全部为石条镶嵌。前排前厅为迎来送往的过厅，厅内悬挂有“无愧天人”的御赐金匾，落款处脱落不清，只能分辨出“永历十三年”几个字，东壁还挂有一幅无名氏画作《高岭嵯峨曲径幽》，画中人物充满逸气、贵气。门框门槛都用青石精刻出骏马图，屏风板上刻有花鸟、人物浮雕，开阔敞亮。中排中厅为围楼的中心，厅外悬有“归仁”提额，显得布局气势不凡。这里是族人聚集展开议事、展示礼仪的场所，木制门窗都是冰格梅花纹饰，前廊左右两个青石立柱，分别雕刻的是“公主下嫁出巡”“状元衣锦还乡”浮雕，大厅内悬有“照雪堂”金字匾，是女冠县阳子的题字。后排上厅风格简约厚重，是供奉沐氏七代祖先牌位的地方，中堂用锦绫裱字，中间为“祖宗昭穆神位”，左右是“东厨司命”“福禄财神”楹联。除此之外，围楼朝东的大门气势恢宏，共为三层，从外至内分别是铁门、铁闸门、麻栗门，大门外有一处石桥可以到达岸上，大门内进口处则是“渔樵耕读”主题砖雕。西门则是简约的木门，可以直通一个别有洞天的花园，取名“梨花洲”，有瓦房数间，梨树十株，可以憩息、读书，花园并没有外墙，一直延伸到白马潭边，景色是极佳的，潭上喧闹时不过江鸥点点，寂静时自是夕照粼粼。围楼南边有块相对封闭的院落就是戏楼，这里也是围楼中最神秘的地方，在后面的文字中还会继续讲述。

卢轲走到围楼大门口，看天空整片的浓云，裹住了点燃的霞光，笼罩着整片的梯田、森林，造成漫漫无际的阴郁。不过这浓荫和霞光都不会持久，持久的倒是默默轻阴，好像谁往空中撒了一匹轻纱，荡飏在风里，撩拨不开也捉摸不透，恰似少年愁滋味。

趁着夕阳尚好，晚风含香，出去转转吧，还能捕捉一些写生素材呢。卢轲这样想时，已经迈出了围楼。他看到有个人坐在桥上，在桥面上比比画画。卢轲好奇地走上前去，只见那人衣衫褴褛，如野草一样杂乱的头发和胡须，完全盖住了除鼻子以外的五官，左手持葫芦，右手正拿着硝石写字。石桥中间有几块大小相等的光滑石条，依次写着七行字：

文曲星，梨花醇。丹青描绘沁园春。魅影寻他千百度，画魂日月念朱门。
七仙女，下凡尘。老狼雪救小狼人。旧云借附新云上，一曲再生缘褶裙。
一贵独，二成双。三胜群阳四后宁。五孤风灯六溜顺，乾坤颠苦楚犹秦。
老大哭，胡子浅，后年谷熟无人管。老幺笑，胡子深，明载地荒麦不生。
菩萨心，青蠊精，千年修人药翁型。回天之力龙珠藉，人走山移难守成。
孔方兄，狐媚子，输于作蕈嚼舌根。破帽哑巴避闹世，葫芦呼噜轻一身。
朱子溪，九竹林。竹尽林空究不灵。溪水流红山著血，天临灾祸躲何人。

这些字写出来像印刷排版的宋体字。只有第一行，卢轲隐约感觉，应和自己有些关联，其余完全不知所云。“老狼雪救小狼人”这一句，他感觉好玩，但依然不明所以。

他俯身微笑，和这人搭话，想问个子丑寅卯，可是对方只是捋开遮住额头的杂乱的头发，朝他粲然一笑来代替沉默的尴尬，又很快恢复漠然一切的眼神。他的表情让卢轲感觉既神秘又诡异，既傲慢又冷峻，哎，这是个神智有些问题的哑巴吧！

卢轲带着复杂、疑惑的心情走过桥面，回头发现那人竟然正用袖子把刚写的字迹一行行擦去，莫非这内容就是为了等远方某一个人来看的？卢轲从画夹里掏出纸笔，将见到的这一场景匆匆画了一个速写，然后转身走开。

“二楞，快来孃孃这儿。我家的老七筱郎刚采药回来，她顺便采了好多野果子，专门交代我送你一些。”这二楞闻声不语，朝不远处说话和善的孃孃走去。

“筱郎？”卢轲再次听到这两字，感觉莫名亲切。这孃孃提到的筱郎丫头和亨山族长书信里提到的筱郎是不是同一个人呢？

二楞接了孃孃用桐叶包好的果子，只取出一枚，用嘴巴噙住果蒂，然后快步走到卢轲跟前，把整包果子放在卢轲手里，耷拉着眼皮，神秘地微微一笑之后，就悠悠晃晃地转身走开，消失在竹林之中。

卢轲打开桐叶一看，里面都是刺莓，颜色有红有紫，娇艳欲滴，看着都让人忍不住流哈喇子。

他拿出一枚放入口中，这酸酸甜甜的滋味真是太好了，这该是似曾相识的关于家园的味道吧。

卢轲沿着山路往上走，觉得处处有景，处处是景：在一片晚霞熏染的宁静世界里，“鸟向日边度，人从天上回”。偶尔有几只鸟儿和行人在自己的认定轨道上来回穿梭。

夕阳未消，月钩新上。迎面而来的是几个背着装满青草或野菜竹筐的小少年，有节奏地一左一右挥起小拳头，蹦蹦跳跳地唱着儿歌往家赶，这歌名叫《月光光》：

月光光，秀才郎。

骑白马，过莲塘。

莲塘背，种韭菜，

韭菜花，结亲家。

亲家门前一肚塘，放的鲤鱼八尺长。

放条鲤嬷肚里做学堂，做个学堂四四方。

个个儿伢读文章，读得文章马又走。

赶得马来天大光，赶得马来天大光哦。

卢轲驻足看着他们快乐的身影渐渐消失在夕阳和月亮共同笼罩的竹影之中，此刻他真想自己也是这样八九岁的烂漫年龄，能和小伙伴们在林海花丛中一起不停歇地跑呀跑呀，直到月上柳梢，白马卧草。

卢轲信步走进分散在竹林之中的村落，发现村民在露台、窗台、屋顶，或匾或架，都摊晒、挂晒着农家作物：红红火火的辣椒、金金灿灿的玉米、郁郁青青的梅菜、白白闪闪的江米，这些作物共同构成主色调，其余的各类果蔬也点缀其中，被阳光渲染的色彩缤纷，在炎炎盛夏昭示即将到来的丰硕之秋。

走进田野，卢轲和劳作的农人攀谈，学习了很多鲜活的常识。天色将暮，可热浪还在，掠过后背时像有无数的蚯蚓在蠕动。他不时地用画夹挡住脸，担心被阳光灼伤。可晒秋是最重要的农事，山里能干的男人女人们，都暗自祈愿三伏要热，日头要暴烈，最好像灶火一般炙热。

藕田里，一位热情的大叔看到卢轲一身文气的样子走过来，笑得合不拢嘴，从采摘的满把荷叶里抽出一支送给卢轲来遮阳。农民这时把莲叶采了，晒干可以入药煲粥，清热解暑。日头也可以直射到田里，田水就渐渐晒浅了、晒抽了，泥里藕节就露出来了。六月六的藕吃在口里是涩的、苦的，但只要晒上半月，就成精了，瘦一下身、紧一下身，泥吸劲儿都没了，吃在口里是软又甜。

稻谷在谷雨的时候还疯疯地往上蹿，现在却垂下穗子谦逊起来，等再晒半个月，农民下田采下一穗，像瓜子一样嗑一嗑，露出的米粒就像凝固的青白玉脂，又润又脆的时候，就可以收割了。不过，此时田里的稻草人是最神气的。每个稻草人因造型和装扮的不同，可以看出田地主人的迥异性格，但无一例外都透出一种玩世不恭的邪恶和凶猛。唯其如此，成群结队的麻雀和田鼠在浮光掠影的造访后，赶紧退避三舍。

豇豆青条条的摘下来，有虫叮咬过的直接做菜吃，完整饱满的就阴干，和河里取回的几块乌青鹅卵石一起放进大缸里撒上盐，留着当冬天就稀饭的咸菜。而硬荚了的也舍不得扔，就煮一下晒干，秋天一到可以做豇豆面，滴点儿泡辣椒香油，嚼劲又足，吃一口，那滋味快活似神仙。

九竹林人的饭桌上不要大鱼大肉，但讲究顿顿必须有青色，说人是草木所化，须得同类滋养。人吃了草木，吃青就是吃劲儿，身上活泛，不受风寒，就能接下夜间露水，星星眨个眼的功夫，就能徒手捉个把泥鳅。

卢轲隔着眼前的竹林听到不远处白马潭水出水口有人在说话，声音清脆透亮，是几个少女发出来的动静。

“小梧，小榴”，这是较远处的女孩子在喊。

“哎，四姐”，这较近处的两个女孩子回应。

“该回去啦”，在那远处的四姐继续喊道。

“四姐，我们刚执行任务回来。今天六月六，过浮桥的人多，阿爷让天黑前再摸排下隐患。我俩已经仔仔细细检查过好几遍了，缰绳都没有断裂，船也没有漏水。”

“阿爷说晚饭熟了，催你们回去吃呢。”四姐继续喊道。

“得令，我俩采两个莲蓬，回去炖汤。这就回去了。”其中近处的一个女孩子说。

“多采一个吧，我给筱郎送去。她喜欢把花草插在案头的白瓷瓶里装饰。”近处的另一个说。

“天天就知道筱郎筱郎的，我才是你的亲妹妹，你让我都有点嫉妒啦。”

“小榴，还别说，我要是男人，我一定要娶筱郎，天王老子不同意都不行。”

“好吧，老五，再采一只，给你这‘小情人’送去嗦。”

“你们快点呢！吃完了饭，姐妹们还约好晚上一起溪边洗衣服呢。”远处的四姐显然有点不耐烦了。

“天觊浣洗，讨个吉利。四姐，你等等我们两个。”近处这两个女孩子回应。

这一段声音过后，眼前的景象显得更加宁静而美好，云在动，水在流，鸟在鸣，牛在跑。在卢轲的感觉中，这时所见的景象就是长脚移动的彩色画卷，这时所闻也是鲜活不画休止符的协奏乐曲。

他开始羡慕起山间骑在水牛背上、头戴柳条花环的孩子来，哪怕心情有半刻如此的安生，也是惬意得很呢！

他也开始羡慕刚才有兄弟姊妹的人来了，哪怕自己这个时候，有个哥哥或姐姐叫自己回去吃饭，也是很幸福的呢！

想到这，卢轲顿觉无限的惆怅，他也想寄托一份相思之情，可是并不知道有何人在思念自己，更不清楚自己可以思念何人。

或许只有这一行清泪可以理解自己：此是南天沦落客，相逢相识又如何？

不过，在百无聊赖的时刻，“为赋新词强说愁”是卢轲最拿手的，于是他就坐在白马潭礁石上，把自己倍感孤独的愁绪，拼凑了半天，整理成了一首词：

江南起烟雨

江南烟嶂湿，天杳叠林翠。漫捻相思透纸背，寄传鸿雁幽云外。半是翩然，半是怅然，春山深处秋山醉。

凿穿河汉床，信有精诚锥。落尽繁星沧浪水，咸阳愁少愁心慰。半是衣宽，半是天宽，鲛绡眷顾安清泪。

踏着最后一束夕阳的余晖，卢轲嘴里推敲着刚才的词句，感觉收获颇丰。可以回归围楼啦。可刚过到厅门楼下，他就发现头顶上的屋檩上有黑黢黢的东西在移动，细看上面绕的是一条长条松花蛇，还慢悠悠地晃动着身躯，往下探着脑袋。

卢轲原本放松的心情，陡然变得紧张起来，画夹带子也从肩上滑落到手臂，来不及拨弄回去，他就慌慌忙忙地朝围楼外面跑去。

星夜浣溪

天色将暮，卢轲走出围楼，沿着弯弯的田野小路，顺着远远的山歌声踏去，脚下的崖边是湿湿的烟霞，天上是盈盈的白云。

有风吻过来，有烟飘过来，眼前是一片清新，是一缕芬芳。

远山默然不语，潭溪低声倾诉，四周弥漫的寂深让人很是难忘。

极远处的山峦凹凸有致，蜿蜒不紊，在隐隐约约的黑色中透出狮子般的威严，这恢宏峻拔的气势不输于五岳，当地人叫它大人尖。大人尖与青天只有毫厘之隔，与潭水也只有一步之遥，因为有了这几缕白云流转婀娜的缠绕，才无独立悬空的惊悚突兀之感。

远处寺院苍劲的钟声，似乎催生了山谷里的炊烟升起，也加快了挑菱人回家的脚步，而这时的蝉鸣声变得有些稀疏、低落，山涧的泉声却更加清越、圆润了。

山路贴近山岭的地方，还有一个小庙，整个也就一间房子的大小，但结构非常精巧。庙的中间端坐着一尊塑像，塑像的脑门在月光下显得乌黑透亮，最引人注目的地方是身上披了很多层颜色不一的斗篷。

这时，一位挑柴大哥路过，他放下肩上的两捆柴，恭恭敬敬地对着塑像就是作揖。卢轲好奇地问："大哥，这是什么庙呀?"

"大姐庙，保佑路人平安!"挑柴大哥答道。

"这大姐庙里的大姐是什么人啊?"卢轲再次把目光投向端坐的"大姐"，不禁发出疑问。

可就在问话这瞬间的工夫，这位大哥已经挑着担子融入苍茫的暮色中。

卢轲凭着感觉走到波光粼粼的白马潭边。他站在潭水临出水口的地方，这里正是活泼、青碧的朱子溪上源。溪水婉转向下，却随物象形，不露任何刻意的迹象。

出水口上，有一袭藤蓑缠着木条把并列的旧船连成一座浮桥。卢轲在浮桥上面支起画夹，想把这朦胧的月色景象画下来。正好浮桥两边都是荷花的粉红蓓蕾，如一支支温而不炽的火焰。不远处的溪水两边就是密不透风的竹林，层层油绿的枝叶在微风下婆娑起舞，竹林之上的上弦月被几颗小星星点缀，显得更加明亮冷艳，整体构成一块毫无瑕疵的银项圈。这项圈还在缓缓升起，灿烂的霞光洒向潭溪，宛如散开刀匹的绚丽彩缎，原先笼罩着青山绿水的淡淡暮霭则悄然飞逝。

竹林中这一泓清澈的溪水，发出叮叮咚咚的舒缓节奏，悠然流淌。几只蓝鹊呼啦啦地拍击着翅膀，掠过清澄的潭水，映照顾影，想必它们是看到了自己疲倦的模样。于是干脆落在荷叶上歇歇翅膀，养养精神，它们不时歪着脑袋看着卢轲，窃窃私语：快看这位呆头呆脑的安静“渔父”，莫非也和鸟儿一样，都陶醉在潺潺泉水的悠悠鸣声中了吗？

竹林深处的溪水中，突然传来几个女子戏水的喧笑。卢轲很好奇，跳到岸上，想拨开竹林看个究竟，奈何这片竹林过于茂密遮蔽了人影。卢轲退到浮桥上，移动到一个合适的位置，终于看到有人站在溪水中，六七个女子，像是在水中浣洗衣物。

有一位女子的笑声像铜铃般清脆，说道：“筱郎，我些（们）来对歌吧？”

“梧儿，你是九竹林的画眉鸟儿。我最近嗓子哑得很，还是听你唱吧。”这个叫筱郎的女子搭话声音很轻柔。

“老规矩。我还是唱男的，老七你唱女的。”

筱郎又推让了一番后，二人按“老规矩”分角色哼了起来：“刘海哥，我的夫，你把我比作什么人？我把你比织女，不差毫分哪，那我就比不上哪！我看你硬严像着她啰。”

她俩又说笑了一会儿，另一个高个子女子问道：“小梧，那要是筱郎以后真的遇到喜欢的人，你会嫉妒吗？”

“四姐，怎么会呢！昨晚还梦见筱郎带着我参加王母娘娘的蟠桃会。”小梧的语气显得很神秘，“现场桃少仙多，因为吃蟠桃能长生不老，都争抢着打了起来。这时我发现有一颗蟠桃滚着滚着钻进我的袖子里，我双手护住，在鼻前嗅嗅，麻利地递给了筱郎。”

“能长生不老的蟠桃你会让，会梅花七蕊的罗成你也会让吗？”这四姐又问道。

“就算有像罗成这样眉清目秀的男人，哪会有小梧好呢？小梧，心好人也好，所以我以后干脆就嫁给你啦，你可得准备花轿来迎娶！”筱郎打趣小梧道。

“花轿，还给你整个三十二人抬的，和邻村的大明朝张阁老一样阔气！嘻嘻！”小梧笑道。

旁边几个女子一边翻动着浣洗的衣料，挥动木槌来回捶打，一边责怪道：“老五，老七，你俩叽叽喳喳半天，又不是麻雀，早该唱啦！再不唱，我们就把你俩扔进溪水里喂鱼。”

“这有这么好看的仙女，还有我堂堂潘安相公。鱼都会看迷的，才不舍得吃我们呢！”这叫小梧的回应道，“哎！我告诉你们，我上回亲眼所见，溪水里的鱼儿一见筱郎，就醉了，根本都不跑，手一捧就捧上来啦。可见鱼儿也是喜欢美美的仙女！”

“鱼儿为什么不跑？这是我的一个秘密……这会儿还是先唱吧。就算水里鱼不吃，潭中可是有大蟒蛇的，咱俩都这么瘦，还不够它一口吞的。”这个叫筱郎的话语格外的轻柔，但音色干净透亮，卢轲在远处也能听得分明。

小梧放下手里的衣物，起身把袖子朝上挽了挽，说：“本公子玉树临风、风流倜傥，看我开始撩我的心上人啦！”她抓起自己和筱郎手里的木槌，应是准备拿来当梆子定节奏。

筱郎轻身一跃，快速踏上一根碗口粗的楠竹上，玩起了竹漂，双手并持一根长竹竿，左右来回拍打着溪水，在掌握平衡的同时，还扭起腰身翩翩起舞。她双腿修长，身材窈窕，肩胛与手臂形成完美的棱角，在清朗的月光下显得通体洁白如玉。在一根楠竹上竟然能行动自如地漂流转动曼舞，白天恐怕都很难实现，更何况被竹林遮挡的月光下呢！这不禁让卢轲暗暗称奇：这步态不就是传说中的凌波微步吗！

就在刚才说话的工夫，其中一位女子采下一个树枝嫩条，撇出一小段来，将中间掏空，只留出外面一层支，竟然可以含在口中吹出不同音高的曲调，声音比唢呐还要高亢，也算是给她们二人的前奏吧。这伴奏刚落，只听轻快的山歌又响起：

（小梧唱）
远望一姐似观音，
快走三步赶不到，
慢走三步过了身，
不快不慢赶大姐，
大姐开言把话明。

（筱郎唱）
观姐调脸把气生，
尔是哪家的书生，
与尔人生面不熟，
哪有事情说尔听？

（小梧唱）
相公开言笑吟吟，
我把观姐请一声，
叫声观姐尔细听：
哪有罗裙不扫地？
哪有屋里没灰尘？
郎不撩姐是痴汉，
姐不撩郎枉为人。
昨日打从酒肆过，
看见相如摸文君，
文君被摸微微笑，

相如摸得笑吟吟。
蛇不咬人是黄鳝，
蜂不蜇人是苍蝇，
狗不咬人是石狮，
马不骑人是象君。

（筱郎唱）
相公说话太聪明，
小奴被尔说动心。
天边说到地边转，
说得凉水点着灯，
石滚（石碾）说得也翻身，
盲人说得睁开眼，
哑巴说得也开音。

（小梧唱）
我问姐吃哪井水？
生得不长又不短，
不胖不瘦又爱人，
咋长得这么中亭?!

（筱郎唱）
观姐开言把话明，
叫声相公尔细听，
管我吃得哪井水，
管我中亭不中亭！

（小梧唱）
我把观姐请一声，
叫声观姐尔细听：
问姐爹妈在不在？

问姐许的哪门亲？
问姐姊妹几多个？
问姐排行第几名？
问姐哥嫂几多人？

（筱郎唱）
观姐调脸把气生，
尔是哪家的书生，
管我爹妈在不在，
管我许的哪门亲，
管我姊妹几多个，
管我排行第几名，
管我哥嫂几多人？

（小梧念白）
大姐，请不要生气。小生这厢赔礼！

（筱郎唱）
我把相公请一声，
我把事情说尔听，
我家人多千双眼，
我家屋多万万层，
我家城墙高万丈，
尔亦难进我的门，
头门上起双锡锁，
二门上的捆麻绳，
三门有个黑恶狗，
四门有个把门人，
五门有个鹅公定五更，
四个床角四碗水，

当中还有响铜铃。

（小梧唱）

我把观姐请一声，
叫声观姐尔细听，
任尔屋多万万层，
任尔人多千双眼，
趁着黑夜瞧不清，
我亦好进你的门，
尔家城墙高万丈，
把百踏梯儿带在身，
头门上了双锡锁，
我把百样钥匙带在身，
二门上了捆麻绳，
我把钢刀带在身，
三门有个黑恶狗，
我把肉包带在身，
四门有个把门人，
我把银钱带在身，
五门有个白鹅叫，
我把白米带在身，
门边有个响铜铃，
我用丝汗巾塞了铜铃口，
铜铃再响没个音，
四个床角四碗水，
轻轻端下自然成，
踏板脚下石灰印，
扁担搭脚上床厅，
我也好拢姐的身。

老五和老七忙着对唱山歌，另外几个姊妹挥舞着手里的木槌相互击打，发出有节奏的庆贺声，一曲终了还不忘感慨：

“今晚月色也好，你们唱得也好呢。神仙听了也会没烦恼的！”

“是呀，除了我们几个，不晓得谁还有这样的福气，能听到这样动听的歌声呢？”

“妙呀，你们俩！”

“筱郎，你的声音嘛几（非常）好，气息绵长，声音起初像炊烟在烟囱里打转转，左弯右转，劲头越来越足，最后直冲云霄。不愧是——‘狼’带出来的。”

“刚刚竹林中还有回音萦绕呢。老狼、狸猫、毛狗（狐狸）、夜莺这会儿都这么安静，想必都是陶醉在老七的歌声里了，镇呆了。”

“喂，林子里的各位老伙计，要是觉得刚才唱得好听，就叫一声咧！”筱郎双手拢在嘴唇外朝远处喊道。

话音刚落，幽暗的丛林中响起了长音嘶鸣。

“嗷嗷嗷！”“嚄嚄嚄！”

似狼又似狐狸，心怀恐惧的卢轲也分不清楚这是什么声音。人兽有别，其音可和。如果不是身临其境，真的难以置信。

“只听说古代有个公冶长会通鸟语，我们的老七不仅通鸟语，还通兽语呢！”

“众位姐姐，我不过从薏郎那里学了一点皮毛，不要这样夸赞，我会脸红的。”筱郎柔声道。

“只听书里说，艳若桃李，冷若冰霜。月光正好，来，让我看看老七的红脸蛋！”小梧笑着，倏地双手轻拧着筱郎的脸颊朝着一轮月牙托起，就在此时，纤细的月牙也娇羞地把上半身“埋”进云里。

众位姐妹也起哄争着要看这张在月下无可挑剔的脸庞，筱郎有些不好意思，从围上来的众位姊妹胳膊下挣脱，连忙弯腰低头用木槌把溪水击打出层层浪花。

“各位姐姐，你们说这个世界上最美的颜色是什么？”她灵机一动，提出一个疑问来化解尴尬。

“肯定是红色了，喜庆热烈。”

“绿色吧，生机盎然。”

“白色，纯洁。”

“自然是黄色，我们都是黄河黄土地的儿女，都是黄皮肤。”

“我选黑色和紫色，神秘贵气。”

“我想想，我觉得还是蓝色最美，冷峻、深邃，充满梦幻！”

“筱郎，你觉得最美的颜色是什么？”

“我觉得最美的颜色，画家可画不下来，是——羞涩！”筱郎认真地说。

“羞涩，是什么颜色？”

“羞涩？羞涩的小娘子，筱郎是说你自己吗？嘻嘻！”

“羞涩？满是含蓄意味，知廉知耻、知进知退，就像月华照人间，不夺太阳之光，想想就很美！”

羞涩是什么颜色呢？卢轲心里也在反复的琢磨。

卢轲抬头看天，月色真的变得羞涩起来，会像烛光一样闪烁，因为它携着一绺绺薄薄的云纱，偶尔会掠过竹林潭水之下，也会在破船周边洒下斑驳的影子，正是：“绿竹含新粉，红莲落故衣。”

月亮缓缓踱步，竹影跟着倏忽飘动。不过，大部分时候，这柔和的光并不影响卢轲提笔勾勒画作。

卢轲借着月光，并没有停笔，心里无声地说道：

月光如水水如天。月光、水、天竟然如此静谧祥和的交融，你中有我、我中有你，又仿佛你便是我、我便是你。一切浮动游弋的物什都如同窗前行走嬉戏的光影，璀璨也好，幽暗也罢。早晚你会知道你只是发现者，从来都不可能是评判者，完全不用刻意留它，更不要心存芥蒂去赶它，因为鸿蒙本来都是清朗逸致，不着一丝纤尘的呢！在这个不迟不早的桥边、溪旁，有一天你也会和我一样款款而至，彼此不禁惊叹：看月华如水，原来你也在这儿……

这段话是对自己说的，还是对竹漂的女子说的呢？卢轲这样问自己时，抬头他就看见远远的大人尖山顶突然燃起了神奇的山火，火光通天，把黢黑的潭水照暗了，却把溪流照亮了一些。

这光明让竹林下黯淡的阴影减退，而筱郎总是会踩住月光的舞步节奏似的，竹漂也跟着移动，浑身有一层浅浅的毫光在萦绕着。因此，在卢轲的笔下，这几个姑娘中，只有筱郎通身是明亮的。

其人若何？让人想起诗经中的篇章：“月出皎兮，佼人僚兮。舒窈纠兮，劳心悄兮。”

其景若何？正可用唐人贾岛的诗句来形容：“玉兔玉人歌里出，白云难似莫相和。”

蹲着画画的卢轲猛然感到背后有一丝丝凉意，就像微风从树叶缝隙拂过一样。他回头一看，顿时头脑嗡嗡作响，这是一条绿色的竹叶青蛇！不知道什么时候它已经盘在他身后，气定神闲地朝卢轲吐着长长的信子。

这围楼里有蛇，这围楼外面还有蛇，这九竹林里会不会到处都是蛇呀？卢轲心里发慌，手心出汗，吓得半天不敢动弹。可越是紧张，蹲着的腿就越是肌肉发麻。就在他起身想逃离但双腿还只是微微晃动的一刻，青蛇匍匐着朝他袭来。

卢轲“啊”的惨叫一声，在剧烈的疼痛中，他还是拼全力扶住画架、画夹，以免它们被水打湿。

筱郎在竹漂上听到喊声，快速溯溪而上，朝潭边驶来，可毕竟楠竹是逆水行进，阻力很大，进一步又退一步，半天徘徊不前。

这时，卢轲腿部疼痛难忍，重心失衡，站立不稳，身子朝后一仰，坠入潭水中，眼前一黑，不省人事了。

治疗蛇毒

天还没亮，山中此起彼伏的鸡鸣声就把卢轲催醒了，此刻他尚不清楚自己是从昏迷中醒来的。

紧接着，他就听到许多不同种类的鸟声啭啭，声音比他平时听到的更犀利、清脆，最缠绵悱恻的叫声还是来自一群斑鸠。可是眼睛半天睁不开，视觉上看前方是蒙有一层辣辣的薄烟，薄烟中有点燃过的艾草香。哎，清醒的感觉真好！等片刻后定下神来，卢轲左腿肚子又开始发胀，而且是钻心的奇痒，本能伸手去抓痒，却发现左腿部被缠上绷带，绷带上留存着很浓的中草药味道。

为了创作一幅画，昨晚这是经历了怎样的惊险呀！卢轲记得那时他是在写生一幅《星夜浣溪》图：六七位身姿曼妙的青春女子，月下浣衣，彼此完美协作。终了，有二人对歌，其中一个女子在溪上玩起独竹漂。就在他全神贯注地绘画的时候，他被突然袭击的青蛇咬伤，几乎同时在惊吓落水后昏倒了，意识也就差不多断片儿到现在。

虽然在这个地方突遇的意外让他着实惊吓到了，可是此刻躺在围楼里，他却一点儿都不害怕紧张，觉得这应该是九竹林一种特别“隆重”的待客、留客方式吧（一直到现在，卢轲左腿上还有这蛇伤的印记，触目难忘）。

卢轲觉得不可思议的是，平生还能被青蛇如此亲密地“肢体接触”。别看那种青蛇个头不大，但毒性不小，现在左腿完全动不了。他不禁暗暗思忖：是谁救了自己，又是谁给自己敷的药呢?

天亮了，从床边的小窗传来风雨拍打竹叶窸窸窣窣的声音，卢轲左腿不能动弹，就抻着右脚从窗棂缝隙朝室外探了出去，直到把一丝清凉“采”了回来。

接着他又在暗暗的晨光中沉沉地睡着了。也不知道是几点，房间响起了清脆的敲门声。听到卢轲喊“进来”，一个十五六岁的女孩，推门和一束光一起进来。女孩子笑容可掬，慢条斯理地和他搭话。她自我介绍是利山的二女儿小梧，也就是亨山信签上提到的老五。假期她和另外几个小姐妹暂住在围楼的梨花洲里，方便互相学习，过完暑假她就该离开九竹林去读高中了。

小梧走到床前，麻利地把蚊帐支起来，看见卢轲伸手去抓伤口，连忙笑着制止卢轲抓伤口。

“你都昏迷了七个时辰还多，醒了真是太好了！阿爷和姐妹们悬着的心都到嗓子眼了，终于可以松口气了！”

“太感谢了……请问是谁救了我，又是谁给我敷的药呢？”

“筱郎。”

“哪两个字？”

“竹攸筱，郎君的郎。她水性好，楠竹上一漂。嗖，毒蛇吓窜了；哗，就把你拽起来了；噌，又把你背回来。她是我们叔伯姐妹中排行最小的，还是个懂中草药的。说来也奇，去年她生病后，医术就突然无师自通了。”

“筱郎这么温柔瘦弱的姑娘，你说是她把我背回来的？她怎么可能有这样的力气？”

“别说你纳闷，我们几个姐妹也觉得蹊跷得很。昨天真是她一个人飞快地把你背回来的，我们在后面跑都追不上。哪天你可以当面问问她是怎么做到的。”

“筱郎，我听过这个名字，有好几次，一听就是从茂林修竹中来的，又端庄又好听。可为什么起个男孩的名字呢？”

“我们这边可爱的女孩子，或年龄最小的，会被家里长辈宠着，按照男孩来起名。”

“这么说，筱郎一定很可爱啦！”

“可爱这事，马马虎虎，跟我差不多吧。昨天她把你救上岸后，姐妹们都吓傻了，是她把你腿上蛇毒一口口吸出来的，看着我都害怕！”小梧一脸后怕的神情。

“筱郎是怎样的人呢？”

“这么说吧，连续两三年，她都在庙会上扮观音，真是和神仙一模一样。哎，说话和唱歌唱戏一样的动听，在十里八乡大家都称她是凤凰开嗓。还有性格也绵软，还从来没见她和谁红过脸的。不过，有时她的行为，可能不太合时宜吧，这个我也说不好。”

卢轲似乎没有听见小梧说的最后一句话，仿佛听到的全是关于对筱郎女神般的描述。

“感谢筱郎！我很好奇呀，说句不算恭维的话，你都跟画中人一样标致。那位像观音菩萨一样的筱郎妹妹，又该是怎样的出众呢？”

“哟，这就成筱郎妹妹啦？我都辛苦半天来陪护你，也不曾听你叫声妹妹呀！”

“啊？这，当面还真叫不出！”

“筱郎妹妹对你有救命之恩，你正好以身相许嘛。”

“……”

“开玩笑的，别紧张。大画家也会脸红呢？可得给我们几个姊妹，特别是我们的‘观音’妹妹好好画几张。”小梧粲然一笑，小小的嘴巴却不张开，鼻梁起了一层俏皮的小皱纹和脸颊上的一对小酒窝恰到好处地呼应着，“还有，不晓得阿爷，还有二伯，给你交代没呢？他们想请你教我学画画，把九竹林的孩子也都捎上。我呢给你当徒弟，当个小助手，反正涮笔、沏茶的活都包了！能以（可以）吗？”

“好。”卢轲或许是太虚弱了，应声显得十分低沉微弱。

“嘻嘻，师父在上，请受徒儿一拜。”

“我前天误打误撞地来到这边，是曲溪西林寺的那位热情的居士阿姨介绍的。你一笑的样子，怎么会让我就想起她来呢？”

“你说的那个是我娘，她在寺院里做义工。”

“难怪！笑容也可以遗传呢！”

“嘻嘻，我呢随我娘，爱笑。我妹妹小榴呢，和我是双胞胎，性格随我阿爷，好模好样的，一天到晚拉着长脸，谁都欠她十斗田似的。”小梧把双手指头都竖到头顶，眯着眼睛，扬起鼻子，露出两颗整齐的小虎牙，做出驴一样严肃的表情。

“哈哈，哎！”卢轲一手揑住绷带，一手捂住笑疼的肚子。

“痒？痛？”

“又痒……又痛……”

“可怜的轲哥哥！小梧私下就不学阿爷叫你先生，也不叫师父了哈。筱郎给你抓草药，我负责给你煎服啦。”小梧说“哥哥”听着像“果果”，活泼又可爱。只见她随手掏出一张纸片，接着说，“你是被竹叶青咬伤的，很毒的！不过，你运气好，看这有筱郎给你开的火毒症方子，清热解毒，凉血止血。来，我给你念念处方：半边莲、生地六钱，蒲公英、紫花地丁、黄芩三钱，焦栀、川贝、川柏、丹皮、白芷两钱，生大黄四钱，生甘草一钱。”

“……”卢轲听得困乏，睁不开眼了。

“你别睡着了呀！筱郎昨天半夜来看过你几次，看你昏睡不醒，受伤的腿不停地抽搐，就给你敷好草药。末了又连夜把该煎服的药给配好了。”

“哎呀哎呀。”卢轲忍不住小声发出呻吟。

“来，喝口水。你可能会问，既然处方药都好了，为什么迟迟还不给你煎药？”小梧接过卢轲喝过的水杯，接着神秘地说，“因为筱郎她发现还少了一种药材！”

卢轲对于中药完全不懂，再加上伤口难受，他再次呻吟出来，只是一直用疑惑的眼神看着小梧。

“看我这记性，果果，这是我们几个给你做的早饭：饭团子。吃吧，快！你现在忌发物，饭团里面只有木耳、青菜、胡萝卜。用荷叶包的，还是热的呢。”小梧剥好一个饭团子递给卢轲，把另外一个装有饭团子的竹篓放在他的床边，“趁热慢用。我该泡药了，筱郎的最后一服药也该到了。”

卢轲身体昏沉得很，很努力地吃完饭团子后，身体更加困乏了，但又不想立即睡觉，就胳膊压着枕头侧卧着，神志不清似睡似醒，鼻子忽然闻出有近乎兰花的清香。他隐隐约约觉得，屋里似乎多了一个女孩在和小梧说话，声音又低又柔，只听清要把水牛角屑加进药罐里熬制这一句。

于是他挣扎着动了动，用胳膊支撑了一下，努力朝蚊帐外面探着脑袋。两个姐妹又小声嘀咕起来：

“你来了，不看看轲哥哥再走嘛？”

“不了。我怕……”

“你救了他，他很感激你呢！怕什么？”

“救人水火，出自本心；知人知面，不知本心。”

“你呀，学究似的，脑子里装了一车书。到底想说什么？”

“本来觉得他是个文文静静的正经人，可是他的画夹里的画，画的是……你自己去看吧。”

卢轲听到此处想分辩几句，可听着听着上下眼皮疯狂打架，就又昏昏沉沉睡过去了。

太阳爬上墙头，整个围楼的院子涂了一层金色。小梧从火盆里取出砂罐，盖上纱布，将煎好的药汤滤到碗里，就叫醒了卢轲。药汤温热，卢轲尝了一下，觉得完全没有想象的难喝，就坐起来咕咚咕咚地大口喝下，脸上才慢慢泛起光泽，身体的不适感也减轻了一些。

太阳出来后，室外温度很高了，蝉鸣不止。小梧在旁边低头整理火盆，用火钳拨动一些火灰盖住木炭，不让木炭继续燃烧。卢轲好奇地问道：“刚才是不是筱郎来了？”小梧远远侧脸“嗯”地应了一声，继续若无其事地拨弄炭灰，露出会心的一笑。

夏天在围楼内用火盆烧火，主要是应对山里早晚的风，温度低，湿气大。当然盆火还可以加热饭食，埋一些艾蒿还可以驱除蚊蝇。就在更古老的时候，火堆还可用来震慑野兽的袭扰。九竹林里有个说法叫“火是主导”，意思是有温暖的盆火在，就相当于它在替主人一直陪伴客人。

“我的天爷，嘛几（非常）玄妙。一剂药下来，伤痛就减轻了几多。只是可怜了筱郎，感染上蛇毒，这会儿嘴巴肿成桃子。都平安，都平安！”小梧突然起身忐忑的双手合十道。

“太愧疚啦！筱郎她没事吧？没事吧？”卢轲脑海里浮现出筱郎肿得像香肠的嘴巴，喃喃自责。

“她没事，就是嘴巴这会儿看着吓人。已经涂抹了药水，肿两天就下去了。”

“除了这个，她好像是不是误会什么了，故意躲着我吧？”

"不会的。她真的是身体不舒服。"

"好吧，等我能走路了，我一定好好谢谢大家！"

"你要怎么谢呢？就一辈子给九竹林做长工吧。你喜欢谁就去给谁家打工！"

卢轲此时发自内心想说巴不得待在这没有纷扰的地方，看日出日落，就这么一直画下去，可是话到嘴边，却变了内容："只要能办到的一定尽全力，就是将来给九竹林铺个路、修个桥什么的，也是可以的。"

"金桥银桥奈何桥，您准备修哪座桥？"突然接话的是隔壁的一个男孩子。

"海子，你个小毛孩子，偷听什么大人说话！"

"哼，你还大人呢。前天还看见你缠着阿爷撒娇，要米糕糖吃。羞不羞？"海子不屑地说。

"快去坪院驱雀子去，要是晒的玉米、高粱都被啄了，仔细你娘又会骂你三天充炮眼、砍头杀、饿死鬼的。"小梧厉声对着隔壁责怪道，不过她生气的表情也是十分温婉传神。

小梧的话还挺管用，那孩子"腾、腾、腾"地就跑开了，然后听他发出"嘟、嘟、嘟"的声音，果真有几只麻雀"喳、喳、喳"地应声飞跑了。

"金桥银桥奈何桥，金桥走过唐天子，银桥走过地藏王。奈何桥上三尺宽，奈何桥下水滔滔。善人行过奈何桥，金童玉女扶过桥。恶人行过奈何桥，牛头马面绳索套。"那孩子唱着、念着、跑着，不知钻到哪儿玩去了。

"山里野孩子，人来疯，真讨嫌！"小梧无奈地笑了。

"多可爱的孩子呀，听他唱歌我腿竟不疼了！"卢轲接着转移了话题，"那个水牛角是干什么用的？"

"我也不懂哎，筱郎说可以凉血解毒，清热定惊什么的。本来最好是用犀牛角配药，可是这太稀罕，九竹林根本没有，就只好用水牛角代替。筱郎她一早就踩着露水，带着钢锉去磨水牛角。可老牛和你一样又怕痒又怕疼，很不配合，磨了半天，筱郎的手指磨破了，胳膊也让牛角顶得抬不起来，我让她赶紧回去休息。"

"太谢谢你们姐妹啦，一个配药，一个熬药！我嘴巴不甜，说话讨嫌。你们姐妹一定是天使下凡，把美好送到人间的。"

“哎呀，大才子、大画家说话就是文绉绉的，又是菩萨又是天使的。不服蜜罐，就服你的嘴。”

“真的，从来没感受过这样的温暖，太有幸了！我要力争把每天的所见都画下来。”

“说到画，筱郎还很生气，你写生作画为什么把她画得一丝不挂?”

“啊？这个只是创作前的铅笔勾勒，下来还要由简入繁的雕琢并上色的。”

“我们都是女孩子，对这个敏感，误会在所难免。哪天有机会你当面给她解释清楚就好了。”

“她会听解释吗?”

“唔。沐大夫呢，也就是筱郎，特别叮嘱，你别乱动，也别乱想，好生躺着。下午继续来给你煎药。”小梧将蚊帐放下，转身离开前又回头说，“阿爷说，轲哥哥受惊，晚上要来慰劳一下。”

临走前，小梧又交代了几句：阿爷专门叫了几个同族的男孩子轮班在隔壁房间待着，有啥事敲墙或喊一声，他们听见就会来帮忙照顾。

看小梧轻轻带好门，蹑脚刚走出廊道后，卢轲又听到有脚步声咚咚走过来，二人相遇嘀咕了几句，又朝自己房间走去。

小梧又推门进来，把一碗汤放在卢轲旁边。卢轲看见她正准备起身搭话。她用手势示意他先别说话，趁热把这个汤喝下去补补身子。看他咕咕咚咚地喝完了汤，她才满意地端着空碗，再次掩门离开。

“薏苡汤喝了?”这是另一个女子在大声问。

“喝了!”小梧回答也很干脆。

“好！小梧可真勤快。阿爷不放心，让我来看看，你可都忙完了。听说这画家小哥人长得排场，还真是驸马爷的福气！住在我们围楼，吃在我们围楼，画在我们围楼，还有围楼的一堆女娃、男娃伺候。这要是不给我们九竹林做上门女婿，可是不让走的。”

“三姐，你可小点声。他可是大城市来的大学生，腼腆得很。你高声大嗓，吓着人家。”

“小梧，这可不兴胳膊肘往外拐。城里人是人，山里人也是人，都说咱姐妹几个是一个赛一个。你看小梧你，人中亭，口才好，读书方圆百里那可是第一，将来也得配个状元公才行。”

“三姐……”

三姐故意清了一下嗓子，声音丝毫没有减轻的意思，对着卢轲的房间说：“小哥，好生歇着，别像个女子一样害羞。有事你就和我这样大声喊一声，就会有人噌噌跑上楼来帮你。不过，半夜三更，可别出门，这里经常闹鬼呢！幸好你这细皮嫩肉的，腿脚不便，哪儿也走不成。哈哈哈！”

卢轲本想回应，可是出声气息微弱，加上又不知道怎么搭话，就假装睡着了。

“筱郎这一天到晚云天雾地，异想天开。没想到药还挺管用，还真是稀罕。她人呢？”三姐说。

“三姐，三姐。走，咱们看看筱郎去。”小梧一把拉住三姐。

“你的小侄子这会儿会踢我了。我昨天梦中得到一个消息，就是见到文曲星，孩子就该出来了！”三姐右手扶着凸起的肚子说。

二人快步下楼，三姐的笑声回荡在整个围楼内，经久不歇。

夜色阑珊，月光如流水一般倾泻下来。窗子的栏杆把月光分得一格一格的，卢轲坐在月光下，好像坐在月光做成的小船中，四周的黑暗之水一波波向他涌来。从围楼外传来无声的深深的叹息，那叹息像是竹林发出的，也像是泉水发出的，又像是野兽发出的，抑或是某个正值青春的女子发出的。反正他这样坐在“小船”的一角听了一夜悠长、忧伤的叹息。

卢轲在这不平静的夜晚，既难过又欣喜，他不得不承认有一种执着的力量，牵引着他对奇幻的美越来越倾注心力，这简直是无法自拔的心病起来了呢，来看看这颗心又在闪念着什么吧：

筱郎嘴巴肿了，这会儿又怎样了呢？

筱郎躲着自己，是觉得自己是坏人吗？

三姐说的筱郎“云天雾地、异想天开”又是什么意思呢？

筱郎昨天的歌声太动听了，什么时候能给自己再唱一曲呢？筱郎玩竹漂时说的羞涩到底是什么颜色呢？

筱郎和薏郎有什么联系呢？昨天似有听说过，还是听岔了？

筱郎出现会让鱼儿醉了，是真的吗？卢轲见了她也会醉吗？

筱郎在月色下如玉人一般，让人印象格外深刻，可溪边黯淡的竹林下浣溪的，到底一共是六个人，还是七个人呢?

六个？七个？六个？七个?

……

卢轲闭上眼睛，却根本睡不着，身体也像缚茧的蚕，难以动弹。

哗哗哗，是窗外刮着的晚风，如同海啸低吟呼唤，帘幕舞动，云重月朦，晚风还携着一个雨珠停驻在卢轲的指尖上。他看着这小小的水晶球，惺惺相诉：

知道吗?

从江之南寻寻觅觅到朱子溪，看到的你，不是寻常的雨滴，而是我托超越轮回的青鸟，用丝线为你脚腕系着的铃铛，你走到哪里，思念也会振响在哪里。

在似乎还不曾觉察的时候，而这沁人心魄的淅淅沥沥，在天地之间，在云的脚后，在风的额前，毫无缝隙的悄然弥散———这声音就在围楼踌躇的屋檐下，挂了三百多年，醒了，睡了，醒了，又睡了，任凭所有的飞鸟过客掠过，都选择做视而不见、听而不闻的默然。

但这个生命的震颤，会忽然出现在某个熟悉的拐角处和光线中，就像有人触动了会思考、会忧伤的琴弦，把心力所及的世界，都安然地包含在这绽开的花蕊里。

那么，雨的精灵，你一定要相信，一定会有人可以听到和懂得这绵绵不绝的动听乐声。

火笑迎宾

黄昏时分，夕阳的笑容像围楼的篝火一样灿烂，抖动着隐形的翅膀，轻轻飞过一片树梢，又静静落在远处的山坳，接着又湉湉蹭亮东边的青砖墙壁，直到将那一缕缕云彩皴染出一层层递进的鲜红、绯红、橘黄、杏黄、奶白、月白，才悄无声息地匿藏了。

卢轲再次喝完小梧熬好的药汤。歇息了一会儿后，他被海子和狗子等几个少年搀扶着请到围楼的坪院。亨山族长要在这里为他举行盛大的露天篝火欢迎晚宴。

来到坪院，卢轲扶着海子的肩膀，才勉强可以站住。几个壮汉敲起锣镲，吹起唢呐，演奏出明快热烈的欢迎曲。小梧和小榴这对孪生姐妹走出人群，端出有支架的桐木盆给卢轲沃盥，一人拿竹筒倒水来为客人沐手，另一人拿干毛巾为他擦手。接着，卢轲看到一位身材高挑的女子迎面走了过来，年龄应该和自己相仿。她手持熏着的柏树枝在卢轲胸前和两肩晃了几下，犀利的目光似乎可以把柏枝点燃，但她始终没有正视过卢轲。

沐利山受族人委托，站在坪院门厅前迎接来宾，看上去衣着光鲜，斯斯文文，但眼神冷峻而又闪烁，让人看不透藏着的无边心思。他向卢轲拱手行礼，卢轲依样还礼。亨山族长身材伟岸，一边询问着卢轲的伤情，一边安排众人坐下。

挨着坪院门厅的是两个八仙桌主桌：分别坐着族长、卢轲以及年长的族人。坪院中间的瓦塔生起一堆篝火，左边四桌坐的是同族的男丁，右边四桌则是同族的妇孺。

烧瓦塔最初只在中秋夜举行，之后渐渐变成迎接远方贵客的一种仪式。

堆瓦塔从下午开始，老老少少四处收集碎石、残砖和瓦片，选在开阔的坪院中央垒砌，砌成了直径七八尺、高丈余的圆塔。叠砌的方法是取来几块旧墙土角或石条砌成塔脚，然后找来几块砖头砌起一个瓦塔门，再用瓦片从塔脚逐层砌起来。架瓦片时注意留缝隙，两片瓦之间留一缝隙，第二层就在下层的缝隙处叠起来，依次砌上去。在叠砌时逐渐收缩成塔状，最后出现塔尖，用一砖片盖于塔尖。塔中央一般插有一根较粗的木条做塔心，烧塔时可以不断燃烧保持火势。砌塔时下面要留有“灶口”，并用柴草填实塔里。

利山手持火把把柴草点燃。燃至夜半，熊熊烈火从砖瓦的缝隙向天上窜去，瓦片也渐渐被烧红。

亨山族长让族内少年一一离席来拜见卢轲先生。卢轲环视一番，慢慢了解到沐思年的七个孙女中，只有元山家的大姐薏郎和老七筱郎缺席。三姐杉儿收拾干练，族长称她是九竹林的女诸葛，她已经成亲两年，招的是上门女婿。夫妻俩协助族长，把九竹林上下打理得井井有条。昨天传来她的喜讯，生了一对双胞胎，因生产尚不足月也缺席了。杉儿与和蔼可亲的二姐桑儿都是亨山族长的女儿。利山家排行第六的榴儿，比梧儿小了半个时辰，果然看着很严肃很沉默。这对双胞胎在一起，一颦一笑，气氛顿时“萌翻了”。那会儿负责熏柏枝的是排行老四茜儿，她是小梧小榴的亲姐姐，幼时被送给城里的姑姑沐贞山抚养，前几年因为家族的一场风波，又回到了利山身边。

说话间，海子等几个同族远房的孩子也一一和客人见了面行了礼。

待到筵席的主菜“提子肉”上桌，道席开始。安席的利山，走动查看了各个席面，看酒菜业已备齐，就来到主桌前面，向卢轲所在的主位和各位客人，频频鞠躬致意，各桌的亲友也放下手中的酒杯和筷子，站立还礼。他请亨山族长安排道席。亨山族长眉长过寸，不怒自威。他一起立，顷刻间，一个偌大的坪院里便鸦雀无声。

鼓声三通，亨山族长朗声开嗓：

“今日幸蒙卢先生台驾，叨蒙族戚友邻，劳玉赐贺，蓬荜生辉。作为东道之一的本人，十分荣幸，聊表心意，来唱个赞。”

院坪内响起众人热烈的鼓掌。

文曲台临呐愧做东，
劳烦戚友与亲朋哎。
迎宾欠礼请原谅啊，
招待不周多海宏哈。
台上蔬筵咧酬贵客，
席中薄酒啊谢高朋，
诸君借量呢请深斟，
薄酒敬希饮几盅啦。

亨山族长唱完赞后举杯，卢轲和众人也都举杯。亨山接着说：

“天贶刚过，我们九竹林可以说是五喜临门。一喜，卢先生屈尊赐教蒙顽，这是一号千年大喜（台下哗然）。天不生仲尼，万古如长夜，传播慧命当然是大喜。双喜，今年庙会上筱郎侄女再次被众乡亲推举扮观音。她今天没到，在照顾老祖母呢。”

大家连连插话说筱郎真是个孝顺的孙女。

一位中年同族人拍拍利山肩膀小声问：“利山三弟，你这筱郎侄女为什么一直不参加族内聚会呢?”

利山略带轻蔑地说：“她呀，野孩子一个。不是白天上山和狼呀雀子呀对话，就是晚上把自己关在屋里唱什么戏。”

中年族人继续说道：“还真是这，我前两个月天黑有事去找老爹（伯父的意思，指沐思年）。一到院子，就听到清亮的唱腔，还以为是哪儿请来的戏班。现在想来是筱郎无疑了，那声音甜美，简直把天上的星星都惊住了。”

“成精倒怪！”利山冷冷地说。

族长扫视了一周，看场内有人窃窃私语，就提高嗓门说：“三喜，舍女桑儿已和黑水滩张家结亲，下月完婚；四喜，家母下个月八十一大寿；五喜，我家三姐生产临盆，是双胞胎男丁。卢先生请举杯，大家都举杯。今夜我们欢聚一堂，最近喜上加喜，大家都尽情畅饮，饮个地久天长。莫怪，请坐。”

上来的食物很丰盛，大多是山里的新鲜菜肴，还有一些山珍腊味，另外很多都是卢轲没见过、没听过的，其中让他印象最深刻的是小梧的擂茶。

只见小梧先将绿茶置于擂钵中，以芭乐树擂棍磨擂，擂时加少许冷开水，使茶润滑而易擂，再放入黑芝麻和白芝麻，待擂至茶叶、芝麻都成糊状后，继续加入陈皮、甘草，反复擂，直到全部擂散，然后加入香菜等青菜配料，继续研擂，最后用开水冲泡茶浆，加入适量粗盐，如此浓香四溢的擂茶茶汤便大功告成了。这时，将米香或米锴垫入碗中，将茶汤舀七分满，就可以加旁边摆好的蜜饯、笋干、花生、杨梅干、青葱等配料，还有树豆、狗抓豆、刀豆、山莲子、十月乌、紫葶子、鸡爪梨等十来种豆类果子。酸辣甜咸苦，人生五味俱。九竹林的餐饮之道可见一斑。

小梧做好擂茶的事情后，就走到卢轲跟前。她看着卢轲，笑容和篝火一样温暖、绚丽，她轻声问道：

“果果，这擂茶尝着还习惯吗?”

“梧儿，你还有这手艺。今天体会到了什么叫吃茶。”卢轲朝她伸出大拇指。

“嘻嘻。”小梧从桌上顺手拿出一把蒲扇，挡住鼻子和嘴巴笑了。

“听着挺有意思的。哎，辛苦半天，你也坐过来吃呢!”卢轲说道。

“慢用呀，我们女宾的座席在那边呢。”乖巧的小梧说完就轻身退下。

席上上来的米酒，名叫麦饭石，爽口清淡，咂舌香甜，是以高山泉水、上等糯米、老酒曲子为原料制成的。要说这酒的好处，唐代诗人张九龄的《题谢公楼》可以证明：

谢公楼上好醇酒，
三百青蚨买一斗。
红泥乍擘绿蚁浮，
玉盌才倾黄蜜剖。

酒兴正浓，村人分别抬出两筐松香、硫黄，每个筐里都放置一把小铁铲。族长邀卢轲起身，一起拿铲子把松香、硫黄往塔上撒，瓦塔上顿时燃起了蓝色火焰，甚是壮观，同时噼啪作响，如鞭炮轰鸣一般，将整个院坪照耀如昼。

筵席结束，桌子迅速被撤去。族长安排大家搬着凳子围着瓦塔篝火一圈坐着，小榴和小梧将火中烧好的铜壶茶，给每人倒上一大碗。

瓦塔里的火苗突然发出忽忽的声响，朝空中弹出一些火星。卢轲倍感惊诧，身子下意识地朝后躲了一下。族长连忙扶住他笑着说："这是难得的火笑，火笑是说有贵客迎门呢。看，这不是孔夫子把你这位大才子给搬来了嘛。"

火光映照之下的围楼显得更加气势恢宏，庄严峻拔，间以点缀其间的精舍台轩，盆池小景，木石堆砌，整体虽是清淡自然，抱朴怀素，但细微之处无一不显示出高格雅调，精巧匠心。正可谓"主人无俗套，筑圃见文心"。

此刻卢轲恍然大悟，九竹林并非普通意义的偏远"桃源"山村，而像是几百年来按了暂停键的簪缨族居。这里的人真诚、乐观、性格鲜明，但无一不是对谈钱深恶痛绝的，不谈钱，却又并不意味着他们生活贫困窘迫。相反，他们在朴实无华中处处显示出独有的雅致和富足，比如：围楼后厅用的祭品陈设都是黎里锡器；中厅的帐幔则是上品的金花刺绣纱罗；今日欢迎宴上主桌用的酒器是无题款的金酒注和银酒盏，餐盘则是朱红抹金漆器的隆庆传品；还有，卢轲发现自己用了好多天的画案是紫檀插肩榫的万历年号题款制品，连和画案配备一起的都是黄花梨圆后背交椅。

众人围着火光一直在爽朗的欢笑，火光是大自然的笑声，笑声是九竹林人的火光。

族长趁气氛恰到好处，就趁势和众人一起商量：为了让娃儿们暑期不荒废学习，他决定聘请卢轲辅导功课，授课场地就选在围楼西边的梨花洲内。安排卢轲主讲，科目是美术和历史；茜儿做个辅助，内容是数学方程；而对戏曲有天赋的筱郎则负责排戏，为祖母八十一大寿提前做好准备；双儿负责给授课老师安排一日三餐；小榴和小梧当助教跑腿。大家都高高兴兴地领了任务。

海子凑到卢轲旁边，故意颤巍巍地说："还有我。我是先生的一根拐棍，摇摇晃晃不离手。先生上课我上课，他上茅厕我跟着，先生要是掉进去，我就跟着扑通扑通。"海子已经十二岁了，可行为举止言谈还充满童真，调皮得紧。

族长用粗俗的话笑骂了海子几句，令卢轲尴尬的是他一句也听不懂，只是看着众人都在哄堂大笑罢了。

族长看商议得差不多了，对利山说："老三，你给老母亲祝寿，不是还准备了道情嘛，不如此时此地预演一遍，让卢先生给你指点一二!"

清瘦的利山应声起身，耸起有些微驼的后背，支起书鼓，手拿快板。他手脚利索，板眼分明，唱起道情《报母恩》：

尘世上人为儿把心费尽，
怀抱仔细思量父母恩情。
我娘她身怀我把罪受尽，
生下我娘身体如同病人。
昼夜间娘不敢贴墙靠身，
怕的是头发昏血来淹心。
出世来我身上未带分文，
从血海依靠父母养儿身。
儿霎时炕尿湿娘来擦干，
半夜间儿若哭娘就点灯。
有干处儿睡眠娘才高兴，
是娘睡水淋淋我娘安身。
我娘她天天忙勤劳一生，
我叫娘我娘却声声答应。
……

唱到动情处，听的人有摇头叹息的，有暗自擦泪的，唯独卢轲沉默不语。

卢轲之前听连山说过：利山和母亲感情很深。在利山十岁的时候，父亲外出采药三日未归，母亲突然病重，生命垂危。兄弟姊妹几个在封闭的大山里围绕病床毫无办法地转圈圈，最后还是利山勇敢地爬了一天一夜的山路，到黑石滩镇上找大夫，大夫嫌路远没人愿意去，他就在一位老大夫门前跪了两天两夜，不吃不喝也不起身。老大夫心软了，这才动身把他母亲的命给救了回来。后来有邻人问利山，黑灯瞎火的，你又没带火把，怎么寻医看路的?

利山说："我也觉得蹊跷，当时明明天漆黑，星月都没有，可是总是觉得眼前有束光，把脚下的路照得分明，路两边有无数双圆不隆咚、像是豺狗的眼睛，但是在光外不敢近前……"邻人作答："看来孝能感天呢！"

亨山族长看了看沉静的卢轲，问道："先生，初到九竹林可还习惯？有什么见闻吗？"

"安排得都很妥帖。就是突然想起来，我前几天天黑散步，看到路边有个小庙。路人叫它大姐庙，经过都会打招呼行礼。我很好奇这大姐是谁呀？"

"哈哈，先生有所不知，这大姐庙在本地可灵验啦！不过这大姐实际是位男的呢！"利山说着，难得地露出爽朗的笑容。

"大姐，男的？"

"是的。"族长举起杯来和卢轲碰杯。

利山也举杯对卢轲说："我家梧儿对先生敬慕已久，还是让她过来露脸给你说大姐庙的事。"

小梧闻声走了过来，清了清嗓子，又细又长的眉毛一动一动的，像是会说话。她笑嘻嘻地娓娓道来："就是听老辈说，这个庙宇原来叫太祖庙。因为某朝开国皇帝年轻落难时曾在此落脚，他文武双全，行侠仗义，除暴安良，深受百姓爱戴，百姓就在此地建立了太祖庙，以作纪念。后来有个外乡落魄的员外，在黑夜中被一群强盗追杀，一直追到此地。两边都是悬崖峭壁，员外无路可逃，只能潜入路边的这个小庙，钻进塑像身后的袍衫里。说来也怪，强盗追着追着见人不见了，觉得这庙宇可疑，就进去搜查，翻箱倒柜，什么都掀了个底朝天，也不见员外的踪影。强盗只好就此作罢，作鸟兽散。这员外幸运渡过此劫，非常感激这座庙宇。临走时他慌里慌张，隐隐约约看庙宇门楣上，像是有三个字，'大姐庙'。他就说：'大姐啊大姐，谢谢您的救命之恩，回去给您老人家送凤冠霞帔。'员外回去后很快就派人来兑现了诺言。他也越来越发迹，这事也越传越远。这个'大姐庙'的名气就掩盖了原本'太祖庙'的称呼。"

卢轲点头称奇，众人的情绪也都提了上来。族长就决定继续为大家提提神，也说个故事：

从前，这九竹林有个读书人，才德过人、学业精进，可进京赶考屡屡落第。他非常纳闷，就有长者提议，让他去西天到佛祖那儿问明原因。他一听也好，出去增长见识，放松一下心情嘛。

走到路上，有条大蟒蛇拦住他说：“你要去找佛祖问事，帮我也问问吧。”读书人点头同意。大蟒蛇说：“你看我都修行快千年了，为什么还不能成仙?”读书人把问题牢牢记在心里继续赶路。

路上还有两位托付他让问问题，一位老人问自家的桂花树为何几十年不开花，还有一位品貌端庄的女子问为何一直找不到夫君。

读书人千辛万苦，历尽九九八十一难，终于来到了西天。罗汉叮嘱一番：“你进去问问题要先捡大的问。”读书人想，替别人捎的问题都比他的大，他就将那些问题一一问明了佛祖。佛祖回答说：大蟒蛇恶毒未尽，尚不能成仙；桂花树不开花是因为根下埋了金银聚宝盆；善女人未来是要做状元之妻的。

该问自己的问题了，旁边的罗汉却提醒读书人，“你的三个问题已经问完了，不能再问了。”

读书人虽然有点遗憾，一想这事也不错，起码回去完成了三人交代的事。

得到答案的大蟒蛇很高兴，把剩余恶毒吐尽，立马成仙。蟒仙下来一点拨，读书人顺利点了头名状元。状元衣锦还乡，路过老人处，让老人刨开树根，顺利捡出聚宝盆，桂树当场开花。老人心愿已了，要以金银相许，状元果断拒绝，不过老人无儿无女，状元愿意为他养老送终。善女人最后也知晓原因，高高兴兴地嫁给了状元。

邻桌的一个年轻人举手发问道：“请教亨山二佬，这状元是我沐家的哪一代先人呢?”

利山掐掐右手指，正准备抢答这年轻人的问题，突然围内西边通道内发出剧烈的响动，有瓦片坠落的“咣当”声和由摔地滚动发出的激烈“扑通”声，并夹杂撕心裂肺的“喔喔”惨叫声，还有似乎从树林深处传来的悠长“唔唔”呻吟。那专注发问的年轻人惊得把手中的筷子掉在了地上，只见他弯腰用拾起的筷子在地上恭敬地画了一个“十”字。众人此时也愕然缄默，小榴吓得一下子抱住小梧的腰，几个抱在母亲怀里的婴儿也吓得哇哇大哭。只见族长跃身而起，“啊——”地大吼一声，感觉围楼的瓦片都振得飞起来了。他举起一根燃着的两尺木柴，蹬着竹屐健步朝声音方向追了过去。

“娘耶！”

“有鬼！”

卢轲也是从未见过这样的场景，心里暗暗嘀咕，世界上不可能有鬼吧，莫非这是有贼也不一定呢。但毕竟他现在是众人眼里的大先生，所以他还是压住惊恐，故作镇定，低头吹吹茶碗的热气。他抬头看见，不远处的海子、狗子两人坐凳凑在一块，正在玩石头剪刀布，俨然若无其事的样子。

小梧突然喊了一声“二仡回来了”。大家朝族长望去，只见他光脚一瘸一拐地走了回来，火把也没了，手里还提着一只不能动弹的家禽。

族长气喘吁吁骂道：“是豺兮（当地人对豺的一种叫法）来了，它要把围子里养着的独只小鸡公叼走，这鸡娃养着打鸣的。老子追了过去，丢鞋砸它的贱脖子，拿火把戳它的贼眼睛。僵持了几个回合，这畜生跑了，剩这被咬死的半大的鸡娃。”

小梧哭着上前，接住鸡，抚摸它的脊背：“可怜这鸡娃，是我和筱郎一把豆一把谷的，快两百天了，才把它养这么大的。”

“卢先生来了，我都不舍得杀生，哎！老天爷还是要安排它来犒劳先生呀。桑儿你来炖个鸡汤，夜溪省个露水。”桑儿应声而去，族长则光脚坐下歇息。

场面恢复平静，大家继续说笑。九竹林几百年来从来没有外人进入，除了族长和少数生意人与外面有接触，这里的人总体都对外面知之甚少。

孩子们围到卢轲身边，缠着要听外面的新闻。大人催了几次回家，可孩子们仍旧兴奋不止。

孩子们奇怪的问题也让卢轲稀罕不已。

“听说大城市的灯一到晚上就会和星星一样亮，可是那么高，怎么装灯油呀？”

“绘画书上说火车是铁牛，那么大一只一天得吃多少草呀？”

“人走到天边会掉下去，那飞机飞到天边会不会掉下去呀？”

“我娘说，九竹林里只有好人，那坏人都在山外面。那你见到坏人了吗？坏人的心是不是黑的？他们是不是和豺兮一样长着獠牙会吃人呢？”

“要是放学背书，你回头一看，把牛给放丢了，你阿爷会不会打你，把书撕了呀?”

……

孩子们的话语像冷冽的甘泉滋润着卢轲心底涌动的烦忧的情绪，胸中那块坚不可摧的冰块，开始有了一丝丝融化。记忆中的某些细微碎片也由此被翻拣出来，脑海中有一些邈远清晰的声音片段，时常会在这样的夜里寂静地响起，空旷却又细腻如母亲的手，轻柔偎贴得让人不忍在夜半入梦，那声音安详沉稳，又起着伤感、深沉的调子。

卢轲生在南洋的外南梦，幼时那边动辄骚乱，父母的生意也是动荡不宁。父母二人感情也逐渐破裂，拉开了鸿沟，各不相让，势如仇寇，只好把他送回大陆，让在南京的叔叔照顾他。或许是出自亲情的愧疚，父母各自会不定期给他寄好多钱，又好像在暗自攀比：谁给的钱多，谁的爱就更多些。所以，在卢轲成长的认识里，人情无非是彼此利用，东西要么是买回堆在家里，要么是暂时寄存在卖场，除此之外，几乎没有感受过什么温馨、真切的情感。

露水上来了，脖子能触到一丝凉气。大家不约而同地点着麻藁火把归去，队伍从大门口沿着小桥一直延伸到极远处，像一条身躯蜿蜒的长长火龙。大门外点点萤火缀满潭水上空，潭水粼粼一遍遍揉洗清月，夜风在妩媚地扭动着腰肢。

三姐临走时还不忘拉着小梧过来和卢轲道别：“状元公，我越看越觉得你呀，和我家梧儿，郎才女貌，天生一对。你说呢?”

“我……我们都要好好学习，这类事先……先不着急。”卢轲一见三姐就说话哆嗦。

“我最见不得，你们这些读书人假斯文，油盐不进的怂样子。哟，不早不早了，去睡吧，梦里指不定都想着的是哪个……”三姐的笑声淹没在了白马潭的潮声。

“三姐平日里最讲体面，好了，看我的薄面也得给人留点面子吧。”小梧对三姐说道。

“面子，我们梧儿是最有面子的。”三姐笑着念叨着，仍旧问卢轲，“对了，上回在围楼喝的薏米面子汤好喝吗?”

“好喝，太好喝了。”

“好喝就好。”三姐拍拍手，似乎对卢轲的回答很满意，接着她对小梧说：“抽个好天，你带这个状元哥哥去大姐庙求求签，很灵的！”

小梧看着沉默不语的卢轲，朝他摆摆手后，就羞答答地和三姐离开了。

那个二楞在不远处的某个黑暗角落，偶尔发出狐狸般的凄厉叫声，把夜的帷幕拉得更加凄清，星星也变得更加幽暗。

远处响起时而悠扬，时而幽咽的琴声，卢轲问海子：“这声音从哪儿传来的？”

海子答：“这是筱郎姐姐的琴声呢！”

卢轲又问：“怎么知道是她呢？”

海子笑着说：“筱郎的琴声很特别，所以印象深刻。叫……叫洞天仙籁，在九竹林传了四百年了。高音发出如同宝剑出鞘的声音，能让周围的虎豹伏地胆寒。”

卢轲点点头，暗暗称奇。院坪里篝火早已化作灰烬，只留下卢轲还一直在痴痴地坐着，是欣然若梦，还是怅然若失，他自己也分不太清楚。直到海子过来叫了几次，他才答应去休息。

卢轲被海子搀扶着上楼后，站在廊道栏杆前看着寂静的院子发呆。海子就进屋去摸黑点亮了蜡烛。卢轲转身准备进门，看到门内蜡烛后有一张特别狰狞恐怖的脸，还吐着长舌头，吓得脑袋嗡嗡的，身子一下子瘫软下来，扶住门框才没栽下去。海子嘻嘻一笑，左手放低烛台，右手扶住卢轲。卢轲捂住剧烈心跳的胸口，看着海子哭笑不得，叹气道：“捣蛋家伙，你这鬼脸吓得我小心脏一分钟跳一千下。哎，这围楼周围不是有毒蛇，就是有恶鬼，这叫人怎么待呀！”

海子说：“大哥哥是男子汉，你捏住耳朵说：魂莫怕！魂莫怕！就真的不怕啦！就是碰到漂亮的女鬼也不会害怕！”

卢轲似信非信，嘴上说“瞎说”，可还是照做了。

“先生，我下楼去一趟。”说完，海子就跑下楼了。

海子过了好一会儿才回来。狗子也跟过来了，还带来一包熟栗子。狗子说：“这是小梧担心卢轲晚上没吃好，又从家里取来这些让他捎给卢轲的。”卢轲此时茶足饭饱，对吃的似乎并没有什么兴趣，就让狗子把栗子放下。狗子收下卢轲送给他的一本书就回去休息了。

在烛光下，卢轲看到蚊帐里似乎有什么小东西在里面飞来飞去。他在海子的帮助下钻进蚊帐，仰脸躺下。

“天哪，我是进童话世界了吗？”卢轲不禁惊叹道。原来蚊帐里有十来只蜻蜓，身着各种颜色的花衣，或飞或停，虽然都挺着又直又长的尾巴，可身体显得格外轻盈。有一只蓝色蜻蜓还落在他的手背上，圆圆的脑袋上有好多只眼睛一起盯着卢轲，仿佛在说：“客从哪里来？”

“忘了说，筱郎姐姐晚饭后上了一趟楼，把火盆里的艾草给熄了，说是怕点久了，会熏坏先生的眼睛，甚至还会热出痱子。还用蜘蛛网套了这些蜻蜓来陪你，可以帮忙抓蚊子呢。”海子说。

“怎么，你还没走呀？”卢轲把头从帐子里探了出去。

“先生是让狗子走了，但没叫我走呀。”

“回屋休息吧，先帮我把蜡烛吹了再走。烛台边那个文具盒是送给你的。”

“多谢先生，夜梦吉祥！”海子笑嘻嘻地熄灯后掩门回房了。

屋里漆黑一片，卢轲躺下看着头顶无边的黑夜，内心却有些兴奋，心里说道：

“这么多天，筱郎总是能制造各种惊喜，但我还不曾和她正面见过的。唔，是连一句话都还没说过呢。她看上去像微风一样恬淡，却又如白云一般细致，这该是怎样的一个女子呢？”

后半夜，卢轲梦到筱郎好几次，但若即若离的似乎隔着什么，只看见她身姿绰约，却看不大清脸。

天亮卢轲醒来，梦里细节都模糊了，只记得筱郎幽幽责怪：你心里怎么说不认识我呢？很久很久以前你我就认识了呀，还有你在那火车上碰到的女孩，那十洲神仙欢迎酒宴上的曦瑶，那白马潭中救你上岸的，那都是我呢！

卢轲依旧倦倦地躺着，看着蚊帐内飞舞的蜻蜓，心里乱乱的，又是喜悦，又是惆怅，又是疑惑，又是忧愁，又是痛苦，又或是说不清理还乱的丝丝悠绪，可是这些都无法与外人分享。而隔壁的小男生海子像是在床上或者地板上翻跟斗，发出的声音忽高忽低、若有若无的。

卢轲敲着墙面，对海子那边说：“你白天教我用蜘蛛网套蜻蜓吧？”

“好！”海子隔墙回答。

“带我去看看有没有狼吧？”

“好！”

“狼尾巴真的是朝下的吗？”

隔壁回应的却是震耳欲聋的鼾声，余下的就是墙外夹杂的稀稀疏疏的蟋蟀声，还有不远处二楞发出的狐狸般的凄厉叫声。

此夜侘寂一片。

二楞小传

围楼暑期课程要到农历本月十三才开始开课，接下来的几天，卢轲不是在躺着，就是在喝药，剩下的时间就是在小梧、海子和狗子的陪伴下，去围楼内外的各个角落写生。在往返过程中，卢轲时不时地也会碰到有些神秘的二楞。筱郎照例每天会来送药，但都是悄无声息地来去往返，卢轲还不曾正式见过她一面。

时间过得很慢，环境异常静谧，但不会觉得烦闷，这让卢轲有一定的时间来思考一些事情。

九竹林的土地，宁静中包含着勃勃生机，平淡中蕴含着多姿多彩的意味。这里的人崇尚自然、庄谐、质朴、温和的生活理念。这里虽然隐秘，但并不是人间“孤岛”，他们乐于了解外面的世界，却并不盲目跟风攀比和追逐新潮。在每月逢五、二十五的农历日子，九竹林的山民都会悠哉悠哉乘船下行到西林寺附近的河坪赶集；若逢十五，不仅是九竹林，整个朱子溪流域的人都会穿上整洁的盛装，扶老携幼，对歌竞舞，顺便带上一些农副产品，会聚到黑石滩的棋盘街上互市互访。

“春三月，山林不登斧斤，以成草木之长；夏三月，川泽不入网罟，以成鱼鳖之长。”在卢轲看来，九竹林的人是离天最近的人，他们与鸟兽虫鱼、草木山川一起嬉戏，共存共荣地生长，在一眼望不到头的梯田长风里劳作、歌唱，一定会听到遥远的祖先圣贤发出的沉睡呼声。死去的并没有真正死去，他们的智慧一直在传递着；活着的那是天地的光，自然会把温暖折射到每个角落。

这么多天来，卢轲又从大家的只言片语中知道：二楞的情况是个例外，是沐利山看他实在可怜，把他从数十里外的黑石滩镇上带回来的。

九竹林退回到三百多年前，比现在的黑石滩还要繁华一些。当时九竹林中白马潭和出水口的朱子溪岸边，屯驻着明朝的不少军户，居高临下，牧马安营，这地方就被命名为白马潭镇，后来营寨遭战争而被废弃，人口日渐稀落，就又变成了九竹林这一个小村落；而溪水下游荒滩，却日趋繁华，变成集镇，传说人多搅浑的溪水把石头都染黑了，因此得名黑石滩。白马潭、黑石滩，两个地方以一条溪水远远的相连，一白一黑、一古一新、一静一躁、一净一浊，构成了一方小小的太极世界。

聒噪的黑石滩和清凉的九竹林很不相同，在盛夏的雨后黄昏，天地阴沉沉的，到处是一片沉郁阴闷的气息，聊无意趣，空气很潮，黏黏糊糊的，贴在身上像懒得滑动的软体蚂蟥。

此时黑石滩的沿街铺面格外冷清，大多已关门闭户，熄火入眠了。偶尔有四五个老伯聚集在某家的门楼，喷两鼻旱烟，吸几口茶水，共同讨论这讨厌的连阴天气，或议论河水上涨淹死了谁家的驴，或讲谁家的儿子真有福气，娶着了西施那样俊俏的媳妇。但每次聚会，他们总少不了要讲二楞的。二楞是个疯子，是好多年前的春天疯的。

黑石滩人大多斗大的字不识几个，却比九竹林人更熟谙人生的生存哲学。他们以为生老病死，人人在所难免。但来到这个世上了，就应当做好老天爷的臣民，涝来了就供牛头求雷神，旱来了就招狗子求龙王。种瓜得瓜种豆得豆，本分做人，自然是不会得到报应的。

好端端的太平盛世，二楞却要自行堕落，沉沦在神智崩溃的边缘，做出让考妣丢脸的事，未免太有伤风化了。二楞的疯给整个黑石滩人都抹上了一层阴影。但他们又想，自已整天日出而作、日落而息，还是顾着肚皮和生意要紧，二楞的事在他们容易建忘的记忆中变得司空见惯了。不过有时，老实又狡黠的黑石滩人因为妻儿老小之类而被搅得烦躁不安、抑郁不定的时候，他们总是乐于拿二楞的故事，或者干脆拉二楞本人出来逗大家一乐，在这看似欢声笑语的气氛中，就让这无聊的暗淡的光阴早一点过去吧。

二楞是个疯子，或者命中注定他就是一个疯子，即使他本来不是。

二楞（本名崚山）是他阿爷一把屎一把尿把他拉扯大的。二楞还有个哥哥，大他八岁。

二楞的阿爷，原来也住在九竹林，和沐思年同宗同辈，名叫青贵。青贵是个干活的好把式，挑、拉、背、挖、犁、耙、砍、栽，样样拿手，更赚得他祖上阴功，给他大字不识的头脑中平空塞了不少聪明。农闲之余，他总要挑着一担粗布南下韶关，干些小本生意，布匹在集市上卖完了，他又买些粗盐担到黑石滩的集镇上去卖，因此江湖上的事情他都老到精通。他十八岁就开始独支门户，娶了黑石滩开磨坊的李掌柜女儿，随后除了种好自家农田，他又在黑石滩周边开垦荒坡，一半种上茶叶，另一半种上板栗，再后来，他又将黑石滩的一片河沙滩开拓成肥沃的水稻田。

青贵一年到头忙得裤子贴屁股，殷实的家底让不少街邻眼红，可也没听说他有什么不良嗜好。不过后来听人说，他很疼爱小儿子二楞。

大儿子的娘是他的第一个内人，他嫌她太丑，肥手大脚、粗鼻细眼的，没个女人样不说，再加上李掌柜之前因为富农成分太高，青贵也跟着受到了诸多连累。所以结婚不到三年，青贵便拳脚相加、恶语谩骂，后来将女人和李掌柜一起赶走了。李掌柜临走前砸碎了磨坊里所有的石磨，还发誓再也不和任何姓沐的人打交道，纵然化成厉鬼也要把朱子溪的清水变成血水，吞噬这里的一切罪恶。

二楞是青贵在五十岁那年第一次去广州做生意时带回的一个烟花女子生的。青贵本想虽然这女人颇有姿色，可是落难风尘，年过三十才被自己英雄救美，一定会和他结为百年之好的。谁知仅仅苟且了三百二十天，她给他生下了个娃儿，孩子还没满月她就丢下老头子跑了。跑的时候，那女人除了带走她的几件贵重貂裘，还顺走了他埋在床底下的存钱罐和全部金银首饰。青贵天黑从外面忙碌回来，只见二楞在摇篮里啼哭，不见女人踪影，屋里还翻得乱七八糟的，已明白了八九分。他气得一嘴黄牙直打哆嗦，从厨房操起菜刀准备结果了这个儿子，女人跑了，还要这业障做什么？谁知他举起的明晃晃的菜刀上面映出他父子俩的熊样，居然让二楞觉得好玩，破涕为笑，那笑容大有他第二个女人的妩媚之状，菜刀悬在半空，突然啪的一声，掉在了地上，他抱起了二楞举过头顶，爷呀娘呀地号啕大哭。青贵哭，二楞也吓得大哭，冷不防地尿了他一身淋淋漓漓。

青贵依旧不疼爱大儿子，因为他和他的母亲一样丑。二楞爹就喜欢二楞，虽然他亲娘偷走了他的全部宝贝，导致家道急剧败落，还让他的下体染下了不治之疾，但是青贵仍旧喜欢二楞。

青贵用自己年轻时候闯出来的产业养活了两个儿子，虽然日子过得清贫些，但还熬得过去，像宠物一样养着的二楞不也是长得一天比一天俊吗？青贵除了请先生来家里教识字，还将自己走南闯北学会的酸不溜秋的小调，教唱给二楞，让他再去调逗街上的黄花闺女。青贵本想给二楞操办一门亲事，但这一年他已经七十七岁了，痼疾已经烂遍了他的全身，终于在痛苦的煎熬中被无常小鬼带到了另一个世界。那一年，二楞二十七岁了，仍旧没有娶媳妇。

二楞爹一去世，二楞这只小猫没人宠了，而此时他哥哥已经成家立业，娶的是外乡土人的女儿。哥哥心疼他从小没受过罪，还不会照顾自己，就把他叫来和自己一起住。可好事不到三天，他就被哥哥家赶了出来。

第一天他睡觉睡到阳光上床了还不起来，哥哥嫂子叫他起来吃饭，叫了几遍，他含含糊糊地答应了，又接着睡。哥嫂心生闷气，可是不好发作，便匆忙吃完早饭，到外面干活，不管他了。他就这样一觉睡到日头立在房顶的正中央，爬起来哆嗦几下懒腰，翻开橱柜，把一盆没盐没油的冷干饭用脏手抓着吃光了，不过幸好哥嫂没撞见。

第二天，他倒是起床起得很早，还不到五更。原来昨夜他吃嫂子做的南瓜汤，吃得太多了，夜晚美滋滋地做着美梦，又一脚把被子踹到床下，半夜便坏肚子了。于是一大早他一直坐在马桶上，下面似汩汩泉水外涌，只不过气味秽点罢了。中午哥悄悄对他说：快把你屙的粪水送到菜地倒掉，别让你嫂子生气。二楞是个很听话的人，歪着脖子，斜着细腰，便把马桶往菜地送。走到不远处的村邻门口，那家的狗很稀奇，二楞还会挑粪水，忍不住龇牙咧嘴地笑了，汪汪大叫，似要提醒让主人从屋里出来看热闹。这一叫，可不打紧，二楞那战战兢兢的挑子也忍不住一晃，一担粪水近一半洒在那家门口，这还得了！等二楞把剩下的粪水送到地里掉头回来，那家的主妇便拽住他的胳膊，从他十八代祖宗开始逐一骂个天昏地暗，说二楞，这秽水会坏了住家的风水。二楞大气没敢出一声，只是想，是你家狗瞎了眼睛呢，还是我二楞瞎了眼睛呢，反正你只管骂好了。又到吃饭的时候了，嫂子出来寻他，知道发生了这样的事，便打了圆场说，改天让二楞他哥给你家门口撒点石灰消消晦气，又赔了很多不是才把二楞拉回家。回家后，嫂子又少不得数落他一番，直说二楞老没出息。

夜晚，二楞嫂子突然觉得吃腻了大米饭，心血来潮，要整面包饺子吃。可二楞哥还没回来，少个人帮忙。二楞说，好嫂子，我又不能整天白吃，学着给你们帮忙吧。嫂子一想也是，便说自己和面切馅，二楞去烧火。一会儿煮饺子时要文火，饺子已经包好了，放这儿啦，我去担水了。二楞把饺子丢进锅里，不停地对自己说，火要小点，再小点，但还是不停地往灶膛里放木柴。等嫂子回来一看，饺子全糊成了面糊，而粘在锅上的黑得就像木炭。嫂子顿时按捺不住，眼冒金星，操起火钳往二楞头上便打。二楞头上起了大包，拔腿就跑，在河沙滩的荒田里陪一群丰乳肥臀的母蚊子过了一夜。

好不容易熬到了清晨，他哥哥找了过来，和声细语地对二楞说，“咱们还是分家吧”，二楞不吭声，但家到底还是分了。他哥嫂给了几件不紧要的物什，把他打发到他爹住过的老房子里。

二楞开始自立门户了，但什么也不会做，饱一顿、饿一顿，白天没事就深一脚、浅一脚地到村前村后瞎溜达，晚上就跑到他爹的坟头一会儿哭，一会儿嚷，要吃的，要媳妇。

镇上的好心人很多，拥有半条街铺的沐利山就算是一个。有一天拦住在路上逛的二楞说，“楞伢子，你年纪也不轻了，也该讨个媳妇儿养个娃娃，干挺着还真不是人过的日子。这样吧，我先借你一些盘缠，你跟镇上的年轻人一块去打工，年底回来再还我”。二楞还是不吭声，但事就被好心人定了。

二楞出去打工了，也不算太大的新鲜事。他是个老实的后生，爱看着别人的眼色和命令行事，从来不招谁惹谁。就是谁上厕所有意无意尿了他一身，他脱下裤子三下五除二洗了等风吹干就算完事了。人家干活，他也干活；人家睡觉，他也睡觉；人家休息打牌，他就在旁边奇怪地看着。到年底，他也不比别人少挣，除了吃喝，净赚了不少。他也会说笑话，但一点都不生动：“我是光棍也有钱花，不用再听那嫂子的气话。”大家也不在意他的话。到年底，大家都匆匆忙忙买了火车票，准备回家过年。上火车时，人山人海，二楞和伙计们失散了。

他在车上挤了半天，然后自个儿找了块空地，脱下鞋子坐在上面，看着窗外远处稀疏的灯光就像他晚上走夜路时常看到的鬼火，有些阴森恐怖。不大一会儿，眼皮犯困，他就耷拉着脑袋睡着了。等窗户缝隙里挤进来的凉风把他舔醒，已经是后半夜了，车上坐的人稀稀拉拉的，好像很多人都下车了。等他揉揉眼睛，定定神，迎面的是打扮入时的靓女，一见他就扭捏作态，暗送秋波。

二楞没正眼看过女人，于是忍不住频频用眼珠子扫对面的女人。那人见他心里痒痒，便主动和他套近乎。

三言两语之后，她鼻涕一把、眼泪一把、汗渍一把，捶着二楞的膝盖说："大哥，我也是和你一样命苦呀。从小就没了爹妈，也没人照顾，大哥你这么好心肠，要是不嫌弃，我以后就跟着你过日子。"

二楞睁着眼睛也没反应过来，等她再重复一遍，他欢喜得尿了一裤裆，像他当年尿到他父亲身上一样痛快。于是车厢里除了寻常的汗酸味、脚臭味、香水味，也点缀了些许的尿臊味。她趴在他的肩膀上，手指在他身上像群蛇出洞来回寻觅着什么，温情款款地说：为了下车方便，咱们的东西挪到一起吧。二楞点头如捣蒜，愉快地答应了，他第一次这么爽快地和人说话。二楞在靓女的臂膀中呼哧呼哧做着春秋大梦。鼾声如雷的他让列车上的好事者举报了，是以涉嫌流氓猥亵和随地小便等行为被警察传唤过去问话了半天。他支支吾吾，就跟哑巴嘴里含李子一般，说不出来个道道。等天亮他被铐着双手路过车厢，却不见了靓女的身影，他的包裹也随之不见了。二楞在看守所关了三天后出来，最终他那牵肠挂肚、凭空消失的物和人再也没出现，于是他结结实实地捶地痛哭了一场。

回到家，二楞生了一场病，一到晚上就眼冒绿光，浑身出大汗，白天又无精打采，所有的人他都不愿搭理。没人知道这是啥病。

熬过半个月，二楞的病似乎好了点，但人却变得不可理喻，睡罢了找东西吃，吃了再睡；睡醒了再找东西吃，找不到就又睡了。他不洗澡也不穿鞋，出门漠视任何人的存在，叫他也不答应，从此再也没说过话。

家里实在没吃的了，他就不知从哪儿揪些野菜，掺点麸子下锅。野菜有些是有毒性的，他便吃得一脸菜色，像变魔术似的，眼睛越来越发绿，看上去像恶鬼夜叉。冬天冷得直打哆嗦，他就去粪堆里寻些破布、塑料之类的，熏得他脸上、手上都像是熬过的牛油一样黑。他烧过的木灰中，总是能发现一些钞票的边角，这让看到的人很是纳闷。

这又该过年了。

在偏远地方，越是穷地方越是讲究过年，平时百姓们含辛茹苦，到年底了巴望着大油大腻来安慰一下清淡的肠胃。年三十那天，二楞不说与大鱼大肉绝缘，米缸里最后一粒米也在三天前被同样准备过年的老鼠搬到洞里去了。

要是平时，他自己不把自己当人看，别人也不把他当人看。要是饿极了，他还可以去别人地里偷点红薯、白菜什么的回来吃。有一回，他去哥哥家偷吃猫碗里的鱼片，被他嫂子操起做饭的火钳一顿好打，在额头上留下一个永恒的记号。

不过这时节，外面冰天雪地，荒芜一片，也没什么可让二楞偷的。看来想托死去阿爷的福，安心过个年是没有指望的了。他隐约记得，他周围的人中，只有镇上的本家二孃（婶婶）没骂过他。饿着的肚子拖着二楞来到二孃门前，正在忙年饭的二孃走出院子看见他，赶紧迎出来叫二楞侄儿到火炉旁先烤烤火，除夕饭开始了，二孃家上上下下十几口相聚一块蛮热闹的，但二楞却成了大家心里的小疙瘩。二孃说，二楞，用热水洗个脸吧。二楞看了脸盆的热水，却奇怪地不肯答应，这一回他向他爹一样做了一回有原则的事情，歪着脖子就离开了二孃家，走了大概三丈远，二孃追上来，用草纸给他包了几块油饼给他。二楞漠然地接过油饼，不打开草纸就往嘴里啃，头一摆，脖子一勾走了。二楞的年三十就是这样“冻人”地度过的。

转眼间，春天来了。春天也就那么回事吧，除了燕子和云雀会叽叽喳喳地叫个不停，抽青的柳条也会搔首弄姿地摆来摆去。当池塘的最后一块冰也融化了，小孩子们终于张开了整天被大人们吩咐大年要禁忌的嘴巴。小孩开始嚷嚷二楞疯了。再后来，大人们也这样说，最后，连聋了耳朵的老太太也知道了。看来二楞一疯，知名度倒是大大地提高了。

有人说，二楞疯了是因为女人的缘故。他爹娶的第二个女人原本是个狐狸精，二楞从那个娘胎里就有邪气。更有甚者说，二楞的疯是因为他嫂子打他一火钳，正好打在天灵骨上，男人的印堂遭女人打了能不晦气吗？还有人说是火车上那个搔首弄姿的婆娘害的。可见山外面的女人都不是好东西。

也有人说，二楞他爹生前好玩女人，作孽太多，阎王把老账都算到二楞身上了。

还有人说，二楞给自己未来抓阄。一把阄，有“富、贵、穷、疯”几个字，他却抓了个“疯”。

还有人说，二楞……

议论归议论，这个世界又多了一个疯子，疯的理由谁也不清楚。

黑石滩镇上的老年叫他疯子，青年叫他疯子，少年也叫他疯子。镇上的人们一见到他，总是喜欢一个劲儿地在二楞背后喊疯子，好像大家的日常娱乐又多了一种消遣。

泉水出源就有变浊的意思，似乎人在名利风尘场中也会生出不少杂质。

后来沐利山实在看不下去，就又把二楞带回了九竹林。在这里，二楞把九竹林里所有的人都视为亲人。他顿顿吃的是百家饭，天天穿的是百家衣，也并没有人嫌弃和歧视他。他的神智渐渐和常人并无异常，除了显得有些邋遢和始终不肯开口讲话之外，人看上去倒是每天很逍遥自在的样子。

了解完二楞的故事，卢轲在心里默默思忖：每个纤弱的生命都只是宇宙的一粒微尘而已，这些尘埃虽然在当初未生、最后落定的时候，没有谁会一直知道和记住另一些谁，可是生命在飞舞的一瞬，还是希望能彼此坦诚以见、温存以待的。真好，在生命最绚烂的年华，还能幸运地遇上最美的九竹林，遇上这里善良的人们！

“二楞，快过来呀。筱郎丫头刚采完药回来，她也顺便采了好多野果子，专门交代我，送给你一些。”卢轲脑海里不时地闪念着那天初来九竹林时那位孃孃说的话，这着实让卢轲有点羡慕二楞所受的优待了。

云山采药

前言：中国有大美，亘古而不灭，历久而弥新，并章服之华，合礼义之大，是谓“齐天之美”。

朝阳讨喜，洒落成金。

梨花洲外靠白马潭的另一侧，有一头水牛摇着尾巴、怡然自得地喝着潭水。梨花洲内的几棵梨树成荫，果子已经发青，向阳处已有拳头一样大了。几只黄莺穿梭其间，不时啼鸣，这兴奋操切的心情，该是给今天来书院报到的孩子们道丰收之喜的吧。

书院是梨花洲内三间打通的阁子，中堂悬挂着“观生居”牌匾，匾下的船山先生画像庄严，面朝南注视着屋内外的一切。画像两侧有楹联，字法庭坚：传神旧法写山照，偶得新奇赛古人。

响起的开课铃声，是用挂在一棵梨树上的铁块敲出的。当然“打铁”这一神圣的职责是由卢轲的“拐棍”——海子自告奋勇完成的。

大家齐刷刷起立向讲台鞠躬，先是给孔夫子和船山先生行礼，然后小梧恭恭敬敬地把要上课的老师请上台来。

第一节课是由小茜来上的数学。小茜一袭连衣黑裙，配合修长的身材和深邃的眼神，显得气场很足，不怒自威。有十六七个学生，大多学生在上初中，包括小梧、小榴等，大家都坐得整整齐齐，安静得连树上松鼠偷摘果子的声音都听得一清二楚。

小茜的数学课很特别，她把一元二次方程 $ax^2+bx+c=0$（$a\neq0$），讲成《西游记》的故事，让平时一见方程就晕的女孩，也有了兴致。

小茜说，在一元二次方程中，x 是充满未知的取经之路，a 是孙悟空，不能等于 0，因为离了孙悟空就没法取经，方程也就不成立。b 是猪八戒，本事第二，c 就是在后面挑担的沙和尚。0 当然是没有法力，但有定力的唐僧。三个徒弟和师父配合的密切程度就是 b^2-4ac，关系到 x 有无解。

小茜思维缜密，条理清楚，难得地把抽象比拟得非常形象，打破了大家对日常数学课枯燥的刻板印象，接下来的做题环节，孩子们进行得非常顺利。这让院中梨树下听课的卢轲佩服不已。

课上，海子却提出了他“过人”的见解：“一元二次方程的 x 也可以是卢轲先生此次创作之路。”

小茜扬着眉毛让他说下去。

“卢先生就是到九竹林转一圈，来了还要走的，当然是 0。b 是各位姐姐，能照顾他的饮食起居，c 就是我和狗子等几个人，没事就给他当拐杖。”

“那 a 是谁呢?”小茜接着问。

“a 至关重要，时时刻刻牵动着卢先生的思绪。a 决定着他这次创作是否能有圆满的收获。”海子故意卖关子。

“a 到底是谁呢?”同学们都齐刷刷地看着他发问。

“做题嘛，还需要认真去解，才有成就感。答案说出来可就没意思啦!”海子成功吊起众位同学的好奇心，却故作深沉地卖关子。

“a 肯定是卢先生喜欢的人!”和海子年龄相仿的男生狗子说道，众人都跟着附和，嚷嚷着一定要把 a 解出来。

这一刻，似乎谁也没有注意，坐在后排的小梧低头看着案桌，白嫩的耳根上微微泛红。

中间是休息时间，孩子们玩起了猜谜语。

“小时青青腹中空，长大头发蓬蓬松，姐姐撑船不离它，哥哥拄杖拿手中。”小梧刚说出口，大家立即抢答“竹子”。

“小时青来老来红，立夏时节招顽童，手舞竹竿请下地，吃完两手红彤彤。打一食品。”小茜也出了一个。

以下是书院里别的孩子出的谜语：

冬天蟠龙卧，夏天枝叶开，龙须往上长，珍珠往下排。打一水果

水上生个铃，摇摇没有声，仔细看一看，满脸大眼睛。打一物品

上头去下头，下头去上头，两头去中间，中间去两头。打一字

孩子们你一言，我一语，都在热闹地出谜语、猜谜语。这时二姐桑儿挎着一篓青菜远远路过却又拐过来凑热闹，也出了个谜语：

“一点一点分一点，一点一点合一点，一点一点留一点，一点一点少一点。你们的谜子都是打一个字一个物，我的是每句就打一个字。我数十个数，你们谁要是答出两个字来，我就请谁尝一碗腊肉腌豇豆挂面。”

看着很简单的谜语，竟然没一个人当场答上来，二姐笑着踩着一阵风快步走开了。

下午，首次登台的卢轲身着深蓝色棉布衣裤，脚踏九竹林人常涉的竹履，并没有直接教美术，而是讲起了船山先生的美学理念。王船山是明末一位了不起的哲学家、史学家，更是一位卓绝的美学家。卢轲将船山先生的美学观总结为“齐天之美”：

中国有大美，亘古而不灭，历久而弥新，并章服之华，合礼义之大，是谓“齐天之美”（这一段卢轲还专门写下了粉笔板书）。

船山先生说：“言情则于往来动止、缥缈有无之中，得灵蠁而执之有象；取景则于击目经心、丝分镂合之际，貌固有而言之不欺。而且情不虚情，情皆可景。景非滞景，情总含情。神理流于两间，天地供其一目，大无外而细无垠。”

意思是说，胸中涌动着情，举目所见的天地之景就都浸润了诗情。当下之景与审美心灵相结合，内心与外物在审美直觉中达到一种相契合的境界，天地至美就产生了。在此瞬间能廓然明鉴天地万物，只见天地之神理。以诗为论，诗人具有“广远而微至”的胸怀，才能有“风日云物气序怀抱，无不显著”的诗作，才能使诗之境界“长可千年，大可万里，一如明月之在天而不改”。外在景物与人的性情相互浑融、相为澄明，使人进入一种超越时空而无限寥廓深远的浑涵境地，人的精神也就达到了无限自由的境界，这是一种无碍的诗性境界。在这种诗性的审美境界中，人心洞彻了夹于天地间的神理

而“彻于六合，周于百世”。王船山吸收了以真美为主的审美意境，同时也保持了以美善为主的儒家传统，以他天才的融会贯通将至真、至善、至美统一于诗的境界之中，也就是类似古人“天人合一”极度自由的精神境界，在这种境界中，人的心灵体验到了一种极其美妙的畅适。这境界正是王夫之人格美育的终极追求——齐天之美。其美有三：

其一，慈孝之美。船山先生推崇父慈子孝，把孝当作一切道德的基石。父母要亲爱子女，教而有方；子女要孝赡父母，敬而无违。

其父王朝聘至性简靖，对船山兄弟耳提面命，一旦有违背常道之事，就正容不语。三兄弟不知所措，这时其母亲就会先探明其父意图，然后告诉几兄弟错在何处，最后还笑语宽慰他们。在这种既不挫伤自尊心，又能感觉到父母慈爱的氛围中，孩子能够深刻认识到错误并下决心纠正问题。

王朝聘留滞燕邸，苦寒多病。船山的兄长王介之每想到这个，就无欢笑之容。有一年除夕，王介之悲吟“长安一片月”一诗，念及慈父，宛转唏嘘，流涕被面。母亲有心痛病，一发病就十天半月不愈。王介之亦多病，但每天都服侍在床前，十多天也不睡，常常两三天不进粒米。

崇祯十六年（1643），张献忠所部艾能奇陷衡州，到处钩索名流，有不顺从者，则投之于湘水。王朝聘是湘地贤达，也不幸被抓。王介之打算单刀赴会与父亲同死，被船山及时阻止。船山举利刃将自己脸部划伤，并刺穿双腕，涂上毒药，然后带着浑身溃烂的创口，只身去往军营，士卒见到他像见到瘟疫一样纷纷避之大吉。他对艾能奇说：“大帅，我兄长已死，我成了废人，我父亲也垂垂暮老，对你们都没有用，请让我们父子相聚。”艾能奇被其凛然之气折服，不得已释放了他们。这对父子，在乱世中竟奇迹般的得以团聚、保全。

船山先生对家族延泽十四世的慈孝家风引以为傲，那么是什么让这一醇美家风绵延不辍的？王船山给出了明确的答案：“父兄立德威，以敬其子弟，子弟凛祇载，以敬其父兄……可以嗣先，可以启后。”

其二，敦伦之美。家教家风靠夫妻共同扶持，父勤母助、夫妻同心，虽然贫穷但甘之如饴。

王船山父亲王朝聘宦学四方，家徒四壁；其母支盈补虚，煮药调食，晨起晏息，躬亲执事，秉力维持丈夫的差旅盘缠。父母这种同甘共苦的生活氛围给王船山树立了良好的榜样。

王船山的儿子王敔曾回忆自己的母亲：“（郑）孺人通文辞而不拈笔墨，体孱弱而躬亲釜臼，播迁与先子以节义共矢，栖迟与先子以薇蕨共甘。”郑孺人是王船山的第二任妻子，曾与他一起颠沛流离，出生入死。夫妻一度幽困在永福水砦，绝食卧病长达四日。后来二人间道归楚，恰遇桂城失陷，阴雨连绵六十日，无路可走。二人都做好了共同赴死的打算。郑孺人去世后，王船山悲痛不已，为她写了多首令人感佩垂泪的悼亡诗。其中一首是：

晴月岚平北斗移，挑灯长话桂山时。
峒云侵夜偏飞雨，宿鸟惊寒不拣枝。
天吝孤臣唯一死，人拚病骨付三尸。
阴晴旦暮寻常极，努力溯洄秋水湄。

读来令人肝肠寸断，字字是血，眼前虽是“侵夜”“惊寒”的惨相，但依然有对亡妻的承诺，要用幸存的生命为亡妻、为家族、为民族的未来博得一线希望：“努力溯洄秋水湄。”王船山一家能顺利在明清鼎革之际度过倾覆之变，还能在乱世中写下数百万字著述，成为与黑格尔并列的“中西方哲学的双子星座”，可以说“另一半”的同心同德功不可没。

其三，成仁之美。船山先生继承了孔子“诗可以兴，可以观，可以群，可以怨。迩之事父，远之事君，多识于鸟兽草木之名”的诗教理念，并总结出：“圣人以诗教荡涤其浊心，震其暮气，纳之于豪杰而后期之以圣贤。”圣人用诗涤荡人们的心灵，激发人们的志气，如此便可以先成为豪杰之士，再向圣贤看齐，实现成仁之美。对于钱财，视之如粪土；对于社稷，怀忧患意识；对于百姓，有担当精神。先生一生坦荡，也生出“六经责我开生面，七尺从天乞活埋”的气度和胸襟。

船山先生还在《示子侄书》中，告诫后人立志成仁的关键要点：“立志之始，在脱习气。习气熏人，不醪而醉。其始无端，其终无谓。袖中挥拳，针尖竞利；狂在须臾，九牛莫制。岂有丈夫，忍以身试？彼可怜悯，我实惭愧!”

习气熏陶人，不自觉地会陷入其中而不能自拔。首先要坚定除陋习之志，养就恢宏之志。这样读书，就能领略到古人的意趣；这样立身，如同立于豪杰之地；这样事亲，就能涵养出大志；这样交友，就能合乎道义。

明亡后，船山先生遁迹于林泉，志不仕清，在石船山下筑茅屋而居，过起了隔绝尘嚣的隐居生活。但是，由于他名气甚大，许多清廷官员都来拜访他，意在请其出山，先生都一一婉言拒绝。后来他的一位故友也来茅屋做“说客”，先生在晴天手撑油布雨伞，脚蹬高齿木屐出门相迎。故友一看先生如此举止，就明白他在展示“头不顶清朝天，脚不踏清朝地”的气节。先生以孤傲的“身语”“物语”来向访客言明自己的志向：清风有意难留我，明月无心自照人。船山先生就这样隐藏着难酬的壮志与亡国的悲痛，栖伏林谷，随地托迹，甚至变换姓名为瑶人以避世，刻苦研究，勤恳著述，垂四十年，完发以终。

船山先生把“横渠之正学”作为成就“天人之美”的完美诠释，勉励自身和子孙，操履高洁，矢志不渝，以之作为人格的信条：为天地立心，为生民立命，为往圣继绝学，为万世开太平。

近代学人刘人熙写道：“愿广船山于天下，以新天下。”一语中的地道出了天下士子的共同心声。后世的曾国藩、谭嗣同、孙中山、章太炎、杨昌济、熊十力、章士钊等都争当效仿船山“博文约礼，命世独立之君子”的“大美人格”。

孩子们都在聆听“美”中静静沉思，而后纷纷提问，其中，小梧的问题让卢轲印象很是深刻。

“先生，船山先生的美学思想用一个词语概括是什么呢?”

“船山先生说：‘为人谓学者，言行趣尚之别也：温柔，情之和也；敦厚，情之固也!’也就是说，温柔敦厚乃是人们温良诚挚的品质、宽厚从容的性情，是言行意趣、性情修养的体现。‘温柔敦厚’也是船山先生对于审美意象的内在要求。”

“那么先生，怎么才能做到温柔敦厚呢?”

“船山先生在给《古诗评选》做评语时说，‘可以直促处且不直促，故曰：温厚和平。’这温厚和平与‘温柔敦厚’意思相同，只是表达方面更加平实。推崇温婉含蓄、反对直白迫切的审美意象，维护如诗画等审美对象，孑然独立的艺术价值。”

“温柔敦厚，温厚含蓄，感觉像是一种偏于软弱顺从、谦谦君子之风的思想，久而久之，会不会压抑了阳刚之美、雄浑之美？”

“《姜斋诗话》：‘虽云温厚，然光昭之志，无畏于天，无恤于人，揭日月而行。岂女子小人半含不吐之态乎？’温厚并非温吞，而是虽然含蓄却具有光昭之志，敢于揭日月而行，不肆意妄言，但不因畏惧而不敢直言。可以说，在船山先生心中，‘温柔敦厚’是艺术创作的准绳、审美意象的要义。就像前面提到的诗句：‘天吝孤臣唯一死，人拼病骨付三尸。’在悲怆之中，也要生出豪情和壮气：纵然浮荣却尽，身处绝境，依然杀身成仁，天采孤飞。”

“好个‘天采孤飞’。先生，虽不能至，心向往之。一个能深刻洞察生活中美的人，自己的心性也柔软和富于同情，而真正的美德与尊严也便在其中了。一个有鉴赏力和真学识的人，连一个正派的人都算不上，这种情况是很罕见的。由于他的心灵致力于思考和学问，必定能克制住自己的利欲和野心，同时也必定能相当敏锐地意识到生活中的各个礼节和责任。”

“沐小梧的见解很独到呢，很棒！”卢轲掌声一起，同学们也跟着鼓掌，一时间掌声如潮。

这时最后一排一个女生站起来发言：

“先生，太感谢你了，你才是最棒的。这个夏天，为我们的心灵打开了一扇天窗，让我们感受到骨血中，有一种从未有过的生命力量在迸发。未来，不管前程是光明还是黑暗的，我们都应该活出不屈从天地威慑的样子，同时又不掠夺蝼蚁的光彩。在这个课堂上，我要向你行揖礼，深深致谢！”这女生在课上一直安静地记笔记，不料不鸣则已，一鸣惊人。直到她发言行礼结束，卢轲才看出她是小榴，这也是小榴第一次当着自己的面说话。

黄昏又近，青涩的梨上泛着夕阳的柔和红晕。该下课了，孩子们逐一行礼退出。

这时有动听的声音从书院外面传来，是一位身着浅绿色的袍衫，头戴米色幂篱，肩背药篓，手持长箫的女子，倒坐在青牛背上轻声吟哦，且行且停，从梨花洲的梨树下面穿过，仿佛隐于旷野山林的女侠。卢轲品咂了一下，知道这女子所吟的词，正是王船山创作的《贺新郎》：

海门孤月上。是人间、千分秋色，桂香新酿。一曲草堂东岭对，延尽碧天清爽。窗影照、吟虫幽响。鹭足倒拳衾似水，笑清狂、到此无能强。镫焰薄，摇孤幌。

一丸冰玉含惆怅。付伊谁、划破青天，御风孤往。擒取妖蟆三足怪，铺满银魂千丈。问窃药、当年欺罔。玉宇能禁寒彻骨，但有情、不怕银河广。宝剑在，英雄掌。

卢轲对这女子充满了好奇，可是等他打发走每个孩子，走出课堂之外时，只能看到她坐青牛渐远的身影。虽然卢轲和那女子迎着面，可是她戴的幂篱完全遮着脸和脖子。

卢轲叫住最后一个离开教室的海子，问他是否知道那女子是谁。

海子乐呵呵地说："先生，你晚上给我讲隋唐演义，我就帮你问那是谁。"卢轲点头答应了下来。

海子追上去几步，然后停下，一本正经地喊："喂，先生问骑牛者何人?"

那骑牛者并不停步，只是徐徐酬答：

伴鹤瑶池效斗姆，
栽云五岳做东君。
青牛倒座答童子，
白马潭边采药人。

"筱郎，是她无疑呢，先生。"海子高兴地喊道。

"好个'白马潭边采药人'。"卢轲斟字酌句的样子，像极了话本上的秀才。海子本来想模仿他呆呆的样子，结果举止却像是从石头缝里刚蹦出的一只孙猴子。

"采药人"似乎听到了这两个人的对话，神色却依然平静如水，只是从背后药篓里取出一个小东西，掷向身后的海子。

海子急速把头一偏，朝卢轲喊了一声“暗器”，卢轲敏捷地抬手接住，那小东西原是一只青色的葫芦梨。

卢轲把梨子放在鼻前嗅嗅，此刻有一股酸涩的味道和他内心涌动的凄苦情绪完全融合，这一滋味日后时常在他的意识里流淌，挥之不去。

“采药人的梨子好吃吗？比贾柳楼（隋唐演义里秦琼为母祝寿的地方）的寿桃还有滋味吧？”海子故意放开嗓门咯咯笑着，蹦蹦跳跳钻进梨树林里了。

是夕阳在卢轲的脸上留下一片绯红霞光，还是卢轲每次听到筱郎这个陌生而又熟悉的名字，总会掩饰不住的莫名脸红呢？

卢轲朝着那骑牛弄箫的背影走了一段，直到上到一个特别陡峭的山坳才停下，这是他自蛇伤康复后走得最远的距离。他看到筱郎和青牛的身影徐行在崎岖绵长的小径上，一只白鹤时而从筱郎头顶掠过，时而立在牛后背上。他们在竹林之中穿梭，或隐或现。这背影经过一段曲折的小径，涉过一座小溪上的木桥，便到了一处隐蔽的青砖瓦房。直到苍茫暮色笼罩天地，也笼罩了那小小的青砖瓦房，卢轲才伴着附近瀑布的轰鸣声返回围楼。

第二天一早，卢轲再次来到山坳。青草盛着新鲜的露珠，天空发出柔和的光辉，显得澄清而又缥缈。他支好画夹，抬头的那一刻，就看见从那竹林深处的青砖瓦房上升起一缕直直炊烟，舔着朝阳红红的脸庞。

卢轲远远望去，透过层层竹林掩映，筱郎突然出现，她来回穿梭的剪影依稀可辨。她先是牵着水牛来到溪边饮水，然后把牵引的绳子挽在牛角上，让它自由地去吃草。

接着，阳光像一串串金色的蝴蝶舞者般，不离不弃地追随着她，追随着晃动的齐腰单麻花辫，从她进院再到她抱着药篓出来，都是如此。

就在卢轲低头整理画夹的刹那工夫，筱郎早已肩背药篓，手提药镰，顺着腰系的绳索，身手敏捷地从山顶降到悬崖深处的半壁间，上下寻觅着。

白云在她的身边聚散，晨光在她的肩上起落。当卢轲端坐抬头，看着数十丈外的筱郎正凌空踏着悬崖的脊椎，叩问那一株株草药。

突然，筱郎举起的镰刀在触向草药时闪空，于是她身体顺着腰上的绳索在半空中打着旋儿。

“小心!”卢轲嗖地站起来，对着筱郎喊道，山崖之间传出两三遍回声。

“大画家你好呀!”筱郎稳住绳索，身姿绰约，远远回眸看着卢轲，她的声音并未用力，却清脆又极富有穿透力。

“你在采什么药呀?”

“蒺藜子、观音柴。”

“这些草药名字真好听!”

“……我正好问你，为什么那天晚上明明是六个姐妹在溪边，你却画上是七个人?”

“可是我明明记得，就是七个人呢。”

“你画七个也对，还有一个……”

“哎呀，有马蜂!”筱郎果断挥舞镰刀将晃来晃去的马蜂驱走。

“看着真危险!”

“这没事的，从小跟着爹嗲①，这方圆几百里的连绵群山，我都攀缘过了，最高的大人尖也去过了。”

“筱……筱郎，你为什么老是躲着我呀?”

“没吧，太忙了……最初以为你这人就喜欢偷窥别人的……呢……”

“说什么? 听不见。”

“说你——就像你旁边树上的熊猫鸟。”

“像这熊猫鸟又怎么样?”卢轲抬头一看，枫树上果然歇着几只毛色像熊猫并不停抖动脖子的小鸟。

“你看它，腿脚壳壳瘦（很瘦），脸皮丁丁厚（很厚），表情格格木（笨拙），见什么都有点好奇，凑在一起就有一点点——可爱。”

“哈哈，你这是损人还是夸人呢?”

“当然是夸你呀!”

“回来我给你好好画几幅呢?!”

“好，六月十九，观音赛社，在那儿见啦……”

“一定赴约! 可为什么采药要跑到悬崖绝壁呢?”

---

① 嗲嗲是湖南、江西部分地区对爷爷的称呼。

“好药越来越少，人世的病越来越多。”

“如果最高的山都已采过，还不能根治世上的病呢？”

“那怕是只有到天上去采仙药了。”

卢轲静静地思忖着：想必上好的草药都葳蕤生长在人迹罕至的危险之处，少了人气，仿佛这样才能多沾一点天地毓秀的灵气。人常在低处害病，却要在高处采药，多高处的药才能治愈我们这些低处的病人呢？采药人爬的山越来越高了，人世的病却越来越重了。低处的病追着高处的药，红尘不就是这般纠葛吗？

那药莫非也不愿下山吗？也怕多病的尘世吗？谁让你是药呢？谁让筱郎是采药人呢？草药呀，你总不忍心让筱郎一直冒着生命危险，寻寻觅觅也填不满药篓，空空如也吧？

筱郎走在晨曦里，浑身散发着青春的气息。这明艳而又幽深的美丽画卷，让卢轲心头为之一振。直到筱郎的背影远离对面的崖壁，又融入袅袅炊烟。

他丢下手里的画笔，朝着炊烟的方向跪坐下来，热泪止不住地流淌下来，不能自已，这半天的工夫心中又婆娑着晶莹的闪念：

站在十七岁的台阶顶端看这一切的一切，看着是不是像梦幻一样触人心弦？

要是自己是这缕被升起的炊烟或者是那只被牵引的牛，哪怕是化作围绕这砖房流淌的一支涓涓溪流，应该都是这个世界上最幸福的人。

可是就算努力地微笑，朝天空露出浅浅的酒窝，朝阳下自己的影子却也无动于衷，似乎在冷漠地看着主人说：“都这么大人了，怎么还这么容易感伤呢？”

这个马上就要过去的十七岁暑期，卢轲不想草草地将它们打包，然后扔到一个随意的角落，拍拍手上沾染的细尘，高呼一声“万事大吉”。甚至也不忍整理那些陪伴自己的细小瞬间。其实，随它们像蒲公英的种子在记忆的天空翩翩飞舞，就很好了。

“先生好专心，你是在画山、画水、画云，还是在画人呢？”卢轲扭过头来，发现是狗子在说话，他应该是悄悄立在身后，一本正经地看了半天他画画了。

“狗子，我在……”

“先生是在画人，画一个你梦中呼唤的采药人。”

“狗子，你怎么和海子一样，好胡乱猜别人的心思？”

“才不是乱猜呢，男儿膝下有黄金。我看到先生你发了半天呆，突然就激动地跪下了，眼泪跟金豆似的叭叭往下掉！”

“狗子，这事你千万别说出去，回来我教你画画，画你喜欢的哪吒。”

狗子做着鬼脸，就是不说答应保守这件事。这时小梧也气喘吁吁地爬上坡来，看到卢轲就喊：

“轲哥哥，该吃天光（早饭）啦。狗子，我老半天让你找先生，结果你也丢了。原来你们都在这儿，晒日头！这个地方还是别来，有狼出没呢！”

卢轲合上画夹，看上去若无其事的，答非所问：

“是啊，你看，这太阳光多强呀，直射眼睛就刺激得流泪。”

观音赛社

今天，对，是今天，就到了六月十九赛社的日子。卢轲很早就醒了，在心里反复确认这件事。

他倒不是因为太激动才醒的，而是半夜里蚊帐敞开了一个大洞，蜻蜓们不告而别，悄无声息地飞跑了，可一堆蚊子却扶老携幼地不请自来，这架势似乎还准备要长住下去。所以这是卢轲第一次被九竹林健硕的母蚊子们“吻”遍了全身，足足有十几道红肿的印子，在这激动人心的消夜良辰自然要清醒才好铭记于心。

熬到天亮，卢轲担心等蚊子吃饱歇息了，自己也会昏昏睡去，就起身跑到廊道来回溜达了好久，看大朵大朵的云彩悠悠西去，把天遮得阴阴的，直到看见海子也迷迷糊糊地起床开门了，赶紧凑过去商量今天的行程。海子说，他本来是要去给筱郎扮“童子”的，可是为了照顾卢轲的起居出行，干脆把这个角色让给了别的孩子。

二人洗漱停当，下楼去梨花洲扒了几口饭，就乘海子父亲沐英山驾的小舟从白马潭闸道出来，顺流而下，朝碧落庙奔去。桑儿、杉儿、小茜、小梧、小榴几个，也天不亮就跟着父辈乘舟去安排赛社事宜了，只有沐利山自称肠胃不适，要中午才能过去，临行前他安排妻弟在家照顾儿子沐楚。

海子看卢轲一路不停地抓痒，等到了碧落庙门外，就薅了一些类似荆条名叫“黄荆树体”的叶子，揉碎直到出汁液，按在卢轲被蚊子叮过的地方。涂上去感觉凉凉辣辣的，还真能减轻瘙痒，但这感觉却让卢轲想起了给自己敷药的筱郎。卢轲听说筱郎昨天下午就赶到碧落庙住下，为的是天不亮就可以定妆。这位已闯入他心中的人物正是今天赛社的主角，扮演的是万众瞩目的观音娘娘呢！

碧落庙山门上题写“碧落洞天”匾额，匾额两侧有很多字的对联，给卢轲留下了深刻的印象：

到此十七洞天方知天外有天当止则止耳，

仰其万千仙道始悟道非可道应行便行然。

山门外开阔地为升幡台，“慈航真人圆通自在天尊”大纛中庭伫立，围观的足足有上万人。卢轲和海子根本挤不到里面去。

行香在当天上午九点钟开场，一个青年化装成光明司法护法尊王的武士形象，骑快马从“碧落洞”山门口出发，跑到五里远的溪边红薯卡岸滩才回转，每隔一刻跑一次，称为“绕境”。三次之后，正式行香的队伍就跟着来了。

大纛打头，由一人举旗，四名带刀“武士”护持，外围还有两个手转、掌托火流星的人走在前头的两边开道，火流星时而像仙女散花，时而像繁星闪烁，时上时下，忽左忽右，风声呼呼作响，灯火不灭，虚实相生，明暗互变，飞旋不停，滴油不溅，这让卢轲惊叹不已。

继之是高跷队伍，别看踩高跷的看着高高在上，可是得一直行进，不然会从上面重重摔下，鼻青脸肿的。纵能在人前趾高气扬，难免也高处不胜寒。

后面是甩鬏的武生，一路行走，一路表演，甩鬏技巧有：脚踢、头顶、指叉、背滚、鼻竖、身转等，瞬高瞬低，忽快忽慢，时悬时动，令人目不暇接，也最受小孩子的欢迎。

接着是八名跟班，每个人都身穿红黑色号衣一边肩抗“回避”“肃静”的高脚牌，后面颠颠歪歪抬着“县太爷”的四抬大轿。这轿子本来是给筹划整场庙会的总令沐元山坐的，可是总令要在乡邻面前表示谦虚，就让这扮演“七品芝麻官”的坐上去，自己则陪着双亲二老走在巡游人群的最后面，累了还可以随时歇息。

当抬九门铳的执事过去后，出现十二人的队列，依次手执长牌、藤牌、毛竹狼筅、长枪、短刀，双双并进，特别威风，百姓称之为“鸳鸯阵”。紧跟其后的是打三角旗的旗队，依次还有方旗、长方旗等。不同队列的衣装繁简不一，但排面都利利索索、整整齐齐。

现场声音令人振奋，卢轲不住地惊叹。海子凑到耳边说话，他才能勉强听见。“听老人讲，这个队形还借鉴了明代戚继光抗倭的阵型呢。‘鸳鸯阵’为冲锋将士，前面的大纛是全社的总令，意思是全军的统帅；三角旗是名望乡绅，相当于指挥的将军；方旗是乡社里打令旗和尾旗的，对应军队的文官军师；打小长方旗的长年，就等同于部队的后勤保障。”

海子还没介绍完这些知识，就被人群挤散了。这时卢轲发现，身边出现了气势不凡的鼓亭，其通高八尺，紫檀结构上雕有“八仙过海”“五岳朝天”等造型，四周还装饰有彩球、花环、小彩旗等，由四个壮汉肩抬，鼓亭内有二人鸣锣擂鼓，两旁配有八人组成的唢呐吹奏乐班，演奏曲调是“一枝花”“闷尺”“闷工”等。

溪上也有舟船齐发，与岸上堪称是水陆并进，两处的锣鼓调曲和节奏遥相呼应，高低起伏。

随后是一群牛头马面的判官小鬼，簇拥着身穿白袍，头戴白色高帽，满脸雪白的无常大爷和着黑袍黑帽、满脸黢黑的无常二爷。走在他俩后面的，是一个用猪心肺蒙在脸上，身穿红衣、手提铁链的鸡胜神，之后是唐僧师徒四人。然后是道士的行列，为首持漆盘捧着观音大士圣象，后面的都各持信香。

这时有人从后面用衣服蒙住了卢轲的头。

卢轲问：“谁?”

只听到对方从鼻孔发出坏笑声。

卢轲猜：“不像是狗子哎?”

“.....”

“海子?”卢轲果断拿下那件衣服，又一双手蒙住了他眼睛。

“先生，我在，但不是我蒙你的呀。你能接住下面这个唱段，我们就放开你!”这是海子的声音。

“啊，圣母娘娘在上，学生卢轲祖居南京幼承庭训长读诗书，此番上京赴考路过朱子溪，暂借娘娘仙宫一席之地，做个游子栖身之处，娘娘呀!”给卢轲蒙眼的男生说，“先生来接唱词。”

卢轲知道这是用《劈山救母》改的段子，他小时候听母亲唱过，而今正好能一字不差地顺口接出：

恕未曾用供香烛酌水献花，
我只有拱双手深深一拜。
看娘娘彩霞焕作芙蓉面，
乌云堆成青丝发，
一双眼似秋水盈盈，
两道眉似远山脉脉。
哪里是河水调泥塑捏成，
分明是九天仙女把瑶台下。

那男生这才把手松开了，卢轲一看正是狗子。

海子则在一边拍掌说：“卢大才子，记忆超凡。你拜的九天仙女在这边呢！”

海子引卢轲回头，在二十多人抬着游行金光木銮舆上端坐着的是“观音”娘娘，銮舆两边分别是“金童、玉女”侍者，一群人迎面而来。

卢轲也不知道筱郎在人群中看到自己没有，但筱郎准确地把一滴甘露点在卢轲的眉心。这一丝清凉，却让卢轲感觉浑身血液沸腾，要飞腾起来了。

在銮舆快速过去的最后一刻，他跳起来把两颗捂在手里半天的薄荷糖递给了筱郎。筱郎把糖放在鼻前嗅嗅，侧脸回头朝他莞尔一笑，这让人沉醉的微笑大约有两秒的时间。卢轲凝固了呼吸，感觉这一瞬像五千年一样悠久漫长，生命在当下才赋予了新生的弹力和光彩。

未曾见，朱颜消瘦第几番，辗翻寤寐小窗寒。
似曾见，梳妆青丝慵理簪，镜花水月愧幽兰。
今相见，对眸笑痴缘增缘，钟鼓乐之怜爱怜。
今夕是何夕，醉醒几阑珊。

悠悠君知否，寂寂透青衫。

两星渡河汉，消尽际涯垣。

梅雨附千物，般剪理枝连。

只为伊人觞，拱手对苍天。

上邪，纵无人晓，无人语，吾心未曾变，脉脉望俨然。沧海共桑田，流年驻红颜。

这几句诗猝不及防地在卢轲心头冒了出来。

筱郎从早晨八点定上白毫点额的造型后，就一直在莲台端坐，中间不能喝水，更不能吃东西。她左手持汝瓷宝瓶，右手用杨柳枝将其中的甘露，挥洒到沿途的百姓身上。洒甘露要不急不徐，还要雨露均沾。卢轲感觉到，这山里人质朴，但也粗犷，有不少人在挤着看“观音”娘娘的时候，自己还掉进溪里，或被推进溪里，于是一场嬉笑怒骂，喜愁不胜。正可谓“来归相怨怒，但坐观罗敷”。

也有很多人为了往銮舆跟前凑凑，结果遇到挡道的、踩脚的，在“观音”娘娘跟前自是体面斯文。銮舆一过，双方找个宽敞地儿就厮打起来，可是到了下一站，两人又称兄道弟，喜笑颜开，仿佛刚才啥事也没发生。朱子溪边，人们打架还有个规矩，外人不一定能看明白。陌生的双方狭路相逢，称儿呼孙算是彼此问候，骂爹骂娘算是发泄不满，冲突激烈一点就祖宗十八代逐一骂过去，虽然场面凶了点，可一般还是打不起来。直到一方开始骂起“姐”来，双方就不由分说地开始动手。难道姐比爷娘和祖宗都亲吗？卢轲对这个问题一直都充满疑惑。

祈祷风调雨顺，国泰民安，五谷丰登，男女老少都来祭礼，有句老话说得好：“六月十九碧落庙，观音大士亲自到。”这一天好天气的年份多，但下午有阵雨的年份也多，形象地说观音菩萨显灵，阵头雨来时，假说观音菩萨亲临现场。

庙会集市上许多摊主摆好香案接驾，每人手捧一束香等候，当銮驾出现时就地礼拜作揖，放一串鞭炮为大士壮威，烧一堆篝火为大士烘脚。更多围观的人是在巡游路线上驻足等候，夹道欢迎。

队伍巡游停留的时候，群众会出车鼓队、游龙队、舞狮队、锣鼓队、二鬼摔跤等来助兴。巡游走走停停，直到下午两点多才返回碧落庙，筱郎这才可以放松下来稍作休息。

卢轲一直跟在声势浩大的銮舆身后，等筱郎返程下舆后，他看她和另几位女演员径直进了庙中。那几位女演员直接进了东厢房去换衣服，而筱郎则直接从右偏门进了慈航殿。卢轲就从左偏门跟了进去。

筱郎跪在慈航大士塑像前的蒲团上，上身直立，双手抱圆，微微闭目，低头许愿：

“慈航大士，值此殊胜节日，祈愿世界和平，无有灾厄，有情众生安乐吉祥；筱郎情愿减去阳寿十年，换我喃喃（奶奶）① 长寿健康！”

筱郎的声音很轻微，但卢轲还是能听清说的每个字，这份拳拳挚诚令他感佩不已。有道是观音拜观音，这也算人生遇到的一大奇观。卢轲这样心里闪念着，又选在殿外院子侧边，把这个动人场景快速提笔勾勒下来。

等筱郎从大殿问讯出来，卢轲想上前打个招呼。却见从大殿东边台基上飞速冲过来的小梧一把搂住筱郎。二人耳鬓厮磨，泪眼婆娑，有心的小梧还给筱郎带来了热水壶和小点心。

就在这时，海子一把从身后拉住卢轲，说外面还有更热闹的场面。卢轲只得笑呵呵地跟了出去。但他还是不住地回头，看到筱郎正坐在石头凳子上，眼角清泪似干未干，略带疲倦之态，小梧站在旁边温柔地搂着她的肩膀。

如果说上午的巡游总体是庄重热烈的，那么下午的巡游风格就是诙谐活泼的。一阵花样锣鼓再次响起，这个时候一条大白狗作为主角巡游出场了。只见它人模人样地卧在竹辇上，身穿五色水田衣，头戴红色小花帽，一双圆咕噜噜的大眼睛一眨不眨，吐着大红舌头，看上去比上午出场的“县太爷”还要威风，人气更旺些。这会它的名字被人们叫作“哮天犬”。“哮天犬”一到，主人就不能不来。身着武生行头的“二郎神”杨戬英气逼人，一亮相就吸引了很多少女少妇的目光。

二郎真君是按照《西游记》中的描写来塑造的，可谓形神兼备，凸显了

---

① 喃喃，是湖南、江西部分地区对奶奶的称呼。

这“天界第一战神”的英雄形象：

仪容清俊貌堂堂，两耳垂肩目有光。
头戴三山飞凤帽，身穿一领淡鹅黄。
镂金靴衬盘龙袜，玉带团花八宝妆。
腰挎弹弓新月样，手执三尖两刃枪。
斧劈桃山曾救母，弹打鋋罗双凤凰。
力诛八怪声名远，义结梅山七圣行。
心高不认天家眷，性傲归神住灌江。
赤城昭惠英灵圣，显化无边号二郎。

可是眼前的二郎神腰上却被各种麻绳拧巴巴地系着，绳子另一头分别拽在一群孩子手里。好端端俊朗的“杨二郎”却被孩子们嘻嘻闹闹地拉扯来拉扯去，但他就算是被捉弄得衣冠不整、狼狈不堪，也丝毫没有反抗和嗔怒的意思。

朱子溪周边村民“抬狗羞二郎神”的习俗由来已久。六月十九，兴师动众，吹吹打打，抬着“哮天犬”出来示众，狗子惊吓、害羞得像个新娘子。所为者何？羞狗看主人嘛，自然是烦劳二郎神去玉帝跟前多多美言，好给这方土地下场雨。

而在朱子溪前几天包括今天清晨还是晴空万里的，一到庙会开始也就赶巧下了雨点，许多人带上的蓑衣和雨械（雨伞的意思）就派上了用场，而另一部分人面对下雨猝不及防，自己也没有准备，就得淋到一身透。

话说在人群中来回穿梭的，扮演凌波仙子，也就是“鲤鱼精”的那位格外引人注目。这“鲤鱼精”不是别人，正是小茜。她从卢轲侧边袭过来，拍了一下他的胳膊，从身后小推车上的竹篮里给他取了一瓶汽水，并说让他等会儿去她的摊位前找她玩，摊位就在溪边那棵歪脖子柳树下面。

相传农历六月十九日，为三皇姑妙善慈航真人（九竹林百姓也称呼其为观音大士或慈航大士）的成道宝诞。为了降服变化万千又作恶多端的鲤鱼精，慈航真人便化作渔家女儿身，足踏碧波，等待鲤鱼精的出现，千变万化中就是足化不去，化得不像女儿足，因此很难降服鲤鱼精。道德天尊见此情景，赐给慈航真人一宝，此宝为千手千眼观世音之法。一日，凌波仙子化成一条金鱼在海中游荡，慈航真人便使用千手千眼之法，用篮子把金鱼捕获。鲤鱼精被降服后，皈依慈航真人门下，再修正果。因为这天是农历六月十九日，天庭赐为功成得道之日，大家普天同庆。

这么热闹的日子里，自然而然地吸引来许多各类商贾，大家不约而同地提前两三天就来到这里安营扎寨，搭帐设摊，出售各类农产品和手工制品，还有那表演各类戏曲的，变大力士的，卖狗皮膏药的，走棋子残局的，变戏法的，等，可以说是人山人海，应有尽有，喧闹盈盈。

出游一般要等到黄昏才回宫观，宫观中自有接驾的仪式和另一番热闹。

沐思年老族长和夫人年念沐被邀在升幡台祭赛上唱《神弦歌》。老族长一边手拨三弦一边唱赞，声音苍劲，神动天流；他的这位贤内助则在一旁拍双杖鼓，声音通透雄浑，回声似有千军万马，摄人心魄。二老的配合自是珠联璧合，浑然天成。这《神弦歌》唱的是：

夏历数，太平年，下元运七；六月中，十九日，嘉会良时。
朱子源，上下坪，集到曲溪。碧落洞，击黄钟，扬耀纛旗；
岩纳珍，潭献宝，总掌无遗。焚郁兰，酹椒醑，夺户争墀。
人参果，斋龙鱼，畅游江西。看流年，看物移，无愧心期。
大士愿，妙善思，达感应机。应苦声，磁吸铁，法月印池。
尘刹土，咸事济，娑婆垂慈。恩穷劫，莫能赞，群萌护持。
作应身，三十二，普视慈悲。手与眼，八万四，但救群迷。
德山棒，临济喝，擘破面皮。黄檗财，甘贽契，等无参差。
众心一，冲斗牛，东岳可移；怀忠义，赴水火，南海如饴。
望紫宸，登金阙，天高云低；迎神来，送神去，舆马风驰。
车鼓罢，舞龙收，社散瞬息；山自立，云自飞，我又何疑？
通有显，圣有任，心想成实；地可填，天能补，造化如斯。

卢轲在人群中听到《神弦歌》的演唱，就往升幡台靠近。这是他第一次见到老族长夫妇。二老都是白发如银，但却无一根头发丝是乱的，他们的脸上洋溢着纯净的笑容。似乎岁月带来的只是年轮印记，而一点也没有稀释他们饱满的精气神。

演出结束，老族长夫妇向台下欢腾的观众鞠躬打招呼。二楞上前抓起台子上的双杖鼓拍打起来，引得众人发笑。年念沐老人看二楞对这看着像沙漏的乐器喜欢得不得了，就当场把它送给了他。卢轲也主动上前去向二老问好。年念沐老人对他上下打量了一番，连连向老伴夸赞这后生长得灵秀。

临下场，老族长提着刚才演奏的三弦琴箱走在前面，年念沐老人则跟在身后。老族长顾着回应凑近的亲友的问候，一下子差点踩空台阶，身子微微颤晃了一下。年念沐老人轻轻说了一句话："大哥，慢点!"这话虽然声音很轻，却被敏感的卢轲听到。年念沐比丈夫大了整整十岁，却还是尊称他为大哥。这个小小的细节，让卢轲心里羡煞不已。这不仅见证着这老两口平淡而深厚的感情，也让卢轲触摸到了人性中最真切的、最温暖的、最柔软的部分。

刚才这一对伉俪的完美配合弹唱，给庙会起到了画龙点睛的作用，让整个赛社更加充满人情味和庄重感。人们继续聚在曲溪坪场唱大戏、放阳灯、点烟火。

沐元山一直陪伴在二老身边，照顾得非常耐心细致，有一种悠然自得的节奏。其实沐元山作为庙会总令是最为辛苦忙碌的，庙会之前一个月要把各周边村落的社头（负责人）召集好碰头，然后把各种执事按次序和位置排好。庙会盘场地自然也是人山人海，还要预防社头或村民轧乱等意外事故发生，如何安排巡游集中地点和时间，如何规划盘场的阵势路线，如何适应场地变换阵势，这方方面面的计划都得设想到，才能反映出总令的水平高。不过，在这背后，三姐等几个姊妹和族人在背后起到了很好的帮衬作用，从执事人头，到盘场路线，到道具妆造，再到彩排饭食，无一处不安排得妥妥帖帖。

按照祖辈的传统，元山和参加赛社的主事人员都得提前三五日沐浴斋戒，以纯净之心把眼前的事情尽心做好，不亵渎、不懈怠、不刻板。卢轲仔细观察下来，整场庙会热闹而不混乱，而元山把功劳和荣誉全都归给大伙的默契配合，不坐总令轿，不上台受贺，这都让九竹林人在朱子溪周边树立了良好的口碑。

顺便说起九竹林的同族族谱，是按照“殷礼怀家国、青山林有幸”这几个字来排列的。沐思年的族名是叫沐青源，因为娶妻年念沐后，就改名叫沐思年，这个在后文中还会详述。下一辈就是山字辈，元山、亨山、连山等。再下来就是林字辈的了，筱郎的几个姊妹都是这一辈。不过起名字时，老族长干脆按年龄顺序，依照与“林”有关的带木、草头、竹头的偏旁和数字谐音，分别起名薏郎、桑儿、杉儿、茜儿、小梧、小榴、筱郎。卢轲知道老人还有个隐秘的孙子沐楚，可来了九竹林那么多天，还从来没见过沐楚。

沐思年在庙会上见了几位同族的老伙计，彼此点了几袋旱烟，唠起了家常，长年们从赛社“观音大士”洒甘露出场的动人场面，聊到各个琐碎家事，都说很羡慕老族长洪福，养的孩子也都很成器：大儿子元山平日“潜龙在渊”，关键时“见龙在田”；还有一个乖巧水灵的孙女筱郎，不愧是朱子溪头一号人物；二儿子亨山作为族长稳健持重，事事公道，同族里人人佩服；三儿子沐利山，精明能干，生意在黑石滩做得风生水起。

接着又被问起唯一的孙子沐楚的情况，沐思年瞬间忍不住老泪纵横了，哽咽着说：“这可怜的儿，小满子（沐楚小名）从旧年在围楼看了一场戏，下来就中了邪，糊里糊涂，不认爷娘，不知饥饱，不禁屎尿，泥堆里滚爬，怕是不中用了呀！”老人为了话语吉利，还是把最后半句话强咽了回去。

“大士慈悲，会好的！”一位长年劝说道。

“会好的，老哥哥当初给这伢子，起名小满子，就是应这句古话嘛：花未全开月未圆，半山微醉尽余欢；何须多虑盈亏事，终归小满胜万全。”另一位同族长年也宽慰道。

于是，老族长和几双长年们满是突筋老茧的大手紧紧握在一起。

鱼醉潭溪

“只听说过沉鱼落雁、闭月羞花。没听说过在溪水里醉了的鱼儿，真的是被美貌惊呆了吗?”卢轲呆呆地问筱郎。

“好，你过来，这个秘密，我只告诉你。”筱郎说话时的眼神比她坐銮舆上时还要亲切、明灿。卢轲在舟上挪挪坐的位置，把脸凑到她耳边听她说话。

“哦耶，我赶紧跳进溪水里，免得听到观音娘娘的秘密，天打五雷轰。”连山大佬把竹篙朝舟头一丢，装作要跳水。

“大佬，我就只讲给你和先生两个听。”筱郎盈盈一笑说道。溪上烟气蒙蒙、雨丝轻飏，远处山峦隐退、天水模糊，卢轲看筱郎被挂在舟篷上的马灯柔和的光映照着的侧脸，比昨天六月十八里的朦胧月轮还要素净秀美；再看她睫毛上还沁着许多细细的雨珠，也或许是泪珠吧，看着比珍珠更迷人。

“好，你说，他听，我沾光!”连山大佬故做娇羞状。

“暮春时节，漫山遍野，都是映山红。这花掐去蕊芯是可以吃的，酸酸甜甜，还生津止渴，美容养颜呢。可是要是来一场紧密的春雨，娇嫩的花瓣就都淋下来，被冲到溪里面去，再遇到安静的深潭，映山红就挤在一起了，被日头一晒，它就发酵了。鱼儿上来把花瓣一吞，就慢慢醉了。可是实际水流不止，大多数的花瓣不可能一直聚在一起，所以就很难发酵。鱼儿自然是不等碰到你的手就会远远躲开。”

“我要是鱼儿，我就不跑，要一直被捧在你手心里。”卢轲说话认真起来，连一旁撑篙的连山大佬听了都笑得咳嗽起来。

“筱郎，别离船帮太近，容易掉下去!”后面行舟的老族长沐思年紧紧跟过来大声说。

“嗲嗲，不会掉的，你晓得我游泳水性好。那天晚上，先生掉进潭里还是我救上岸的。倒是天快黑了，你和喃喃注意看水路。”筱郎朝爷爷说完话，仍然是侧脸低头看溪水。过了一会儿，她接着问卢轲道：“先生，你想不想看看我是怎么让鱼醉的?”

“妹……妹妹，想看。”

筱郎请连山大佬把舟子开到离岸边近一点的地方后，举起马灯仔细查看了岸边的灌木丛林，然后摘了一把叶子，揉碎捏成一个团子。接着她让舟子停下来，把这团子放到平静的溪面上。过了两三分钟，筱郎捧起一条两寸长的红色鲤鱼凑到卢轲跟前。

船继续朝上游行进。

“妙呀，筱郎妹妹手里刚才是什么叶子?”卢轲一脸崇拜地问。

“醉鱼草。鱼儿喜欢这叶子的味道，可是闻到了就醉了！先生，这小鱼多可爱，我把它捧给你瞧瞧，你把它放了吧!”筱郎边说边把手里的鱼儿和水一起捧给了卢轲。

“鱼儿，你是最幸运的鱼啦！有筱郎妹妹和我都把你捧到手心。”卢轲单膝跪舟，像童话里的小王子，仔细端详了一下鱼，就恭恭敬敬地把鱼放回到溪水里。

“先生你该说，鲤鱼呀，乖，你要是哪天顺利跳了龙门，记得要来看望我们呀!”

卢轲照话学了一遍，把“我们”两个字咬得很重，逗得筱郎把眼泪都笑了出来。

“其实我们都是鱼，游在这多雨、多雾又多愁、多情的朱子溪，沿着弯弯的水路，看花开看到渐渐睡去，听鸟鸣听到鸟款款飞来。你会问我为什么要一直醒着？因为我要为你倾吐江海呼吸的秘密……”卢轲动情地说道。

“你在作诗呢？不过，为什么我要守住这个醉鱼的秘密，就是不想让渔猎的人知道，这样鱼儿在水里就不容易被打扰到了。先生，你也得保守秘密，拉钩!”拉完钩，筱郎看着鱼儿游走的方向出神。她的脸在黯淡的灯下泛着恬淡的光彩。

夜黑得像巨大的浓稠的墨块，衬托得灯光下的筱郎的表情更加平静，静谧得像一尊美丽的大理石雕像。

可就在半个小时前，还在岸上时，卢轲却看到筱郎哭成了泪人。

事情还得从下午两点多说起，那时筱郎和小榴、小梧两个刚从庙里出来。小榴拉着小梧想去瞄一眼傲娇的“哮天犬”，然后再去看赛社大戏《铁冠图》。筱郎则答应父亲在巡游后去“奉茶”。小梧拉着小榴坚持要把筱郎送到茶水摊。这对双胞胎姊妹帮助筱郎把茶摊支好，小梧把他阿爷的竹筒茶杯也留在了摊位上，这才放心地和小榴去看戏去了。

为乡亲义务“奉茶”的传统在九竹林包括整个朱子溪流域一直都有。在庙会或赶集等热闹地方的路口，放个大瓮，里面盛上煮好的红茶水，旁边放几个砂碗，以方便大家解渴。这种事情，不图任何名利，就图一个做人利群的安心。九竹林的沐思年把“奉茶”工作，坚持得非常好，几十年来从未间断过。长子元山考虑到父亲年岁已高，出行不便，这几年就把类似“奉茶”的服务乡亲工作都接手了。筱郎也很喜欢默默做这些事，换完衣服就赶到曲溪边渡口“奉茶”。

正赶上元山刚出摊，筱郎就把大瓮搬到溪边，里里外外清洗了好几遍，放进去半两茶叶，然后才把烧好的一壶壶开水倒进去。她让阿爷带着爷爷、奶奶好好去庙会上逛逛，自己静静奉茶。因为筱郎卸妆时不舍得擦掉额间白毫，有好几位村民来喝大碗茶时，一下子认出了扮相水灵的“观音”娘娘，喝茶时争相给筱郎丢了一些零钱。她都坚决不收，可一个人毕竟看不住也拦不住。还有上午巡游时，很多乡亲，看到稀罕的“娘娘”，从四面八方往她銮舆里投了很多红包。

临近黄昏，岫烟恬淡，赛社的人群渐渐减少。筱郎把这些钱款全都叠得整整齐齐，并从竹篓里取出一尺见宽的大红纸包好。等元山回来摊位后，她把红包给阿爷递过去。

元山抖了抖沉甸甸红包，问：“筱郎，你准备怎么处理?”

筱郎说：“阿爷，奉茶奉的是一颗心。而这是四方财，我们本来就不该摸这个。学观音就得有观音慈悲的行止，还是留着捐公吧。”

元山说：“儿呀，你有这样的心地太好了！不让眼前小利，毁坏锦绣前程。”

"听阿爷的。"筱郎愉快地说。

"筱郎今天的表现，让阿爷都刮目相看。"元山给女儿吹乱的刘海捋了一下。

"阿爷常说，平时恬淡虚无，关键一战定局，才是值得我学一辈子的。"筱郎说。

"饿吗?"元山给女儿手里塞了一个染成红壳的鸡蛋。

"不饿呢，在庙里还得了好多的供品、点心。看，卢轲先生，还给了糖呢。"筱郎把竹篓上的布掀开，给阿爷看里面的各种点心，而卢轲给的那颗糖放在了最上面。

"嗯，对了，老爷子、老太太还在附近转，你去看下他们，别找不到我们了。"元山说道。

"阿爷，给你说个好玩的事我再去。下午奉茶，很多来喝茶的人，见我都说，你脸擦粉了吧，真白。我说没有。他们都不信。一个嬢嬢走了半天，又回来非要掐下我脸，验验擦没擦粉，才肯离去。这人真是的，临走还说，她要准备十座的茶山当见礼，非要我未来当她……"筱郎把竹篓递给阿爷，后面的内容说不下去了，就含羞地走开了。

"我家筱郎真长大了，比六月的菡萏还出落。还真是的，这姑娘的扮相和十五年前的薏郎一样出众。奇了巧了，当年也有人就这么夸薏郎皮肤白皙的。哎，本来一对好姐妹，能相互陪伴多好，可惜薏郎有福无寿啊……"元山看着女儿的背影，发出幽幽唏嘘声。

筱郎在路上找爷爷奶奶时，正好碰到了好久不见的利山三叔在转着，就邀请他下曲溪滩边陪阿爷喝茶。三叔脸上一如往常地挂着傲慢，嘴巴也不置可否。

筱郎来赛社市集上碰到正要收摊的小茜，她高兴地上前拍了下筱郎的脖子说："今天沾了你这位观音娘娘的光!"

原来小茜借助庙会的人气，作为"鲤鱼精"穿梭在人群中，欢欢喜喜地送出去一百瓶汽水，又借力宣传，轻轻松松卖出去了八千多瓶呢。她本来还在为这秋季开学的大学学费发愁，因为并不想依靠家里，现在这都绰绰有余了。

筱郎说，“四姐，你真是头脑灵光呢!”

小茜说：“老七，我就会点世俗玩意儿，这个你不稀罕罢了，至于你天生的灵气，我也是学不来的。这最后一瓶汽水，是我专门给你留的。”

筱郎说：“四姐，太有心了，可我身体喝不了这个。”

小茜说，“晚上我安排去镇上请客，还邀请了你阿爷、二伯，姊妹都去，你也去呢。”

筱郎说：“团聚热闹也挺好。我看看，和阿爷商量下，等会要不要回去照顾喃喃。”

小茜却冷笑着说：“老七太体贴了，不过你把小梧给狠狠得罪了。晓得吗?”

筱郎吃惊地说，怎么会，我们亲如一人，她中午还给我带吃的呢!

小茜说：“老七你太天真了，卢轲在銮舆那儿给你投了几颗糖，被小梧发现了，而她却没有糖。临了你又把这糖又分给了小梧一颗。这一给不当紧，她反而觉得自己更不受人待见，明显吃醋了，我亲眼看见她把糖扔进溪里。还有，你今天碰到我阿爷，千万别和他说话，今天他和小梧因为你，又吵了一架，有点犯冲了。”

筱郎点头，可是心里还是不太能理解和接受这些，就说：“我去找哆哆、喃喃了。”

大约过了二十分钟，筱郎领着哆哆、喃喃返回，快到曲溪滩边，远远就听见有人大声吵叫着。与今天这和谐而热闹的庙会气氛完全不相称。茶摊前的大瓮早被利山一脚踢烂了，他一边将几十个砂碗都砸得稀烂，一边还提着“筱郎”的名字大骂。

元山见势一直不说话，赶紧拉走即将赶到的二老和筱郎，一直到看不见这一片狼藉为止。

利山大意是说筱郎没安好心，狼养的野羔子，想把他毒死，这瓮想必是没洗，或是茶里放有老鳖尿！他在喝完一竹筒茶后这一刻多钟的工夫里，就提着裤子跑七八趟茅厕了。

海子喜欢看热闹，远远就听到了“老鳖尿”这个词，就撺掇小伙伴们哄笑着，并不停地念叨这个词。

闻讯赶来的亨山族长一把按住利山的颈脖，吼道："老三，你说姑娘的时候留点口德，别在外人面前丢人现眼、为老不尊的。姑娘累一天怪辛苦的，台上台下，到现在连一口热饭都没吃上，就算你说瓮没洗干净，你也不能昧良心的抹杀孩子的一片好心。"

利山被摁低了头，却不服软："二哥，你总是拉偏架。你说这孩子是不是狼窝的野种。我沐利山属兔，我那婆娘属羊，我那还躺着沐楚呀，属猪，我这一家都是被狼克的。"

亨山族长一把把利山推倒在地上："你好歹也是在白马潭、黑石滩响当当的主，怎么见识这么短，天下有属狼的吗？"

"反正沐楚就是被她害的。老大、老二，你们一天到晚都惯着她……"利山胸中的仇恨像火山一样喷发出来。

族长二话不说，一手摁住他的肩膀，一手捂住他的嘴。

利山嘴巴挣脱出来，继续咧咧："本来这次赛社总令该是我沐利山，凭什么他从娘肚子里先出来，就什么事都是他老大出风头。装模作样什么都不在乎，鬼才信！还老子做官儿沾光呢，看那狼崽子今天巡游的得意样！"

二人扭打着在一起，在草地上滚了几滚。幸而暮色苍茫，偶尔有路人经过也看不太清这是谁在打架或玩耍。

"阿爷，你这几十岁的人，还拉着二伯在草地上玩翻跟斗呢？"啪啪啪啪的掌声响了起来。"我去找找卢轲，给画下来，好一个父慈子孝、兄友弟恭的画面，千古流传才好！"说话的正是忙完手里活计、闻讯赶过来的小茜。她双手交叉挽在胸前，就像是大人看小孩打架一样。小茜说话时，几个小孩在不远处不停地给她鼓掌。

亨山看见女儿亲临"游戏"现场，立马闭住了疯狂咆哮的嘴巴。

这两个兄弟起身，互相在耳边说悄悄话，接着对小茜有说有笑的，装是刚才喝醉了在玩闹，这醒酒后像什么都没发生一样。茶摊这边的事情看上去才算平息下来。

那边筱郎，虽然没在茶摊跟前，却也猜到利山三叔的火气是完全冲着自己来的。她明明把瓮里外洗得干干净净，别人喝的好好的，怎么就三叔喝着会拉肚子呢？就算瓮没有洗净他也不至于发这么大火呀？她自是冰雪聪明的人儿，可是单纯到没有受世俗的一丁点污染，怎么能懂得利山是在掩盖名利膨胀的心理并借题发挥呢？

世上的事情本来就都很简单，但只要沾惹上了名和利，就变得异常复杂了。名利不仅会让理智的人变得疯狂，还会让善良的人变得险恶。

筱郎独自坐在鹅卵石上，默默地看着溪水，委屈的泪水像断线的珍珠一样吧嗒吧嗒往外流。那只熟悉的白鹤飞过来，围绕伤心的姑娘，转了半圈，低头用喙从脯上扯下一根白色羽毛，叼到她手里，不住地点头，还用翅膀拍打她的膝盖，似乎在说：姑娘，有什么伤心事你给我说呀！

而在溪水的另一个码头上，连山大佬远远叫住还在溪边画燃放的焰火的卢轲。

卢轲走到连山的舟上，说：“连山大佬，你还好吗？有日子不见了！”

“我看你在九竹林有一段日子了，乐不思蜀的，这小脸儿粉嘟嘟的，养得跟罗成一样。还走吗？”连山大佬说话依然是乐观爽朗的腔调。

“大佬，朱子溪的山水养人呢，真的不想走了！”

“你呀，就留下陪我摆渡，我看你画画。这喝酒对歌，爷儿俩也有个伴。你就在这天天好好修仙。”

“连山大佬，您行善积德，修仙肯定有份。修成了，别忘了渡我一劫。”

“孩子，别光顾斗嘴了。过跟前来，我给你说个消息：晚上利山要去镇上宴请同族，族长也去。那边溪水畔，还坐着个泪美人，你肯定知道她是谁，她坚持要回九竹林去。就问你等会儿跟谁走呢？”

“大佬，我跑了一天，画了一天，累得不想去镇上逛了，就回九竹林吧！”

“那好，你把画夹放舟子上，去看看溪边那一位吧，她阿爷不放心，让我一直远远看着。你呢要耐心，等她哭够了，就叫她一起坐我的舟子回去。”

大约一袋烟的工夫，连山大佬看卢轲领着筱郎过来了，筱郎手里多了一只里面点蜡的鲤鱼灯。

“连山大佬，傍晚这溪边起大风了，把筱郎妹妹的脸都快吹肿了，请把您的舟篷收拾一下吧，让妹妹进去休息一下。”卢轲远远就喊着。

筱郎朝连山点了一下头，就默不作声地被卢轲领进了船篷中。卢轲将舟篷的门帘子放下来，筱郎坐在里面继续无声滴泪。

卢轲陪连山大佬一起撑舟，二人抬头看路。沉默良久，大佬像是自言自语："筱郎的人呢，就像观世音一样的美丽；筱郎的心呢，就像这朱子溪一样的纯洁。"说完，溪上恢复静默，只闻长简击水。

在听完筱郎讲出的醉鱼趣事后，连山大佬又看着前方黑夜模糊的溪山轮廓，又不禁感慨："朱子溪，景美人美呀！"

"卢大才子，你知道这里为什么叫朱子溪吗?"大佬接着问卢轲。

"连山大佬，您来讲吧！"卢轲摇摇头。

"'问泉那得清如许？为有源头活水来。'听祖辈说，这里溪水两岸盛产楠竹，最初叫作竹子溪，朱子圣人曾来这里作过诗，还教化过许多百姓呢，这溪、山、草木呀，也都跟着沾了灵气……"

"啊，朱子溪，你流淌的不是溪水，这一涨一落、一曲一弯的，是澄澈、绵延、思无邪的诗意。"卢轲不禁抒发感慨了起来，这激动的声音引起了跟在后面舟上人的注意。

"筱郎，你在不?"后舟上的年念沐朝前舟大声问道，她的老伴沐思年在默默行舟，那架势仿佛就是驾驶大轮船的舰长。

"喃喃，我很好呢！"筱郎说着就卷起竹帘，从舟篷出来朝后面的船上挥了一下手。

"筱郎，马灯给你，注意看路。"年念沐把灯挂在老伴的竹篙上要顺过来。

"喃喃，不用。连山大佬、先生和我都还年轻，看得清路。还是你俩打灯吧！"

"连山侄子，马灯，你接住吧，年轻人不喜欢黑灯瞎火，有亮光在前面好行路。我们老两口跨这溪水就跟过门口檐沟一样，闭着眼睛都能摸回去。"年念沐还是坚持把灯递过来了。

连山大佬接过马灯后，递给了筱郎，哈哈大笑，笑容绽放在他脸上像刚煎出的鸡蛋花一样鲜亮，他说：

"说来好笑，有一首古诗呀，说的正是我些（咱们）几个：'西风吹老洞庭波'，说的是我连山，风里来雨里去，脸皮的皱纹比洞庭湖的波纹还深。'一夜湘君白发多'，说的是沐老太爷、老太太，都是白发三千丈，心里只有宝贝孙女。'醉后不知天在水'，说的是你卢大才子，此刻的心无酒能醉，又在天上，又在云水里呢。‘满船清梦压星河’，这一句是说不得了的‘观音娘娘’，你呀心思比星河还密，你的清梦扰了多少人的忧愁呀。”

“连山大佬，你真快乐啊！”显得有些疲惫的筱郎在用左手食指背轻揉人中。

“筱郎呀，你晓得你今天抢了这百里十八寨多少人的风头吗？又有多少汉子在曲溪因你而打架落水吗？”连山大佬一直问着，筱郎都默不作声。

“是不是木秀于林，风必摧之？”卢轲插话道。

“欲戴冠冕，必承其重。世上的事情本来就都很简单，但只要沾了一丁点的名和利，就变得异常复杂了。取舍难、举起难、放下难，要充分做好心理准备。两个伢子呀，你们的考验都才刚刚开始呢。”连山放慢船速，回头看着他们二人说道。

卢轲和筱郎一左一右地站在他的身后，彼此看看对方，又都看着前方，陷入了沉思。

“我呀，读书不多，也不懂太多的道理。一辈子就记住了一句话：功勋富贵原余事，济世利他重实行。”

“好透彻的感悟！”筱郎对连山大佬的话斟字酌句。

“风餐露宿，老天让我有刚强的筋骨精神；不收金银，老天给我满溪的清风明月。一年到头，你们看到了，我连山不缺吃、不缺酒、不缺山歌、不缺朋友。这样的逍遥自在，拿金銮殿来我都不换。”

“我们不叫你连山大佬……”卢轲说。

“叫连山大仙！”筱郎悄然作答。

“这山里有长大仙、黄大仙、狐大仙，我呀最多只能算抠脚大仙！”连山的话逗得两个年轻人笑得乐开了花。

连山接着说，“大才子，还记得那天载着你过这一带，到处是鬼火不？”

“怕是终生难忘啊！”卢轲答道。

“地下的老伙计呀，可惜了黄粱一梦，现在啥也没有了。”连山语气略带怆然。

“哎，黄粱一梦。”筱郎接着问卢轲，“先生，你怕鬼火吗？”

“上回都看见了，这一路绵延的都是！就是有点感慨无常，但并不怕，你呢？”卢轲说。

“先生不怕，我也不怕！”筱郎神气地说。这时她想起来那天卢轲掉进潭水里的惊险时刻：她飞一般地把他救上岸后，一直苦苦等他苏醒过来。看着又是呛水又是中毒，一直昏迷的卢轲，众姊妹都以为这抢救没有希望了，只有她坚持并坚信可以把这位少年救活。她凭直觉觉得这张脸是如此的干净，断不会就此让携着同样干净的灵魂的人儿轻易舍弃人间烟火离去。至于谁要问：“干净的皮囊”你能看清，这“干净的灵魂”，你是怎么能看到的？筱郎自己只怕也是答不上来吧。不过，就在筱郎救卢轲的时刻，她心里确实起了奇妙的变化，感觉自己的胸怀已超出涵养这九竹林的花花草草，将谨怀纯净之心去神圣地迎接一个宛如婴儿的生命“新生”。

“哥哥，你看我的手指！”筱郎伸出右手食指给卢轲看，却瞬间改变了称呼，这称呼让卢轲心底生起一丝丝涟漪。她手指上还有裂开的口子，像是没有完全愈合后又受伤了。

“妹妹不早说呀，要给你包扎下的！”卢轲满是心疼地说。

“无妨，我上舟前，就采了一些半枫荷的叶片，揉碎成了汁液，涂抹上去了。”看着卢轲欲言又止的表情，她接着说，“我晓得你想问怎么会这么不小心！这伤口本来是那天给你配药，锉牛角，牛用角顶的，都结痂快好了。今天奉茶前洗瓮，上面的沙坑又把它磨破了。”

卢轲这时又羞愧又心疼，他发现筱郎比自己小几岁，干的活却比自己还多，也比自己更有担当。可是眼下，他竟然不能为她做任何事情，同时他又不知道该怎么向筱郎表示感谢与心疼。他开始有点嫌弃自己了，也觉得自己整个人都不好了。

“能认识妹妹真好！”卢轲的心里翻腾了半天，只冒出这几个字，还完全表达不出心意。

“干点活，受点伤，没什么，习惯了。”筱郎平淡地说。

卢轲这个善感的男生，一时间竟不知道该说什么。

“连山大佬，我们都愿意善良，可是善良往往都会受伤呀。这么看来，善良是有错的呢？”卢轲突然冒出这话，倒像是在替筱郎发问。

“美玉是最珍贵的宝物，善良是最难得的品格，为什么？没有杂质。老天能让你成为善良的人，是对你的最好的奖赏和恩赐！”

“说得真好！连山大佬快六十了，身体棒得能上山打老虎，可见老天爷很爱你！”筱郎说笑着，看到溪中有触礁危机，立刻提醒道：“前面有礁石，小心避让！”

“走！”连山挥篙在水里潇洒一点，舟子抖了一下，就轻松避开了。

“连山大佬，技术真高！”卢轲一手朝连山伸出大拇指，一手扶住筱郎的胳膊。

“这个世上呀，聪明人会管、会欺负善良的人，就像蘑菇爱占住灵芝树，麻雀喜欢偷钻凤凰窝。可善良的人不也一辈辈越磨炼越活得好好的？因为善良人实诚，心底无私，老天会罩着，要不从盘古开天辟地到现在还不乱套了！所以说实诚的善良的人替天行道，管着老天爷。老天爷也要替天行道，就管着聪明人，消磨恶人，这就叫天道循环。”连山的话减轻了卢轲的心理负担，也打开了筱郎的心结，她一双刚经晶莹泪珠洗刷过的眸子，无比清澈，里面藏着数不清的小星星在闪烁着。

“年轻人，上回坐我的舟子，你把我的梨花酿都快喝光了，没发现，你酒量这么好。”连山打趣道。

“哥哥，看你瘦瘦弱弱的，以为不能喝呢！”筱郎认真地看着卢轲插了一句话。

“来而不往非礼也，等你娶到漂亮的新娘子可得给我装满一壶！”

“一壶不行，给您搬三缸！”卢轲答道。

“记得你当时喝飘了，还说做了一个梦，做的什么南柯大梦？好好给我们的观音娘娘说道说道。”连山把话题引给了这两位花儿一样年华的少年。

卢轲就把梦里遇见曦瑶仙子和十洲仙卿的梦，给筱郎讲了；末了还说，梦里的曦瑶仙子和筱郎长得一模一样。筱郎听了会心一笑，说：“你竟然和我一样，是梦里都‘异想天开’的人物。”

卢轲想起之前谁用“异想天开”形容筱郎来着，其实他记得很清楚，但是他看着筱郎，始终没有说出来。

在隐隐约约的山间云雾深处，有一对男女对歌的声音传出：

（女唱）
小河流水清又清，
对面唱歌系曼人。
但愿老天云遮日，
奔厓老妹好看真。

（男唱）
小河流水波粼粼，
洗衫阿妹真多情。
掌牛阿哥汝知得，
唔（勿）好假作路边人。

（女唱）
阿哥唱歌好声音，
句句打动妹心灵。
掌牛阿哥涯中意，
至今唔（勿）曾吐真情。

（男唱）
阿妹唱歌好声音，
人才出众系难寻。
洗衫阿妹涯中意，
唱条山歌表真情。

（女唱）
阿哥听你唱分明，
阿妹为你仔细听。

（男接唱）
洗衫阿妹涯问汝，
问汝家住在哪里。
阿哥有情妹有意，

两人几时结连理。

（女唱）
掌牛阿哥汝听知，
有缘唔（勿）怕隔千里。
脱桌食饭莫斗紧，
等待明年好佳期。

（男女合唱）
两人相约百年期，
相亲相爱唔（勿）分离。
天涯海角在一起，
海枯石烂情不移。

筱郎说："今天日子好，热闹归热闹，白天却没赶上对歌，这会儿赶巧又补上了！"

"初听不知曲中意，再听已是曲中人"，那对歌的男女声音如泣如诉，似怜似叹，让听的人心里也飘起淅淅沥沥的雨丝。到最后合唱的段落，筱郎和卢轲、沐思年夫妇、连山大佬都情不自禁地跟着一起唱和。歌声让静寂的溪面平添了几分生气。此刻，这生气当然也属于老夫妇、筱郎和卢轲，唯独连山看上去竟有些落寞、颓唐（卢轲后来才得知，连山在娶亲那天，一切都风风光光准备得很妥当，不料新娘的船在阴沉天气突遇险滩，沉没了，连一根头发的念想都没给他留下，最遗憾的是二人始终没有见过一面）。

临了，连山大佬略带凄然地感慨："这个世上又美好又让人不忘的东西，本就不多，能长久的更少呀！在这仲夏夜，还有从岸边夹着雨丝迎面吹来的清凉晚风，还有你们十几岁的青春笑声像白鹤鸣掣山谷，比梦还不真实，美的都是要人命的！"

舟子继续前行，在暗摊中摇摇晃晃，浪花四起，两位年轻人对此熟视无睹，靠得越来越近，相互搀扶着，继续对着无边的黑暗诉说着青春的故事。此时的夜，想必和混沌未分时一样，纯粹得没有任何烦恼和尘埃。

村上春树曾说："孤独和孤独的相遇，往往会产生更强烈的化学作用，有的时候身体往往比灵魂更加诚实。"

船行至地下暗河，俗称"藏兵洞"的地方，在微弱的灯光下，里面钟乳石的造型千奇百怪，仿佛有千军万马被孙悟空定住了，千万年都屏住了呼吸。藏兵洞里的机关设计精巧，有箭簇阵、巨石阵、尖绊马桩、刀悬崖、巨型滚木、生死门等机关，道路如迷宫，如果没有熟悉地形的向导，就算进得来也出不去。

连山大佬说："今天太晚了，哪天天好，带你来洞里仔细看看，这里还有一处洞壁，上面画有一幅图，像是指挥打仗的军事地图。据说朱子溪还藏有一幅藏宝地图，不晓得放在哪儿了。传说这两幅图是永历朝的李晋王画的，也有人说是大明征讨大将军夫人画的。"

一洞当关，万夫莫开，出不容易，进就更难了。藏兵洞，和刚才碰到的溪流险滩，加上白马潭上的浮桥，并称为内三关；从曲溪往下要想出去到黑石滩，还有外三关，这内外三关合在一起，结合周围如刀削的万丈岩壁，中间时有危险的狼群、毒蛇、猹猁出没，这也让九竹林变成秘境中的秘境。九竹林的人偶尔会走出去，可是外面的人凭一己之力是无法闯进来的，就算侥幸进来了也出不去。这也让九竹林能一直保持着久远的风俗。

出了"藏兵洞"，就能听到西边溪流上的巨大的瀑布响声，震耳欲聋。舟子沿右边溪水又走了几里，瀑布声音渐弱。

很快到了九竹林白马潭，远远就看到有人举着火把来迎接归舟。

连山大佬喊："是哪个？"

岸上人无反应。

筱郎眼尖地朝岸上看了一眼，又对连山说："连山大佬，是二楞二佬！"

她接着朝岸上喊："二楞二佬，你太神了，怎么晓得我从庙会给你带了好多好吃的供品？"

二楞跳起来晃了晃火把来回应，火把的轨迹在黑夜中构成一个移动的光环，让这黑夜有了一些温暖、柔和的底色。

两个舟上的人看着这情形都笑了。卢轲心里竟陡然有点犯酸，筱郎带回这么多好吃的应该给自己留一种嘛。

船快近岸，二楞把火把打得近了点，照着连山大佬先跳到岸上。连山把舟上的绳索固定在木桩上，伸手把舟上的两位年轻人都扶上岸。他问筱郎，“为喃喃寿礼要准备排什么戏”，筱郎回答要排《再生缘》。

连山大佬说：“哦，那你是‘孟丽君’吧，身边这个年轻人正登对，就是‘皇甫少华’啦。”

筱郎点点头，卢轲到这一刻才知道自己已被安排得明明白白了，脸上开出两朵绯色的小花。

连山大佬一边撑篙避开险滩，一边沉吟作答：“是老戏，也是好戏！一定要捧场看戏。我看呀，你俩这戏呀，有戏！”

筱郎身世

卢轲一觉醒来，感觉室外阴沉沉的，雾气弥漫，空气也湿漉漉的。

他起身把半梦半醒中想好的一首词题到扇面上：

卜算子

枕熟沐围灯，踏遍溪云雪。
夕照窗前半牖光，风辍香难歇。

揽月洗清辉，抱鹤参情劫。
倒坐青牛采药归，合把流年悦。

昨晚他在扇面画了一幅水墨图，是日沉月升的黄昏，一位头戴斗笠的采药女子怀抱白鹤，倒坐于青牛之上，悠闲返家的情景。显然他这是专为筱郎创作的。

他伸手抓了一下脖子，还是感觉奇痒难耐。昨晚白马潭码头上分别时，筱郎就注意到他一直在抓脖子，告诉他如果睡了一夜痒还是下不去，就早晨去找她，让喃喃帮忙看一看。

卢轲下围楼，去梨花洲的厨房里找到杉儿已煎好的三块糍粑，凑合吃完后，就匆匆朝筱郎住的西溪走来。

爬上一段陡峭的山路，然后走平路一里半就到了很短的西溪，源头流下去就是一条高达百余丈的瀑布。卢轲经过瀑布旁边的藤桥，感觉这声音震耳欲聋，水汽在一瞬间就可以把头发湿透。

站在木桥上，他就又看到了那亲切的炊烟，竹林掩映之下，筱郎和父母、祖父母就住在这座简朴的青砖黛瓦院落里。

“风催暑去荷花谢，秋爽云高雁自来……”卢轲可以清晰地听见从院子里传来的筱郎的练声词句。

这时，两只田园犬一边吼叫着，一边朝卢轲扑来。卢轲平日里没见过这阵势，腿脚发软，一时进退不得。

正在这时，筱郎从篱笆内走出来喊道：“大花，小花，莫乱叫，先生是客人呢！”两只狗闻了闻卢轲的衣裤，就摇摇尾巴转身，它们大摇大摆地走在卢轲前面，俨然是要给卢轲引路。

“妹妹，刚唱的是什么呀？”

“先生，十三道辙字音练习呢！”

“好兴致！”

“阿爷是老师，他是四大名腔中的弋阳腔和昆山腔传人。”

“感觉你好专业。”

“我的水平还不行。这不马上就要登台给喃喃祝寿了嘛，临阵磨枪呗。”

筱郎一边回答一边把卢轲领进院子里，院子的角落和墙头栽满了各种各样的花卉，但有一种浓香不似花香，扑鼻而来。

卢轲问：“是什么？这么香呀！这香气好像要把人包裹起来，然后一起化掉。”

筱郎说：“先生真会说笑，是喃喃在蒸米酒呢！”

喃喃笑着出来把卢轲迎进堂屋。喃喃知道卢轲吃过早饭后，就给他泡了一碗爆米花加荷包蛋糖水。

卢轲喝完糖水，跑到东边厨房看喃喃、筱郎蒸米酒。

卢轲把那把扇子递给正在灶门烧火的筱郎。

“‘倒坐青牛采药归’，原来先生画的是我呢！很传神，真的有劳了！”筱郎细细端详了一下。

“这丫头，发呆呢?！生火呀！半天不见冒热气！”喃喃责怪道。

筱郎这才拿着纸扇对着灶火扇了几下。

喃喃赶紧制止：“我的儿，你是扇风还是扇火呀！快拿吹火筒吹火，别把先生费心画的扇子烧着了！”

烧火是山里人的寻常活计，可是卢轲却稀罕得不得了，他是第一次知道做饭蒸酒需要像筱郎这样一把一把加柴火的。

过了一会，喃喃对着卢轲说：“先生，昨天筱郎说你脖子痒，我打眼看了，是蜘蛛疮，到院子里我给你看看。”她又对着筱郎说：“你就在这看着米酒蒸笼。”

喃喃在院子一个角落里，用木柴把支起来的一个小锅加热，然后用一把新的高粱扫把子，不停地刷锅。

等高粱扫把子变热了，喃喃就拿它的末梢扫卢轲的脖子，一边扫还一边念叨：

“扫么事？扫蛛疮。扫好没？扫好了。有娘跟娘去，没娘贴墙上。”

这种在卢轲看来很奇异的方法，止痒竟然很有效。

嗲嗲从山上放牛回来了，见到卢轲，二人互相问候。

嗲嗲解下蓑衣，接着说：“今天有个人，叫沐江山的，从镇上回来，说昨天雨大，下游的溪水冲进去了好多大石头，船无法回来。其（他）这人还是连夜翻山跑回来的，还摔断了两条肋骨。”

喃喃说：“这又何苦来哉？暴雨还非要从镇上跑回来，这翻山爬崖，又乌漆麻黑的，一路上少说也有百十里。在镇上歇歇，天好再回来嘛！”

嗲嗲回答：“我也是这么说其（他），其（他）说就算回来路上被狼叼走，也不愿意多吸一口黑石滩污浊的空气。哈哈哈，九竹林、白马潭的人，就这么固执。”

卢轲看筱郎认真地听爷爷说，就赶紧打趣：“断肋诚可痛，恋家价更高。若为自由故，不怕被狼叼。”

嗲嗲捋捋长胡须，爽朗地看着卢轲，声如洪钟：“城里来的小哥，说话就是动听！山里头有什么稀罕东西，都是石头缝里长出来的。晌午你想吃么事，叫喃喃给你做哂。”

卢轲点点头，又看着喃喃说：“看山里的食物都新鲜，都很美味。要不，奶奶您给我做碗薏苡汤吧，小梧上回给我喝过，味道可鲜啦！”

嗲嗲听了哈哈哈笑个不停，去挂蓑衣了。

筱郎把扇子丢给卢轲，略带责怪地说：“先生，你是认真的吗?”正好大花、小花在外面争相叫唤，吵得很，筱郎也就不再说话，而是放下手里摘好的葱，离开厨房，就又提着一个小竹篮径直出去了。

卢轲觉得奇怪，只好问喃喃：“奶奶，我说错什么了吗？薏苡汤喝着就是不错呀!”

喃喃笑着轻叹了一口气，露出残缺不全的牙床，转身又似乎在忙什么，半天她才说道：“果然是大地方来的读书公子，竟然不晓得我们这里的规矩。俗话说，“薏苡汤，配成双”。山里头的姑娘要是中意哪个小伙，就会请他喝薏苡汤。小伙要是喝了，就表示同意要娶这姑娘，不许反悔。还有新姑爷第一次跟着媳妇儿回门，才给这新人端这个，讨一心一意、幸福绵长的好彩头。”

卢轲说：“奶奶，我真的不知道这个规矩，太失礼了!”

喃喃一边整理筛子里晒好的红辣椒，一边说：“一碗薏苡汤，怕是要打两个官司喽。小五（小梧）呢，心思重，就怕她较真。不过这七丫头小，还不懂事，怕丑（害羞）是自然的，从来没和陌生男子说过话，你呢，是第一个。”

卢轲说：“筱郎会生我气吗?”

喃喃说：“不会，她一直念叨着你的好处呢！我们也都觉得你是个好后生。”

卢轲从来没听到别人说过自己好，所以内心满是温暖的感觉，连连鞠躬，说：“谢谢奶奶!”

喃喃说：“你去外面找丫头玩去吧，我给你做些好吃的!”

卢轲出门来，四处张望却不见筱郎踪影。过了一会儿，筱郎出现在木桥上凝视远方被云雾包裹的层林，大花和小花正朝她注目的方向激烈地吠叫。

卢轲不好意思过去和筱郎搭话，就干脆蹲下去看路边的两只蜗牛爬行比赛，如果有“选手”脱离轨道，他作为“裁判”会伸手过去及时制止。

“先生，你还真像个小孩子!”筱郎突然出现在他面前，拍了下卢轲的右胳膊说，“走，该回去吃饭了!”

“好，你刚在做什么呢？那么出神，我都不敢去打扰了!”卢轲站起身来问道。

“想知道嘛？要是你中午能吃三碗饭，我就告诉你！”筱郎神气地说。

卢轲很干脆地点了点头。

午饭安排在敞亮的堂屋里，看上去虽然很简单，但内容却很丰盛。桌子中间一个口径接近两尺的大铜锅，底座还燃着木炭，铜锅煮沸了冒着热气，用筷子拨开，上面一层是鸡肉，下一层是鸭肉，再深一层是瘦肉，然后是金黄的油豆腐，上面还点缀着小巧的蛋皮饺，底层是萝卜丝和笋衣，一种菜一个花样称为“一层楼”。铜锅旁还放了野艾煎蛋、酿苦瓜和香菇酱作为搭配。

吃饭的时候，筱郎冷不丁地问喃喃：“中午饭煮的多吗？”

喃喃说：“嗲嗲下的米！”

筱郎笑着说：“怕不够吃呢，先生说要吃三碗呢！”

喃喃说：“那还能不让吃饱?!”

筱郎乐了，说：“可是喃喃，你说的，读书秀才吃多会不聪明的，一顿只能吃一画杆筒（毛笔帽，朱子溪人的称呼）那么多!”

两位老人都笑了，喃喃说：“傻丫头，你晓得这是讲笑话呢。看你这个哥哥，这么瘦，应该多吃。”

在午饭后，当喃喃把米酒糟端来让卢轲尝尝的时候，嗲嗲又和她提起黑石滩涨水的事情。

喃喃说：“黑石滩，黑石滩，十年倒有九回淹。看来他们还要在老三家住几天才能回来呢。”

嗲嗲说：“孩子们在镇上不会有事，可打谷场上的新谷要有人看的。吃完午饭，我过去看。”

筱郎说：“嗲嗲，你忙累大半天了，还要给喃喃煎药，我去看!”

喃喃说：“天黑就会有獾子、野猪出来，长得龇牙咧嘴的。你姑娘家不怕？还是老头子去吧!”

筱郎说：“不怕。上回采药还见到金钱豹，不也没事的嘛!”

卢轲说：“筱郎妹妹，我陪你去看守新谷。”

筱郎说：“哥哥也去，喃喃就更不用担心了。我们两个，一人拿把木叉，再带上小花。”

喃喃和嗲嗲商量了一下后，同意两位年轻人可以等太阳快落山再去。临行前，病弱的喃喃依旧忙碌不停，颤颤巍巍地收拾了一大筐晚餐的干粮。里面有黄瓜、番茄、野葡萄、茶树桃几样瓜果，然后就是用荷叶分别包好的蜜汁蒸南瓜、酩姜炒腊肉、茴香熏蚕豆、咸鸭蛋。

等喃喃收拾好了，也该出发了。卢轲背着筐，扶着木叉走在前面。筱郎牵着小花，挥着木叉走在后面。喃喃追上来，把装好煤油的马灯挂在卢轲背的筐上。

大花总是试图跟过来。筱郎用木叉拦住它说："大花，你该懂点事，喃喃和嗲嗲在家也要人陪。要是有事呢，我就让小花'汪汪汪'和你保持联系，好吗？"

大花似乎听懂了筱郎的话，脖子往下一趴，像是作了一个揖，立即转身往回走去。

走在路上，看到沿途优美的景色，卢轲高兴地蹦跳起来，对眼前一切都充满了好奇。

筱郎说："先生，这路在早晨你不是走过吗？怎么这会儿什么都觉得新鲜呢？"

卢轲说："早上雾气太大，啥也没看清。现在有你在身边，雾气也开了，这才看到鸟儿在歌唱，花儿在绽放，白云在飘荡，瀑布在流淌。"

小花看到窜出来的松鼠，倏地追了过去，筱郎赶紧跟着制止。在这个间隙，卢轲放下手里的物什，朝溪水边崖壁的灌木丛徒手攀了上去，用满天星编了一个花环。

他蹑手蹑脚地从筱郎的身后给她戴上。筱郎羞涩地扭头朝他嫣然一笑，就像小鹿一样快速跑开，跑到瀑布下的潭水边，看着自己的倒影出神。瀑布一泻而下，其声轰鸣震耳，她走近卢轲大声喊道："哥哥，你编的花环，太好看了，它和我的米白色裙子，很搭耶。"

卢轲回应道："这情景要画下来，美极了，题目就叫《听瀑》。"

说说笑笑的，筱郎就带着卢轲和小花来到打谷场。这是一个接近圆形的开阔平地，十几个谷堆沿着打谷场的边缘堆放，形状都是上尖下圆，每个差不多有一丈多高。

二人在紧挨的两座谷堆缝隙里，铺了一层厚厚的稻草作为铺垫。“三二一”他们约定一起朝身后新铺垫坐上去，但在这特别柔软且有弹性的新稻草上，都没坐稳，身体直接仰卧在上面。

“这是我碰到的最有灵魂的床铺了，躺在上面，真是太舒服了。”

“一堆稻草，你也稀罕？改明儿，你要走了，就送一捆灵魂稻草，你背着回去。”

“稻草在这里才有灵魂呢。”

“真像刘姥姥进贾府，什么都稀罕。”筱郎忍俊不禁。

“等中元我要回去时，脖子上就挂一圈辣椒、菱角和柿子，再背着几个大南瓜，拄一根小楠竹。这样才像刘姥姥出来一圈，打了一场秋风。这样的收获，谁见了会不羡慕呢？”

筱郎一边听卢轲说话，一边敏捷地从身旁拽出一片稻草叶子，眨眼之间就编出一束小花，别在卢轲的左耳上。她歪头看了一下他，神气地说：“投桃报李，这才像刘姥姥进大观园呢！”

“是卢公子进白马潭！”卢轲笑着反驳道。

正说着，小花敏锐地嗅到一个谷堆后面有动静，就冲到打谷场中央激烈地吠叫，筱郎和卢轲默契地抄起木叉使劲地拍打，给小花壮胆助威。小花也越叫越勇，狂奔冲到有危险的地方去，一直又叫了十几声才恢复安静。

“小花刚才发现什么啦？”卢轲问道。

“可能是獾猪，最喜欢晚上来偷吃的。”

可是小花在那个谷堆后面迟迟没有回来，发出低沉的“呜呜”声，似乎危险还在，敌人也并没有远离。

“小花又遇到麻烦了，看样子是和什么动物在对峙着。”筱郎掀起身上的稻草，一跃而起。

“小花，别怕，援军到了！”卢轲也来了一个“鹞子翻身”，站立起来。

筱郎和卢轲背靠背侧步前行，共同提着点着的马灯，他们朝外侧的手各执木叉，动作宛如“双剑合璧”，绕了好几个谷堆才找到小花。小花的一丈外，蜷着一只浑身光滑的小动物。这小动物的鳞片借着马灯微弱的灯光，散发着略带寒气的光泽。

"筱郎，这是什么呀?"卢轲一边问，一边挥舞着木叉，做出要和"敌人"搏斗的架势。

"我们叫它陵鲤，意思是长在山上的鲤鱼。学名叫穿山甲，翻山打洞的天才。"

"浑身铠甲，爪子上还有刺呢!"卢轲说的时候，感觉脖子有些发紧发凉。

"呆哥哥，莫怕，它不会攻击人的。"筱郎平静地说。

小花感觉有了倚仗，叫声越发严厉。

"回吧。"筱郎用木叉轻轻拍拍小花的头，然后给卢轲说："陵鲤是专门抓白蚁的，这附近估计有很多偷偷搬运粮食的白蚁。"

二人重回原地，背靠谷堆，再在身上和头上都铺上厚厚的一层稻草，每人只把鼻孔和眼睛露出来。小花则卧在他们俩的脚下。

新碾的稻草特别软和，还有一股淡淡的清香，卢轲躺在里面，感觉呼吸都是香甜的。这稻草不仅可以抵御高山的凉风，还可以遮挡夜间的露水。

第一次躺在稻草上，还有"凌波仙子"陪在自己的身边，这让卢轲的心情很是美妙，感觉像朱子溪雨季上涨的碧波在轻轻拍打和滋润岸边裹满苔藓的鹅卵石，这情形宛如在梦里一样不真实。

卢轲安静地看着天空，天空中除了游走的黑云什么也没有，他觉得筱郎这会儿也是在安静地看着天空吧。

黑云的深处突然有了电闪，瞬间把整个打谷场的谷堆照亮了，卢轲觉得自己恍如身处童话的城堡之中。

"哥哥，要打雷了!"筱郎惊恐的语气打破了沉默。

"还从来没在室外经历过电闪雷鸣。"卢轲平静地说着，他没听到筱郎的回应，探过头来却看她正紧紧地捂住耳朵。

"妹妹，莫怕!有我在呢!"卢轲安慰说。

"大姐在的话，一打雷，她就紧紧拉住我的手，然后用她长长的发辫在我手心抚摸，心里就一点也不紧张了。"筱郎的语气越发颤抖。

再次电闪后，就是一阵惊雷。卢轲能感觉筱郎窝在稻草上瑟瑟发抖。

"哥哥，一听到雷声，我就觉得……自己整个身体……被劈开了，只留下……孤独无助的灵魂，被暴露、遗弃在……无边的……荒野里。"筱郎说话的声音和气息都非常微弱。

“筱郎、筱郎、筱郎……”惊恐的卢轲不断呼唤着她的名字。

“哥哥，我怕!”筱郎隔了一会儿才回应了一声。

一只手从黑暗的稻草中摸索过来，伸到卢轲的胸口，卢轲双手握住这只颤抖的手，吃惊地说道：

“妹妹的手是透心的冰凉。”

“按说这是阴历六月的夏天，山里不会冷呀。可是自从开始来了‘那个’后，伏天的夜里有时也会手脚冰凉的。”

另一只手也伸了过来，卢轲双手把另一双手捧在胸口。世界都在沉睡，隔着稻草的两个年轻人都能感到对方胸口在有力的怦怦跳动。

“哥哥，你的手真暖和！一捂我的手就热了勒。可是以前大姐薏郎每次捂半天，我手还是凉凉的，你说这奇妙不……”

筱郎声音渐渐微弱，卢轲抬头看她闭着眼睛，以为她睡着了，也就不再说话。

可是筱郎并没有睡着，卢轲的手传递来的温暖，反而让她开始想念大姐薏郎了，这个在世上曾经待她最真、最亲的女子，就在去年因病到天国去了。她闭上眼睛努力不让自己的眼泪流出来。

三两声窸窸窣窣的蟋蟀声，把打谷场衬托得更加寂静，朦胧的月亮偶尔也从云层中探出羞涩的脸庞。突然一只野兔窜了出来，小花直接追了过去，两只小可爱蹦蹦跳跳地绕着谷堆捉起了迷藏。

气氛陡然变得活泼起来。

“山里，这么多小动物呢?!”卢轲小声惊叹。

“山里还有一种特别的鸟，叫一枝花!”筱郎突然出声回答道。

“妹妹没睡着呀！一枝花，长得像一枝花?”

“这鸟远看就像一支洁白的梨花，羽白如雪，飞翔舒缓，长尾摇曳，如同风筝飘带，优雅得和天使一般!”

“听你一描述，真是美得——美得暴殄天物。”

“哥哥，你这叫什么词呀。”筱郎忍不住笑了，说，“我就亲眼看到院子里飞来两只一枝花，去年在喃喃过生日的那天。”

“生日来送祝福的吧?”

“我想一定是这样的。”

“那妹妹你生日是哪一天呀?”

“我不晓得呢!”

“哪有人不知道自己生日的呢?妹妹是不想说吧。”

“别人你问他生日，他肯定都清楚。我是真的不晓得。”

“还是不能理解。”

再次雷奔云谲，筱郎看着镇定从容多了。

“哥哥，那我把原委告诉你吧?”

“妹妹说，我听着呢!”

“雷公在和我说，现在有文曲星在陪伴、保护你，你不必害怕，是没有危险的，你可以开始讲你的故事啦……”

“妹妹开我的玩笑呢。”

“不开玩笑，我出生以来最初的记忆，就是自己置身在电闪雷鸣的阴暗角落里，很无助地在襁褓中哭泣。而且随着年龄的增长，对雷电的恐怖记忆就越发深刻。”

漫天飞舞的萤火虫也像赶趟儿似的，和卢轲一起静静地聆听着筱郎幽幽地诉说着她的神秘过往。

十四年前的正月十六，又到了朱子溪九竹林一年一度的搜傩习俗。

搜傩要请傩班弟子，而傩班所戴的傩神面具，多是用樟木制作，村民奉之为“神灵”，傩神形象有盘古、钟馗、日神、月神等等。搜傩过程中要严格按照千年古制，逐一进行“开箱”“教鬼”“开光”“收耗”“封箱”等烦琐的仪式。

当时请的是朱子溪有名的江氏傩班，傩班挨家挨户搜傩，跳起傩舞，在质朴的锣鼓声中传递着吉祥平安。其中最热闹的是“追王”环节，老老少少的村民都追赶着手持开山斧的“八十大王”，主动凑上前去，等待被斧头划过额头，以达到在驱瘟除邪中“招斧”即“招福”的美好寓意。仪式结束后，沐元山三兄弟作为宗族代表还安排傩班弟子在围楼前厅吃酬谢酒席。

等送走傩班客人，再收拾完场地，已经是半夜子时了，天静悄悄地飘起了雪花。三兄弟走出围楼东大门，准备各回各家。

“你俩看那是谁家的狗，下雪也不晓得回去。”老大元山说道。

“狗？嘴巴子怎么还叼着东西！”老二亨山顺着元山指向的崇福桥上看了看，琢磨道。

“老大，不好，是驴头猫（当地狼的称呼）！”老三不禁大惊失色。

“老大，莫往前去。我们进去抄家伙。”老二、老三急匆匆地进去了。

老大元山依旧站在大门口的台阶上，一点也不惊慌，只是觉得这事有些蹊跷。

这匹狼朝元山嘶鸣了一声，这声音不像是攻击前的震慑，更像是无助时的哀求。

元山和狼对视了一下，有三四秒钟，然后把怀里的一个瘦肉桶饼，抛了过去。狼并没有看食物，而是朝元山走了两三步，它眼神温和，右前腿应该是受伤了，走路有点瘸，它把嘴里叼的包袱放下，元山迟疑了一下，确定了这只狼就是去年自己在山上救过的那只母狼，当时它掉进陷阱里，右前腿被夹子夹伤。这狼又朝元山仰头号叫了两声，立即就转身跑掉，消失在无边的雪域里。亨山举着火把，利山拿着铁锹奔出来。只见元山抱着包袱往回走。

“老大，那牲畜呢？”两位弟弟问元山。

“丢下包袱，跑了！”元山答道。

兄弟三人打开包袱，发现里面竟是一个睡着的小婴儿。这婴儿是个女孩，看上去长时间营养不良，身体过于瘦小，竟看不出有多大年龄，也许只有两三个月大，也许已经五六个月了。婴儿气息微弱，已经奄奄一息。

三人赶紧赶回围楼坪院前厅，商量对策，最后达成共识一定要抚养这个弃婴。

兄弟三人决定按照九竹林的习俗，用打轿（当地一种用木器竞技的比赛）来定胜负。获胜的人将婴儿抱回去抚养，认作女儿。打轿几个回合下来，元山完胜两个兄弟，于是就由元山一家收养了这个女孩。

元山坚信自己和救助的这只狼，还有这只狼送来的女婴都有着特殊的缘分。正月十七，族人舞起了桥帮灯来祝贺。一条长约一丈半的木板，再加十盏贴有精美剪纸的灯座，灯座上有安放蜡烛的座孔，架子周围用红纸、白纸贴封，雪白的纸上贴上红色的剪纸，每一帮灯的头尾间都留着孔洞，用长棍一穿就能契合，长棍在灯队游走时，还可用来扶手借力，这便是桥帮灯。灯队由数十位壮年男子抬着进祠堂，依次祭拜先祖。

上天有好生之德，这瘦弱的孩子靠着元山夫妇和他们的女儿薏郎每顿一点米汤、一点羊奶的哺育，终于脱离了危险。因为这孩子是狼送来的，所以周围村邻暗地里叫她“小狼”，后来等到周岁，老族长干脆根据谐音，给她起名筱郎。那只狼也颇通人性，每月都会不定期来九竹林附近转转。如果看到这孩子是健健康康的，它会发出愉悦的长嚎；如果看到有孩子在玩耍时欺负“小狼”，它也会咆哮怒嚎。

筱郎和元山一家人在一起，可以说是非常开心、平安。只是谁也不知道筱郎准确的生日，如今推算来也大约十四岁罢了。

小梧年龄比筱郎略大一岁，算是同龄的女子。两个人从小就一起玩，亲密无间。小梧比较活泼，常常扮演男孩子，戏称筱郎是自己的“新娘子”。后来沐楚来到九竹林，这个男孩子颇有点怜香惜玉的性格，所以也对筱郎非常照顾。后来都长大了，筱郎就和姐妹们玩的多一些。

由于元山夫妇年纪较大，筱郎的生活起居都是一直跟着大姐薏郎的。薏郎比筱郎大十八岁。在筱郎心目中，薏郎是她生命中最重要的人，位置是亦母亦姐，亦师亦友。

薏郎有天生气血不足的症状，再加上性情恬淡，就把心思都放在照顾筱郎上。她的一句话深深影响了妹妹筱郎：“懂得和体验生命，往往和学习无关，因为太渴望进步的人，灵魂时常是一片荒芜和空虚。”

生性灵秀、喜爱素净的薏郎对妹妹的功课学习从不苛刻，在闲暇时把自己擅长的对歌和女红都教给了也深谙于此的筱郎。就在去年二月花朝梨花盛开的季节，薏郎和姐妹们祭完花神，第三天就悄然无声地离开了这个世界。

筱郎说，你知道吗？记忆里大姐的脸庞，是像暮春里被晚风、月光还有白露一起抚慰过的梨花瓣一样动人，能让整个世界变得很是安静、自在和安定。薏郎也从来不和任何人争什么、求什么，我没见过仙女，要有的话她肯定算一个。

筱郎打开的记忆弥漫着青苔的湿滑和苍冷的气息。

卢轲此时才明白，筱郎快中午那会儿出去好久，不是因为自己冒失要喝薏苡汤而生气外出，而是去薏郎的坟上送祭食了。

筱郎还告诉卢轲，她发了一个愿，要为姐姐薏郎守孝三年。卢轲也明白了为什么筱郎的日常衣服这么朴素，她是要坚持“斩衰三年”之礼，着素麻，不缝边、不修饰，以尽哀痛。

筱郎幽幽诉说着这一切，天上也变成了混沌一片，裹在身上的稻草遮住了若有若无的雨丝。

黑夜中的一切仿佛都沉睡了，不过卢轲还能听见筱郎微弱的呼吸声，他的思维中还跳跃着不堪入梦的句子，要在心里读给身边的人聆听：

我只想做一个千年好梦，不必在十丈红尘之外，就在这儿静静藉草而眠。

就让泉水在我身旁流淌，还我心中一片静谧、温柔，忘记了时间和空间。

生命和生命抱夜而眠，而呼吸却沉睡在忧愁的河水上，向前。

远山沉默如斯，惯看了人间是曾如何绚烂，又曾如何凄然，相对俨然不换的是这岫烟清凉冷峻超然。

这烟雨从黑夜滴到天明。

天泛亮时，小花汪汪不停，原来是大花来了。小花笑了，大花也笑了，它们的鼻子凑了凑，交换一下一夜发生的新消息。

跟大花后面一起来的，是喃喃和哆哆无疑了。二老不放心，都穿着雨鞋，彼此牵着竹杖，来到打谷场。看到这对老夫妻默契而温馨的陪伴画面，卢轲羡慕和钦佩不已。

此时，天上的云像是被风驱逐的乌黑羊群，不急不躁地绕着山腰漫跑，山间的雨，如丝如絮，大多是悄无声息的，就着一半的花香和一半的草香，滴在眉眼前化作薄薄的雾。无论它是沾衣欲湿的，还是娇羞可人的，在卢轲看来都是可以入诗入梦的。这看似柔不可握、细不可掬的雨点总有一种灵动雀跃的力量，跳过哆哆和喃喃的斗笠，轻吻着他们显露岁月痕迹的脖颈和鬓角。

眼前浮现的，如云如雾如烟如岚，若隐若现。隽永应是亘古不变的，而这清新却是浑然天成的。

异事连连

沐思年老族长每天都起得很早，最近起得尤其早，比大人尖的太阳出来得还要早，陪伴他一起，也习惯早起的还有家里的老水牛。

朱子溪边，水牛只管摇着脖子上的铃铛发出响声，低头悠闲地吃着水草，老人则一直往下游张望上溯的舟子，眉头表情在紧锁和舒展之间来回切换，似乎在打探着什么消息。原来从赛社后连续五天了，他还不见儿孙们从黑石滩回来。

今早的溪水依旧平静，不仅风浪微弱，就连平日活跃的野鸭子也不曾见到一只。

老族长把拴牛的绳子挽起来挂在牛角上，让它自由地找地方去吃草，自己则到岸边一块五尺见方的青黑石头上坐下。坐定后他脱下被露水浸湿的草鞋，又把拴在腰间的旱烟袋取出来抽上几口。只有在这吞云吐雾的间隙，他脸上深深浅浅的沟壑看上去才稍稍平展一些。

“青源老哥哎!”溪边不远处的梯田田埂上，有一个老人朝他喊道。

因为太阳光刚出来，光亮与阴影界限分明，那人戴着草帽正好是处于逆光当中，再加上视力不好，老族长完全不认得对方是谁，只好起身尴尬地笑着说：“老了，眼睛瞎得很，张三当李四，认不到你是哪个!”

“老哥哥，我是青涟。”那人答道。

“老六呀?是真有日子不见了。快过来，我兄弟伙（兄弟俩）坐会，扯扯闲白（聊天）。”

老兄弟俩再次凑到石上坐定，彼此倍感亲切。老族长把烟袋朝青涟递过去，说：“来抽一口。你可算有福，这一袋烟是我前几天在赛社上，一个老熟人送的烟，新烤的，劲头足。我晓得你稀罕这玩意儿噻。”

出乎意料的是，青涟一把把烟袋推了回去，一丝哀怨的气息从干瘪的嘴巴里挤出：“老哥呀，怕以后跟你见不上面了。”接着他用手指着自己鼻子，摇摇头说：“大限到了……”

“放屁。”老族长连忙严肃地制止他的话，停顿片刻，他又语气和缓地安慰道：“老六啊，你我是共爷爷的叔伯兄弟。我今年七十一，一顿还能甩两碗干饭，你比我还小五岁呢，好手好脚的，可要好好活呢！”

“我的老哥哥喂，你是不晓得呀。前天有件鬼奇（稀奇）的事。”青涟看上去很激动，一边擦眼角皱纹里的泪水一边说，“我前天早上去给花生地薅完草，准备回去。突然看见旁边地里的玉米秆子在动，叶子哗哗哗往下掉，还有呼呼呼喘着粗气的声音，我以为是有野猪在拱地，就拿起锄头冲过去一看。不得了呀，是两个脱光的男女。男的不认识，女的像是黑石滩的张寡妇。这光天化日的看到‘厌物’，‘厌物’你晓得不，不得了呀，阎王爷要收了我呀。”

老族长不等听完就上下牙齿笑得“打架”，还不时发出“咯咯”的声音。他说：“哎？我还以为是什么了不得的大事。就这，是不是你大白天做春梦还不一定呢。”

“这怎么能……能……是白日做……梦？”青涟额头青筋直冒，着急又费力地辩解。

“再说黑石滩的张寡妇，年轻时是风流，都晓得和你还是相好，可一九五九年闹饥荒，谁也没再见到她再出来，就算现在活着也六七十了。怎么可能还……你肯定是真把南柯当现实了。”

“玉米地里，还有他们身上的体毛，怎么会是梦？”

“朱子溪边怎么可能出现这事，你这是白天癔症了。我昨晚也做了一个蹊跷的南柯（梦），不过现在还不到中午，不能讲。”老族长说完嗑了嗑烟袋。

“老哥呀，我晓得早不言梦，午不言杀，夜不言鬼。可我说的玉米地的事，这是真的，不是南柯。”青涟仍旧无奈地解释道。

“你这人，有点风吹草动，就说成天塌了、地陷了。上一回赶集你逢人就说：山外面的人现在都变成了坏人，千万不能和他们有任何接触。因为他们吸的气、吃的饭、喝的水都有毒，所以也都长出了一颗毒心。白天，那男的都是在脖子上套根吊死绳，胡子剃得比太监还光，个个一副病恹恹的瞌睡鬼模样；那女的就更不得了了，眼睛里都长着刮骨剜心的钩子，屁股上只搭一条手巾就出门，左一扭扭到山东，右一扭扭到云南，两条像螳螂的细腿杆子还在江西。这些人一到白日就偷鸡摸腥，像一群热锅的蚂蚁；一到晚上都想着巫山云雨，变成一只只骚狐狸。你说这话后，一条溪的人都笑话你半年多。”

“百善孝为先，万恶淫为首。这是老祖宗的古训呢！你老哥都成活神仙了，怎么还不晓得这世风日下了呢！”

“话是你这么说的，但不是你这么论的。百善孝为先，论心不论迹，论迹寒门无孝子；万恶淫为首，论迹不论心，论心世上无完人。心宽敞了，看世道才宽敞。”

“我不懂老哥说的一堆，论（嫩）菜心还是论（嫩）菜帮，但我说的前天的事千真万确。”

“算了，真的假的，过去了就别往心里搁。生死有命，富贵在天。”

老兄弟俩又扯了一些别的闲白，笑话也渐渐恣肆起来，不觉日近午时了。

“来，我开始给你说件有趣的故事，也是真事。”老族长说道。

“什么事从老哥哥口里说出都有趣，羡慕你一辈子洒脱得很。我耳朵茧子早晨出门洗脸时已经抠了，洗耳恭听呢。”

“我前天晚上，去砍了一棵松树，水桶那么粗，三丈六尺六寸来长，噼里啪啦就砍倒了，做个‘大屋’（棺材）绰绰有余。可这得找个人帮我一起扛回去，就在岭上喊了半天，也没人应我。我这才想起孩子们都还在黑石滩，一个也没回来呢。可怪事就来了。我抱了抱树头，想试试把它扛起来。突然感觉像是有人在树另一头说‘起’，帮我扛起来。因此树稀里糊涂就到我肩膀上了，根本没法回头来看身后到底是谁在帮我。你晓得这几天晚上没有月亮，路上我问话也没人应。就这样，我竟不费力地把松树扛到我院子里了，树是放下了，我想看见到底是谁帮我，还是人影都没得。第二天清早，我又到院子里看树，我想把树一头扛起来，可它纹丝不动，少说也有千八百斤的。莫非是土地爷帮我不成？你闲着来院子里看看那木头，它还在院子里放着，就是三五个壮汉也扛不起来。”

青涟晃颤着瘦弱的双腿，看着老族长讲话，只是在一旁陪着苦苦地笑着，他似乎并没有认真听，他仍然沉浸在自己的尴尬感受里，怆然哀叹道：“您老懂药又懂医，肯定能活一百岁。请看了，往后定能印证我的话。世人都乱作吧，心都坏了，不出一代人的时间，这最寻常的水、空气、食物、平安，都会成为高不可攀的奢侈物。”

老族长听着话表面轻松，心里却在暗自忧伤：九竹林世世代代都是男忠女贞，曾几听过青涟提及的这等苟且之事。如果这内外间隔的一堵“墙”没有了，那朱子溪这纯净的一方天地肯定也会沦陷的。

日头当头，是中午了，兄弟俩依依惜别。

“七月七，两个曾孙子满月，你到时一定要来喝一盅酒。老兄弟两个一醉解千愁。”老族长叮咛完心事重重的青涟，就背着双手牵着吃饱的老牛回家去了，背影显得有些沉重而又颓废。

老族长心里不禁感叹：人的内心世界，就像在白马潭上被风浪肆虐包裹的黑暗礁石，而能彼此照亮和联通的不过是这无边无际的孤独浪涛，除此之外再多慰藉也是徒劳。

他刚把牛靠着院里的桂花树拴好，老伴就朝他走了过来，神色略带慌张地说：

“大哥，今早我刚打开鸡笼子。就发现那只芦花鸡婆（母鸡）走过的地方，都是血印。就想它肯定是脚受伤了。我就抓起它放在水盆清洗，脚一点伤也没有，盆里一点血水也没得。可你把它一放地上，它走过的地方又都是血印。”

“他老喃喃呀，你先别对外面声张。这兆头真让人害怕呢。”

“是福不是祸，是祸躲不过。沐家人老几代没做过亏心事，凭老天爷眷顾，老少都平安。”

“筱郎呢，她不在家里吗?”

“晌午饭快做好了，我让她去叫那个城里伢子（卢轲）来吃饭。这孩子真贪玩，去了半天也没见回来。”

两位老人又开始盘算着，今天一早就有喜鹊在院子里叽叽喳喳叫个不停，在黑石滩的孩子们，快的话今天应该就能回来啦。

而筱郎这边倒不是贪玩了，而是来到围楼，但是没有找到卢轲。于是，她就沿着白马潭沿岸去找，果然就远远看见卢轲在潭边和连山大佬说话。

于是，筱郎停下脚步，看卢轲的样子，像有很纠结的事情需要请教连山，可是连山只是微笑点头不说话。

不过，连山似乎脑壳上长了一圈眼睛，对卢轲说道："有人叫你去吃饭喽！"然后连山背着手和卢轲告别，迈着方步，还留下一串更让卢轲摸不着头脑的话："真话不全说，假话全不说。好话不好说，坏话好不说。说话真难说，尽量话少说。"

卢轲还是傻傻地站在那儿，一脸迷茫。

"先生，你和连山大佬猜谜语呢?"筱郎笑着迎上来，卢轲也只是笑笑不说话。

在回家的路上，二人看到一株红花烂漫的木槿树下，有一对已经停止呼吸的喜鹊静静地躺着。筱郎提议把喜鹊埋起来，于是卢轲找来树枝在树下刨了一个小坑，筱郎用飘落的木槿花瓣将两只喜鹊裹在一起，放进坑里。二人又在上面撒了一些干松针，在上面捧上浮土，给这对喜鹊做了一个坟冢。

筱郎蹲下对着坟冢难过了半天。她看卢轲伸过手来，就搭手过去站起来，说："昨天路过这里，还看树林里一对喜鹊形影不离的，'喳喳''喳喳'，笑语不断。不晓得地下这两只，是不是昨天那一对。"说完鼻子一酸，清泪夺目而出。

卢轲安慰说："妹妹别难过啦。喜鹊能生死相依，已算难得了。如果地下有知，一定会感谢你为它们盖的鸟冢的。"

筱郎哽咽了一会儿才停止哭泣，说："先生，刚才我蹲下的时候，就想为这对喜鹊写首词《鹊踏枝》悼念一下，可只想出了上半阕。我给你念念：'玉上繁枝妆碧树，空叹多情，飞瓣随风舞。昨听楼头灵鹊语，莫嗔青鸟拟相误。'下阕你给想想！"

卢轲说："那就边回去边想吧，嗲嗲和喃喃估计该等着急了。"

走在路上，路旁的池塘上的几只凫雁，听见有人过来，一起快速掠水远去。

“下阕有了！”卢轲突然停下脚步，念道，“满眼横塘凫雁侣，缭乱新愁，问霎云知否？一晌凭栏梦不见，鲛绡难掩落红处。”

“筱郎，快回。叫你去喊先生吃午饭，日头都朝西了，你是让先生来吃晚饭的吧？”喃喃站在山岗上远远责怪道。

“喃喃，我们来了。”筱郎不停地朝喃喃挥手。

到家了，喃喃准备了丰盛的饭菜上桌，可卢轲却发现饭桌上每个人都像是有心事。

“老头子，看天过午时了。你昨晚上做了什么南柯（当地对梦的称呼）可以说了。”喃喃首先打破了沉默。

“我梦到我在朱子溪边上放牛。一抬头，蹊跷得很：大人尖好像比平常距离要近一些，那个小小的土地庙过去站在溪边根本看不清；现在不仅能看清了，还能看到那小小的庙门，一开一合都看得清清楚楚。我的娘耶，是山在跑，朝溪水这边跑。还有大人尖整座山的架势，不仅要把竹林和田地全部压了，还要把我的老水牛给压了。我都七十来岁的人了，天塌下来都不怕，但一想，我要把我的老婆子和儿孙们，九竹林的所有人，和那条陪了几十年的老水牛都救了。我就对着迎面的山，跑呀跑，遮天蔽日的，什么也看不见。就在这暂儿（时候），我看见一个通体发光的人在远处喊：‘嗲嗲，莫跑莫跑，你飞啥，你飞啥！’我定神一看，这不是薏郎嘛！”

“薏郎？大姐？”筱郎问道。

“是，薏郎，我喊她，她不应，立即不见了。但我的身子突然就能飞了起来，我变成了一条很大很长的蟒蛇，准确说是蝾螈吧，尾巴能伸到哪里我都看不见，我的身体碰到水和山，碰到掉落的石头和土块，就和遇到真空一样，没任何阻碍。我在无边的水和山中间穿梭，终于把掩埋在下面的人、物一一救起来，九竹林的人、老水牛，还有猫子、狗子、喜鹊子、杠子（蜻蜓）、鸡子、扁嘴子，以及水里的鱼和老鳖都爬到我一眼望不到头的脊背上。离谱的是有人还把房子和树木花草也搬到了我的脊背上。”

“嗲嗲，你这是扛起了一座诺亚方舟呢！累不累？”筱郎问道。

“一点也不觉得累，我也觉得蹊跷。我在半空中呀，就朝下一看：露出土地的地方全都是着火的火焰山，有水的地方都是一丈来高的大浪。我带着大伙只能空中飞，底下根本没有落脚的地方。太祖爷爷从庙里飞出来，往我嘴里塞了一颗发光的圆葡萄，不冷不热地对我说：‘我该走了，你老蝶螈在这山上盘了八百八十年，要出来下力受累了。赠你龙珠一枚，聊为回天之力。机缘如此，可叹可叹。’说完他就消失不见了。我就看着脚下，一望无际的大水和大火都变成血色。我就不停地飞呀、飞呀，仍然无法找到登陆的地方。”

“南柯不管寓意是好是坏，都认不得真。说出来，心理负担就小一些。”喃喃淡淡地说道。

卢轲一边吃饭，一边听哆哆说梦，却冷不丁一下子从靠椅上滑了下来，摔坐在地上，因为是尾骨先着地，他感觉臀部又疼又麻，半天起不来。筱郎一把把卢轲拉了起来，忍不住掩面偷笑起来，这一笑也把饭桌前的几个人的笑容全逗了出来，像院子里的秋葵一样朵朵绽放。

气氛似乎热闹了一点，几个人都在低头吃饭。卢轲一抬头却突然看到筱郎的眼泪像漏筛的豆子，落个不停，有些还顺着脸颊滴到碗里了。

卢轲关切地问：“妹妹这是怎么啦?”

筱郎只是落泪不语。

卢轲更加一脸茫然。

喃喃说：“先生多吃饭，别管这女伢，让她自个静静就好了。这一年多，时不时就爱哭。兴许人大了，心事重了，眼泪就不值钱了!”

饭桌上谁也不说话，沉默了两三分钟，筱郎情绪平稳了一些，她说：“扫大家兴啦，对不起。我也不晓得为什么要哭，多半也是想起一直困扰我很久的梦吧。”

“梦?”

“梦?”

“梦?”

哆哆、喃喃、卢轲三人都发出同样的疑问。

“是的。白天我是我自己，可晚上我就成了另外一个人，或者说晚上那个我根本不是我。”筱郎说这句话时，显得有些惊恐不安，完全没有了平时的恬淡超然。

喃喃说：“老七耶，大白天的，尽说些糊涂话，哪个能听懂吗?”

筱郎轻轻吸了吸鼻子，微微叹息："本来我是不打算说这些，秘密埋藏在心底就好。可是看嗲嗲刚说出心中埋藏的梦，我想是不是也该说出来？"

"这孩子嘴真紧！嗲嗲、喃喃、先生，三个都是你信任的人，你讲噻。"喃喃盛了一碗汤，给筱郎递过去，接着说，"别急，先喝一碗汤再讲，把掉了半天的眼泪补回来。"

筱郎接过汤，放在桌子上，说："有点烫，讲完再喝吧。"

筱郎说："如果按照你们的说法，我是认识了一个女鬼。"

卢轲瞪大眼睛，充满疑惑，关切的眼神看着筱郎，但没有插嘴（安静地聆听，这也是卢轲和别人说话时，能让人对他记忆深刻的一个优点吧）。

"你们不要说我胡说，也不要害怕。因为这女鬼从来没有伤害过我。"筱郎说完，低头喝了一口汤，动动嘴唇却又似乎欲言又止。

"别一天到晚，口那么紧，你到底是什么南柯（梦）？过了午时，讲出来不要紧。"喃喃带着责备的神情中，反而透露出满满的爱意。

"按我说，也不是梦，你们非要认为是梦也可以，就当是在清醒中做梦吧。"筱郎在努力地组织着语言，继续看着卢轲说道："先生，你还记得当时你被蛇咬落水了，是我把你救起来背回到围楼上。你们都好奇我一个手无缚鸡之力的女孩子，怎能背动你一个小伙子呢？是因为，只有我晓得，是还有个人，你们看不见的人，你们说是鬼也行，在后面帮我抬着你。"

"我知道妹妹不会骗人，可是这件事还是很难置信。"卢轲说。

"真邪门，最近蹊跷事都赶一起了。我向前天，也不晓得是人是鬼，帮我把一棵大松树扛回了院子。"嗲嗲冷不丁地插了话。

"也就是说，白天我是筱郎，一到晚上鸡子进笼了，我的身体就属于她，那个女鬼，也就是冯小青哇。她是一个很善良的女鬼，她教会了我很多东西。我也答应要为冯小青完成一个心愿：为她完成一幅画像。冯小青也承诺在画作完成后，将把整个身体还给筱郎。所以，你们明白吗？现在白天和你们说话的是筱郎，到晚上我就是冯小青了。"屋里面的几双眼睛都惊奇地盯着筱郎。

"我越听越糊涂。看来筱郎是遇到鬼缠身了，老头子，看来要请碧落观的掌坛道士来作法驱鬼呢。"喃喃不安地看着嗲嗲说。

"喃喃、嗲嗲，你们先别慌。听我继续说。说来也奇怪。一到晚上，女鬼借我的身体，我就会头疼欲裂，浑身瘫软。所以我之前交代喃喃，晚上看我睡觉了，立马从外面把房间门锁上，免得缠身的女鬼会有怪诞的举止出来吓到旁人。可自从卢轲先生来到九竹林后，女鬼就很少缠身了，只是偶尔给我托梦。就是她嘱托我请先生为她画一幅自画像。画像好了，女鬼就可以走了，永远不回来。”

“妹妹，需要我做什么都可以。可是我一个肉眼凡胎，也从来没见过鬼，你让我怎么画呢?”

“你这确实是个问题，我也问过冯小青。她说：‘其实，我的长相和你一模一样，只是右眉中多了一颗红痣。’先生，你就在喃喃生日筵席前，详细按要求把画像画下来就成了。”

“妹妹放宽心，我画像是没有任何问题的，只是我想知道妹妹是怎么认识冯小青的。”卢轲带着大大的疑惑问筱郎，又侧脸看着哆哆、喃喃说，“我想爷爷、奶奶也一定想知道的。”

“去年中秋的时候，围楼的戏台上请有王家戏班来唱戏，戏唱完，大家还一起拜月。然后，每个人都拿着纸叠花灯去白马潭边祈福。沐楚就拉住我说，老七，先别走，我告诉你一个秘密。戏台那儿就只有我们两个。他说，老七，你先转过身去。我照做了。大约过了两分钟，他让我转身。我一看，是一个包袱。就问哪儿来的，里面是什么。他说，是一套很漂亮的古代衣裳，好像还夹着一张画，成了灰烬看不清了。这衣服一直在戏台的梁上放着。有一回沐楚在家里把猪油罐子打破了，为了逃脱三叔的毒打，他就躲在这戏台的梁上，所以就无意间发现了这个藏品。”

哆哆听到说沐楚就连连叹息，看了看外面说：“外面出现了闪电，要落大雨了，我去把屋后晒的东西收回来。你们几个慢慢吃，慢慢聊。”说完哆哆起身提着斗笠出去了。

卢轲放下碗筷，问筱郎：“然后呢?”

“然后，沐楚说，老七呀，这九竹林的女孩子，平日里就你最喜欢听戏唱戏……这件衣服就送给你好了。我说，这不是我的，我不能要。沐楚一再坚持把衣服塞给我，说，老七手巧，你试试嘛，有机会自己也可以比着样子做一件呢。我只好同意，穿上试了试。沐楚看了高兴地跳了起来，说，简直是比着我身材做的。当天晚上，我就梦到冯小青说，你穿的衣服是我的，是我的亡魂赖以寄托的洞府。你在光下一抖落衣服，我的画像就成了灰，我的魂也就无处安身了，所以不得不寄居在你身上。但是，你也不要害怕，我不是什么魑魅魍魉。你只需要得到机缘时，再给我画一张与原作一模一样的自画像，还裹在那件衣服里面，还藏在梁上原来位置。我问她，为什么要画像放进衣服里？她说，因为我原来的画像被虫子蛀了，行将成灰，你抖落的时候全飘到空中了。有了画像和衣服，我就可以魂灵安定，不再流离失所，又有幸遇到慈航大士显灵，救赎我不再沉沦无依，或羽化太虚，或轮回人间，都得自由。”

又持续聊了一些别的话题，大约有半个小时的时候，嗲嗲回屋了，脸色很难看。

喃喃说：“筱郎，快去给嗲嗲烧点热水洗头，要不会得寒冒火（感冒）。”筱郎点点头出去了。

喃喃又问：“老头子，么搞的（怎么了）？”

“孩子们平安回来了，船从藏兵洞出来都坏了。”

“人都回来了，船不算事。”

“梧儿不见了！”

“梧儿不见了？也是在藏兵洞那边走丢的？”

“我问利山，他说，过藏兵洞时，蝙蝠撞翻了船上的马灯，伸手不见五指，就听见‘扑通’一声，梧儿掉进地下河了。可是别的后生回来说，在黑石滩的时候，梧儿说利山不该对筱郎发火，利山不服就趁势把她的什么画给烧了，下来这孩子就一直不说话，等要返回藏兵洞，上船后自己跳水里去了。”嗲嗲看喃喃的手一直在颤抖，立即又安慰说，“老喃喃，藏兵洞里都是卤咸水，人根本就沉不下去，也许梧儿不过是赌气跑了呢！”

“这阴雨连天的，梧儿能跑到哪儿去呀？如果不是利山平日做事狠毒，能把她逼走吗？可是这些伢子，要是个个能像薏郎那样懂事，能有这操不完的心吗？”喃喃不停用袖子擦拭眼泪。

“莫哭，我们先下山去竹园看看。”嗲嗲遇事看着很果断冷静，他说的山下竹园指的是几个儿子在九竹林的住处。

“把酿好的米酒给山那边的孩子都分点，舟车劳顿的，回来解解乏。”喃喃说。

“我先去准备一下，多带几筒，让九竹林的每家人都尝尝鲜。”哆哆的表现总是和喃喃这么默契。

“我也去看看呢！”筱郎急切地说。

“恩（你）两个，落着大雨，路不好走，跟去也没用，就留在屋里看门吧，别让黄大仙把鸡子都叼走了。”喃喃对两个年轻人说。

外面的雨依旧落个不停，哆哆和喃喃披着蓑衣、头戴斗笠一起出去了。

筱郎把灶具碗筷收拾完毕以后，独自坐在一个小板凳上，面靠墙壁，沉默不语。

“先生，我在给喃喃煎药，要不你先下山去找小茜姐姐，探问下小梧姐到底发生什么了。小梧要是真不见了，我就下山，过溪或钻洞，哪怕走到天涯海角也要把她找回来。”她对卢轲说道。

卢轲撑着一把大油伞沿着泥泞的小路往九竹林走去，迎面走过来一个女子，身穿一件粉红色的雨衣，这种装扮在朴实古朴的九竹林是非常罕见的时尚。

但是眼见卢轲就要碰头了，对方丝毫没有避让的意思。

“能让让，借过一下吗？”卢轲很绅士地问道。

“你一来，就把九竹林上上下下弄得鸡犬不宁，你晓得不？”女子拄着竹杖厉声说道。

卢轲很懵地看着对方，她的脸完全被雨衣裹住，只露出双眼。他想了一下，觉得声音像一个人。他于是试探着说：“小茜？我刚和筱郎正要说去找你呢。”

来人正是小茜，她说道：

“我就知道你这书呆子就会乱跑，这会儿要是阿爷在山下看见你，准会揍你一顿，还要把你的画全烧了。”

“我做什么了？”

“要不是因为你，小梧能失踪了吗？”

“小茜……小梧……我……”卢轲说话结结巴巴，不得要领。

“算了，你别紧张。我只是过来拦住你的。先别下山，以免引起更大的矛盾。”小茜语气平缓了许多，接着说，“我清楚小梧的出走不怪你，可是这事也少不了与你有关。还有在赛社后，阿爷请你去镇上做客，意思很明显，就是要给你这未来的姑爷亮亮家底。你倒好，推辞得干干脆脆，让他一点面子也没有。在我面前，你都不敢大声说话，在整个九竹林最不讲理的阿爷那儿，你能给自个摘个干干净净？”

卢轲干脆地说：“干不干净都不重要，我现在就陪你们去找人！”

小茜一口回绝：“这路你完全走不惯，去了也是累赘。我去陪阿爷行(等)人下溪去找人就行了。你先回去安慰筱郎，就说是我说的小梧不会有事，让她放心。”

“那好吧，你们路上注意安全。”

临走前，小茜不忘发表一段感慨：“成人的世界，是一片冰海，看着一望无际的，都是破碎的心灵。所谓的热闹，就是彼此走近，你会扎到他，他也会扎到你。除此之外的精彩，便所剩无几了。我说的是父辈们的矛盾，会一直影响着下一代。对于这种情形，我一开始还是认为自己是唯一清醒的孩子，可以勇敢地选择愤怒、呐喊和反抗。可是自己也会深受其害，连亲人之间也笼罩着仇恨的阴霾。到头来，实不相瞒，心中除了能种下一丝冷漠或怜悯，别的都爱莫能助。”

卢轲听后一脸的茫然。

喜上加喜

桑儿用手帕把一捧黄土包好，双手把它举过双眉，任凭泪涕如泉也不掩饰和擦拭，对着围楼的方向磕了几个头，起身又深情地看着九竹林的一道道岭谷。

在她所乘的画舫经过打开的水闸和平静的溪水之时，只见到处都是撒落的鞭炮碎屑，像山涧盛放的红花继木，红艳似血。

二楞独自站在崇福桥上，看着筱郎举着白山茶和小仓兰的花束，朝送亲的队伍洒泪挥别，却到底还是忘了把花送给新人。他竟在一旁像婴儿一般灿烂地笑了，这一笑容正好可以弥补阴郁天气里缺席的太阳。

筱郎默默注视着桑儿和送亲的队伍往朱子溪下游去了，黯然神伤地对身旁的卢轲说道："我们七个姐妹，一直形影不离，在一起从来不晓得世上有忧愁。可转眼之间……"筱郎是想表达姊妹当中，去年薏郎去了仙界，现在二姐远嫁，三姐出不来，小梧还不晓得在哪儿，茜儿等几个还要去远方求学，九竹林、白马潭、围楼，以后怕是会更加冷落了。

卢轲虽不能深刻体会这种离散的愁绪，却很为之动容，于是来了一句："妹妹啊，别动！"

他拿出画笔快速地勾勒出筱郎的表情，说道：

"妹妹你看看，像林妹妹不？"

"画得神似冯小青了，右眉已经添了个小小的红痣？"

"右眉间本来就有个红点，我给你取下来看看。"

"哥哥，这是空中飘来的杜英花瓣，它本是白色的，怎么变成了红色？"

二人正要研究这杜英为什么是红色，可这轻盈的花瓣，瞬间又从卢轲指尖飞走，消失得无影无踪。卢轲暗自感叹：时间就像在原野撒腿奔跑的灰毛兔子，一眨眼的工夫便从身边溜走了……

他清晰地记得，鸡叫三遍的时候，远处喧闹的锣鼓声就把他吵醒。原来今天是七夕，是桑儿出嫁的日子，九竹林所有的人都去族长家里忙活去了。

天空上整片的浓云蒙住了太阳，够点燃一天半天的阴，够笼罩整座的围楼，还有整片的白马潭，都造成漫无边际的阴郁。不过这浓荫不会持久，持久的倒是后来散开的默默轻阴，好像谁往空中撒了一匹轻纱，荡飏在风里，撩拨不开又捉摸不透，恰似满怀愁滋味的少年的心情。

卢轲站在围楼楼上回廊等待着筱郎，他们约好在这里给桑儿姐姐送别。这两个年轻人都不喜欢去乱哄哄、悲戚戚的接亲现场凑热闹，最关键的是今天主持送亲的是沐利山，筱郎不想因见到三叔再产生什么尴尬和不快的事情。

蝉鸣不止，映得围楼天井更加清幽。卢轲在等待中，无事可做，干脆背诵起柳永的词牌《二郎神》：

炎光谢，过暮雨、芳尘轻洒。乍露冷风清庭户，爽天如水，玉钩遥挂。应是星娥嗟久阻，叙旧约、飙轮欲驾。极目处、微云暗度，耿耿银河高泻。

闲雅。须知此景，古今无价。运巧思、穿针楼上女，抬粉面云鬟相亚。钿合金钗私语处，算谁在、回廊影下？愿天上人间，占得欢娱，年年今夜。

在念到“算谁在、回廊影下？”这一句的时候，卢轲隐隐约约听到在走马楼东侧回廊传来轻轻的哭泣声。

他循声蹑脚折了过去。是筱郎坐在木地板上，背倚檐柱，低头侧脸看着楼下的花轿和进进出出的行人，在暗自伤感，清泪如雨。

“妹妹！”卢轲这声音虽然很轻，筱郎却不知他什么时候已经站在自己身后，还是吓了一跳，肩膀微微颤动。

“没吓着吧？”卢轲说着，一把把筱郎拉起来。

“你先转过身去。”筱郎看见卢轲照做后，赶紧拿出手帕擦拭眼睛。

卢轲听到楼下有喧闹的声音，于是沿着回廊往南走了七八步，这里可以俯瞰整个热闹的院坪。

“还有拦门的啊！”接亲的领队大叔站在院坪中央喊道，他身后的接亲队伍，把偌大的院坪填满了一大半。

在院坪大门拦门的有三四个壮汉，他们身后还放置了一张大八仙桌用来拦路，带头的不是别人，正是海子的父亲沐英山。卢轲几乎很少听过他说话，但在这一场合，这位朴实的汉子在对答中吐字非常清晰、果断。

沐英山问道：

（念）我把门外贵人请一声啊，
怀抱书香到此时。
（唱）有何贵干到此地，
从头到尾说分明。
或是状元来采亲？
或是主东差令行？
无事不登三宝殿，
有事才到我寒门。

接亲领队大叔回答：

（念）我把拦门先生请一声呀。
（唱）我是奉主东所请，
我是奉主东所差。
今日是贵府小姐，
是吉星高升之期，
我特来迎亲接驾。
衣帽不恭，礼物不周，
万请先生，海涵海涵！

沐英山身后一位小伙子上前，朝接亲队伍发难：

（念）哦，原来是来接亲的。那请问接亲礼官：
（唱）你是从岸路而来？
还是从水路而来？
岸路翻了几多山？
水路翻了几多滩？

接亲队伍的人一起答道：

岸路而来，雾雾层层步步见山，
水路而来，波涛滚滚步步见滩。

沐英山继续追问：

（念）那我再请问礼官。
（唱）既是岸路而来何树为公？
水路而来何水为公？
既是岸路而来何树为母？
水路而来何水为母？

接亲队伍的人又一起答道：

岸路而来松树为公、梅树为母，
水路而来江水为公、海水为母。

沐英山又继续问道：

（念）礼官果然有名声，
岸路水路分得清。
（唱）丢下闲言我不表，

车夫轿马到处停。
齐锣鼓掌何人造？
笙箫古乐又是何人兴？

接亲的领队大叔回答：

（念）拦门先生你且听：
（唱）状元回府，宰相还朝，
民间喜事都可喧闹。
吟吹嬉打火炮连天，
迎亲接嫁自古流传。

卢轲看了一会儿热闹，又赶紧回头找筱郎。筱郎的心情已经平复下来了，她从斜挎的棉布包中拿出一个水果递给了卢轲。

“好丑的水果呀！”卢轲看了一眼这果子，果肉从果壳里爆出来，硬挺挺的，足足有半尺长，他瞬间就脸红了，嘴里忍不住感慨起来。筱郎不明就里，看他这么说，连忙把水果藏在身后。

“妹妹，我也不是说它丑，是觉得长得太奇异了！”

“它的名字叫‘八月炸’。”

“这又是什么奇奇怪怪的名字？”

“名字来历就是快到阴历八月的时候，它的果子成熟，然后就会自己把果壳炸开。”

二人偶尔看看楼下，院坪外接亲、拦亲双方的对答唱诵，还是异常的热烈，现场还伴有欢乐的锣鼓声和喝彩声。

但从中厅传来的却是夹杂着悲戚的阵阵哭声，不绝于耳，这场面完全超出了卢轲的想象。

卢轲问道：“结婚不应该是一件很快乐的事吗？怎么哭得天昏地暗的？”

筱郎说：“你不觉得气氛有点怪怪的吗？你听楼下，他们正在说这件事呢！”

两人沿着回廊跑到离坪院近一点地方聆听接亲、拦亲双方的对答。

接亲人问道：

（念）拦门先生呀你知情，我有一事不明。
（唱）贵府小姐高升期，
百年大喜宾满门；
四友亲朋来贺喜。
为何里面有哭声？
此事此因烦问先生！

沐英山回答：

（念）礼官先生你且听分明。
（唱）难道这事你不清？
是沐府二小姐高声泣。
是姊妹难别，娘母难分：
大的在哭哭啼啼，
小的在悲悲切切。
此事此因告知先生！

接亲人接腔：

（唱）离家难舍，骨肉情分；
乾坤第一，夫妻缘分。
今日要成天地合，
愁容莫再放哭声。

沐英山招呼伙计倒酒：

（念）你们接亲的翻山越岭，
（唱）脚杆子也走酸了，
嘴巴子也喊酸了，
给你们摆三碗甘马酒。
一杯酒是满满赠，
周公之礼到如今。
二杯酒是满满赠，
一朝天子一朝臣。
三杯酒是满满赠，
不敬礼官敬何人。
如果不饮这杯酒，
枉费主东一片心。

接亲人作揖致谢：

（念）拦门先生你且听：
（唱）确有三杯甘马酒。
一杯酒是满满赠，
周公之礼到如今。
二杯酒是满满赠，
先敬天子后敬臣。
三杯酒是满满赠，
不敬拦门礼官敬何人？
借花献佛一杯酒，
多谢主导一片心。

沐英山唱：

洪武皇帝坐京城，
书通天下礼同文。
前朝有礼不可灭，
后朝于礼一片心。

接亲人唱：

朱洪武，坐京城。
我是六百年后生的人。
礼节样样还分明，
主导请我管礼信。

沐英山唱：

这个礼信没见兴，（众人答：没见兴。）
这个礼物没收到。（众人答：没收到。）

接亲人唱：

你是大量的君子，
就要带带我小人。
自古媒人不挑担，
保人也不还金银。

沐英山唱：

迎亲请你来管礼。
哪有接亲礼不兴？
你唬哪个大苕种（笨人）？

你屁股上挂钥匙，
你锁关是哪一门？

接亲人唱：

墙上一堆草，
你看风一吹，
不是两面倒？
你既要礼信，
红娘哪儿去了哎，
你要就找红娘拿。

沐英山唱：

礼官是你担，
知礼又知担。
你如果没有礼信，
伙计们，快把门拦着！

接亲人念：

拦门先生搞不得，
这趟势拦门硬要礼信。

拦门队伍连说三声：

那是肯定的。

接亲人一起大笑：

（唱）先吃闭门羹，再行见面礼。
穿堂路，这么窄，
要礼信，怎么着？
那我行（们）就打赏着。
（念）来接亲的，
把三书六礼，
就一起抬进去着！

沐英山满面春风：

（唱）钱财不分多，
仁义值千金。
这个礼信就放这里，
合我行（们）心啰。
（念）好伙计，把桌子端开，
贵客请进，沐手，入席。

筱郎和卢轲听着楼下的锣鼓声越来越急促响亮，送亲和迎亲的队伍已经在围楼中厅聚满。两人站在二楼的廊道上，就可以俯瞰到簇拥着一对新人的队伍朝着中厅走来。

这种场合，自然少不了沐利山作为赞礼。他依然是衣冠体面光鲜亮丽，声音抑扬顿挫，举止斯文老练，向新人娓娓道着动听的祝福语：

月下老，忙奔驰，朱子溪湄。
挽红丝，携福杖，笑开姻籍。
栽下如意化作香檀并蒂，
何怕幼苗芽儿娇嫩欲滴。
阳光滋润才枝叶挺拔葱绿，

水土涵养方扎下牢固根基。

有情人，结宝眷，善缘相会。
手正牵，足正系，好修福气。
苍穹离地虽然遥远千里，
甘霖普降自是须臾咫尺。
天喜祥光兆见佳偶长相依，
仙宫和合见证夫妻合卺礼。

一对新人去上厅给祖宗牌位敬完香后，又返回中厅，立即响起噼噼啪啪的鞭炮声。孩子们不顾硫黄残留的刺鼻味道，都趴在地上争抢糖果，大人也是忙碌不停地讨论着丰厚的嫁妆，还有新姑爷的英挺长相，等等。

“二姐姐呀！”有个嗓门很大的女子进到中厅，声音把二楼廊道上冷漠的白猫都吓得顺着柱子蹿到房顶上了，只见她头上裹着蓝色碎花布头巾，坐在厅院的石条上，捶胸顿足齐奏，眼泪与鼻涕横飞，喊着桑儿的名字就哭得撕心裂肺。

筱郎说：“真是平地一声雷——杉儿姐姐，先生，认出来没？她见你的当天晚上，怀的一对双胞胎就生了！你说巧不巧！”

卢轲说：“原来是她呀！我第一次听见她和我问话，都哆嗦得不敢接腔。”

筱郎笑了：“你是秀才见到兵啦！”

两人小声议论着，只听见杉儿在地上边哭边唱：

叫声桑儿尔听清，杉儿与尔好交心：
姊妹几个在一起，相生不忘记情分。
桑儿啊，从今远嫁到旁村，夫家不比娘家门。
孝顺公婆勤勉早，一心帮夫多担忍。
姊妹恩情比天大，常回老根九竹林。

桑儿屈膝万福还礼后，众人赶紧扶起杉儿到旁边休息。桑儿的亲娘就是亨山家媳妇也忍不住失声哀号，好久她才叮咛道：

叫声儿啊尔听清，桑儿为娘听分明：
桑儿本是苦根生，难产生下才五斤。
清白磊落不忘本，忠厚传家莫嫌贫。
好女嫁夫福三代，贤德人念父母名。
念我沐家养好女，人丁兴旺家业殷。

桑儿跪在母亲脚下，哭声幽噎，众人扶了半天桑儿才勉强站起来。筱郎的母亲也捧出上好的绸缎，绸缎上还放着虎头帽、虎头鞋，把这些递给桑儿，筱郎听见母亲搂着桑儿唱道：

叫声桑儿尔听清，大嬢与尔说衷情：
沐家代代贤良门，孝悌忠信有传承。
桑儿，乾坤顺序把责尽，公道不离明白人。
四德由来是老训，张公能忍得全身。
男有分，女有规。厚德载物利永贞。

新娘子盖好盖头踏着绿毡布往外大门方向走去，到坪院门又被小榴拦住行礼，这小妹表情悲伤，却有泪无声，只听她搀着新娘子唱道：

我把桑儿尔请一声，榴儿和姐说衷情：
二姐你生来是好脾性，不好妒来不好争。
老牛善耙还会吃草，巧女能做要护花容。
假使姑爷敢欺负，姐妹上阵拳打脚踢揍后生。
二姐两口齐跃进，来年抱对俊俏龙凤小外甥。

来到东门口，茜儿扶桑儿上了花轿，从轿子底下钻出几个小孩，蹦蹦跳跳地又唱起欢欢快快的调子：

大猪头，耳朵长；媒婆好吃讲排场。可怜爷娘不疼我，一条红线逼我嫁夫郎。

大猪头，鼻子粗；媒婆好贪要珍珠。至今没报桑梓恩，生拉硬拽把我轿里拖。

众位姐妹、婶娘和别的亲族又把花轿围住，哭声震天。

筱郎和卢轲早已登舟在围楼崇福桥下等候，迎亲画舫要从这里起航。

筱郎看着好奇的卢轲说道：

“大人说这叫哭嫁，亲人哭得越厉害，新人未来的日子才会越红火美满！桑儿姐姐人灵秀，是去年赛社上自由恋爱的，交上的姐夫人很好，是个戴眼镜的文化人，可是毕竟嫁得远，亲人们谁舍得呢?!”

“哭嫁，都说骨肉之情似海深呢！可我就像个冷血人，以前完全没听说过，也体会不到这种哭嫁，就见过城市的婚礼，都是男女你侬我侬、搂搂抱抱，狗粮撒一地。现在那种欢笑的场面反而没什么印象了。”

正说着，一对新人，杉儿、小茜、小榴，还有其他迎亲、送亲的亲友，加上轿夫和花轿都上了画舫。

筱郎和卢轲登的舟子也跟着画舫并行，护航一段路程。卢轲撑篙，筱郎拿出一个红笺，上面有这两个年轻人合作的《鸾凤鸣》，她照着上面内容唱起来：

叹茫茫寰宇兮知己难求，
嗟白驹过隙兮韶华荏苒。
望断围楼兮白衿寒，
冰雨敲窗兮莫凭栏。
残宵依稀兮香火阑珊，
五湖水烟兮愁煞红颜。
龙泉宝剑兮藏秋水，
的卢嘶鸣兮压绣鞍。

衣带渐宽兮铁砚磨穿，
雪窗萤火兮似水流年。
上下求索兮海角修远，
可怨东风兮门掩重关。
浮槎飘摇兮天际云卷，
身着花嫁兮离愁万千。
萧史遇弄玉兮莞尔花拈，
携手共君黛眉兮描春山。
牛郎会织女兮满天星斗焕，
鸾凤和齐鸣兮驰骋日月边。
悲离化欢合兮一杯淡淡水酒，
东西复南北兮万里冥冥夙缘。

一曲未尽，画舫已远。远处溪上，除了一层薄薄的水烟之外，什么踪影也没有留下。

且说卢轲和略带惆怅的筱郎返回围楼，发现里面竟又热闹了起来，但这欢声笑语不同于迎亲的场面，这是杉儿夫妇的一对双胞胎在举办满月礼。

在举行完告天地、告祖的上香环节后，杉儿左右手抱着两个双胞胎出来，来宾和亲友争相观看，并朝中厅中堂摆水的大木盆里投放铜钱和花瓣，这是“添盆”的习俗。孩子的舅舅要亲自用木盆里的水为一对外甥理胎发。

孩子父亲把准备好的一对玉璋分别给孩子佩戴上。然后父母亲一起向孩子指认亲朋好友，父亲还取出一把弓虚射天地四方，这个行射之礼，寓意好男儿可以开拓广阔天地。

在众人热烈的祝福下，老族长沐思年出场，依照“殷礼复怀家、青山林有幸”的宗族辈分，为两个曾孙子分别取名为有孝、有尊。

卢轲发现这些朴实的九竹林人，几乎个个在说话时都能即兴唱几句。连山大佬对于这热闹场面自然不会缺席，他连干三碗酒，起身唱起《满月歌》：

晶莹剔透的朱溪水，

流过的地方果实累累。
鱼儿游向远方，
噼里啪啦噼里啪啦。
滋润万物的朱溪水，
流过的地方果实累累。
鸟儿飞向天空，
叽叽喳喳叽叽喳喳。
一往无前的朱溪水，
流过的地方果实累累。
婴儿爬向大地，
咿咿呀呀咿咿呀呀。
天地之中的朱溪水，
流过的地方果实累累。
沐家添丁喜盈门，
此子是个孝顺人，
是个富贵人，
是个福禄星，
是个长寿星。

每唱完一句，连山都会暂停下来，众人也会发出哟哟的喝彩声相应和。

在热闹的酒席中，筱郎和卢轲忙不迭地给各个席上倒茶，卢轲听到两位长辈小声议论：

“思年老哥哥，是一对孪生曾孙子，有福呀！”

“有福有福，可这两孩子，一出生嘴上就是毛茸茸的胡须。”

“这是么事预兆呀？”

“异常妖兴。”

“青汀三哥，这是在谈玄吧，我一庄稼老汉哪听得懂！”

“‘老大哭，胡子浅，后年谷黄无人管。老幺笑，胡子深，明年地荒麦不生。’这句话，我不晓得是夜晚梦里还是白天做活哪儿听到的，但这话是明明白白的记在心里呀！"

"您老都成精了，什么事都能预测到！"

突然院子里传来嗷嗷的哭声，众人一看是二楞，不以为然，也就把他的哭声当成热闹气氛中的一点调味。

两位长年吸了几口茶，继续刚才的话题。青汀老人继续说道：

"要说成精呀，思年老哥哥才是呢，他年轻时叫青源，有个绰号叫青螈，青山的青，蝾螈的螈，大家都说是蝾螈精投胎呢！"

"还真别说，你看他的络腮胡，和蝾螈多像呀！"

"蝾螈可是长寿得很呢，几百年上千年都有，时间久了还不成精了！我再给你说个秘密，莫给别个说撒！思年五十多年前偷偷娶念沐回家，那夫家人把他在地窖里关了十天，他也没饿死呢。你猜怎么着？"

"太玄了！"

"老鼠每天给他送番薯。"

"太神了！"

"还有更神的。人家把他从地窖里丢出来，一看还活着，娘家人又赶来打断了他的肋条，看他没了呼吸，就把他埋了。"

"简直十八扯，怎么就没了？眼瞅着这不能呀！"

"你不晓得吧，他能用脚底板呼吸。他在棺材里睡了三天，又从坟里拱出来了！老天可怜，大难不死！"

"奇了！奇了！"

卢轲站了半天，终于弄明白了老族长的传奇爱情经历：

谁说缘分没有天定？谁说没有一见钟情？那六十年前的那一幕，就像鸿蒙初分就已流转的清风，缓缓一撩拨，就含满了绿意，吹开了沐思年心中永恒的春天。

那一天，鞭炮声声，唢呐阵阵，她乘一座花轿来到曲溪边，沐思年（当时还叫沐青源）正和一群顽童在溪边嬉戏，见了花轿便尾随其后。因为几天前，他因淘气磕掉了两颗门牙。朱子溪有个习俗，孩子掉了门牙，只要让新娘子摸一摸牙槽，新牙很快就会冒出来。

恰当其时，一个媂娘拉着他到轿子前，新娘子的右手从轿子里一伸，形似玉笋的纤指便放在沐思年的嘴里，他忍不住流了口水，紧张地一吮，却咬住她的手指不放。只见轿帘徐徐掀开，面如天仙的新娘子正目若青莲地注视着他。待轿子走远，他还在原地愣了半天……

沐思年跟着新娘子走进新房，看她举行拜堂仪式。新郎不在，夫家人说新郎在江边做生意，因为日本侵华，封锁了江面。到了典礼的日子，家里人联系不上新郎。可是定下的好日子不能更改，否则不吉利。于是新娘子只好和一只红色的大公鸡一起拜了天地。

那一年，沐青源 7 岁，她 17 岁。这是二人第一次相遇。

此刻，他只听见自己噗噗的心跳声，愣愣地看着她出神。旁边的婶娘看在眼里，戏谑地问他："小毛拉子（小孩），发个么事癫呢？"

"年姑手靡靡软呢！"他是按照大人交代的辈分叫新娘子姑姑，实际这亲戚关系是几乎不沾边的远。

"你长大了，要找个么样（怎样）的媳妇？"婶娘又问。

"像年姑一样的。"

从此，不管谁开玩笑问他长大要娶什么样的媳妇，他总是认真地说："就像年姑那样中亭的人儿！"

年姑姑从此便是那位印在他心上的新娘子。但直到他长成一个帅小伙，他也仅是敢用余光看她，在他心中，她是那样的尊贵，觉得只要稍微正眼看她一下，眼神就会"涨"爆了他儿时对她的美好印象。

在年姑二十七岁那年，东洋人已经投降半年多了，而她却得到一个噩耗，她从未谋面的丈夫，早在十年前就在上海十里洋场死于痨病了，她就这样成了"寡妇"。婆家人说她克夫，不由分说地分了家，看在逝去的丈夫分上，年姑分了两间半土坯房作为房头，却不给半分田地，她白天就在山上拾野生菌，晚上编草鞋卖，日子过得十分拮据。

十七岁的他看在眼里，急在心上，想帮她，但又怕被拒绝，也怕被别人笑话。直到那年冬天，她在街上卖草鞋，天空突然飘起了雪花，他救起了昏倒的年姑姑，才第一次正眼看她。之后他就经常主动地帮她担水、砍柴，照应家务。

如此三年，彼此的眼光里都渐渐有了别样的情愫。

然而，她比他大整整十岁，还是个名义上的寡妇，闲言碎语如同一张无形的大网紧紧地笼罩在这对“大逆不道”的苦命人头上。别说反抗，他们连喘口气的力气都快没有了。于是，一年后她消失了，他也跟着消失了。

他们搬到了九竹林西溪的瀑布之上，周围悬崖绝壁，荆棘丛生，当时连九竹林的村民都找不到这里。直到儿女们长大成人，下山到九竹林来，沐思年一家才逐渐进入了众人的视线……

“九竹林风水好，世世代代出过神仙，出过精怪，出过娘娘，也出过状元，不过就是没有出过坏人！’青汀老人的话再次打断了卢轲的思路。

“青汀三哥，那你说说这九竹林的未来，到底……”

这位青汀老人顿时摇头，脸上刚才的红晕有些暗如土灰：“未来？你还是继续搗衣禄（吃饭的诙谐说法）吧。”

青汀老人冷不丁一抬头，才看到卢轲一直站在旁边听话，就不好意思地朝这年轻人岔开了话题：

“小哥，你是城里来的客人，让你倒茶，我很失礼。我行（我们）是山野村夫，所说都是荒诞不经、无据无凭的。你是读书人，莫听！莫怪！”

青汀和另一位长年彼此相互催促赶紧喝酒，不再扯什么话题。

亨山族长还端出一大盆排骨给前来捧场的二楞。檐口下的石条护栏上，就是二楞一个人的宽阔席面。

宴席一直吃到天黑，众人才陆续离去。

天空一直挂着绵绵长长、淅淅沥沥的毛毛雨，像剪不断的离人泪。而筱郎一直窝在围楼的某个不为人注意的角落里坐着，像一只沉默而表情凝重的小花猫。

卢轲在木楼梯口看到坐那低头发呆的筱郎，喊道：

“妹妹快起来，楼梯上落雨，把裙子弄湿啦。”

“哥哥去哪儿了？我在这儿等你半天了，晚上还要拜魁星织女呢。”筱郎看见卢轲，依旧没有起身，又说道，“楼梯透透凉，腿脚都坐麻了，你拉我一把。”

卢轲拉起筱郎，筱郎说拜织女的仪式就在梨花洲后院葡萄架下举行。

二人边说边走出坪院，往梨花洲的方向踱着步，卢轲问：“为什么仪式要在隐蔽的葡萄架下举行呢?”

筱郎笑着说:“先生呀,你一天到晚左一个为什么,右一个为什么噢。我叫你为什么先生吧!”

卢轲说:“那到底为什么呢?”

“为什么先生,你把两个胳膊举起来,就晓得为什么了!”筱郎仍是一脸认真地说。

卢轲乖乖举起了胳膊,筱郎朝他手心哈气,并抓他的左右胳肢窝。怕痒的卢轲一下子瘫软跪坐在地上。

筱郎弯腰低头凑着卢轲耳朵小声说:“喃喃说,葡萄架下比较隐蔽,今晚可以听到牛郎和织女在鹊桥上说悄悄话呢!”

卢轲半天起不来,刚好雨暂时停了,就依然坐在地上和筱郎窃窃私语。

“这姑娘,怎么能让先生坐在湿漉漉的地上?”亨山族长走过来一把拉起卢轲,并责怪起筱郎。

“二叔你怎么扶先生起来了!他说要吃葡萄,我说天上的织女还没同意,不能偷吃。他就不干了,非要跪地上祈求,‘织女神仙,你同意了我才起来!’”筱郎的两个食指放在脸颊酒窝上做出羞他的表情。

亨山族长显出很生气的样子,眉毛鼓出像一根根要射出的箭。他瞪着眼睛对筱郎说:“真像吃了灵芝的麋鹿,变得又精又怪。看先生脾气好,哪能就这么欺负!”

筱郎有点害羞,但并不害怕,也不答话,拉着卢轲就要走。亨山族长叫住卢轲,说:“先生,稍留小憩儿(片刻),请拿画杆(毛笔)帮我写几个字哈!”卢轲了解到今晚七夕还要拜魁星,需要写的字是“文昌梓潼帝君、九天司命真君、扶文启运魁斗星君”牌位。于是,卢轲恭恭敬敬地提笔用欧体字在仿金庶山藏经纸上写好,交给亨山族长。族长看了看,满意地点点头。

卢轲和筱郎站在一旁,看族长仰对星空,摆好神案,设置好牌位、净水、香炉、沉香、蜡纸、香花、香茶、水果,然后放置了魁星画像。族长又带领男性族人焚香顶礼,末了,他念道:

“祈文昌高照,文星武星照临,庇佑朱子溪九竹林子孙后人:灵气降神,文华秀清;心光自然,胎光通明;进修德业,智慧聪灵。”

卢轲和筱郎朝葡萄架走去。筱郎走在前面，老老实实地看着路；卢轲走在后面，忧忧郁郁地看着天。卢轲问："这雨还下着，晚上怕是看不到牛郎织女星了吧？"卢轲看筱郎没有回头也没搭话，怕是没有听见，就跟在她的后面又怅然问了一遍。

筱郎说："那就打灯檐下看落雨，也是不错的！你说呢？"

卢轲说："我陪着你看雨！"

筱郎看了看天，说："老天爷在说，我的眼泪，在灯光映照下，不是比一两颗闪亮的星星更美吗？"

卢轲也看了看天，说："妹妹，老天爷在说，有了雨夜漆黑的底色，明天的星月才会更加的明亮；有了世界的凉薄，洗涤的良善才会更加的尊贵。"

筱郎笑着说："真讨厌，你老爱学我说话的语气。"

二人来到梨花洲临水的六角亭下，卢轲用手触摸那被风吹起的白马潭水汽。冷不丁冒出一句话，是属于这个多愁少年的悠悠情思："此情此景，风雨含蕴，要不咱们也来个仿红楼梦的凹晶馆黛玉、湘云联诗吧。"

"好呢，你带带我。"

"现在就以'雨'为题，只要求押韵，文言、白话只要能意思顺下来就行。"卢轲把手从雨帘里收回来，继续说，"韵脚，妹妹你来挑呢。"

"那我进屋去随意取一本书来，翻到第七页第七行第七个字，就作为韵脚。"筱郎说着，从阁子里取来一本《楞严经》，翻到她说的位置正好是"至"字。

筱郎接着说：那就让我先来吧——

七夕江南雨，在最不在意瞬间飘忽而至。（筱郎起了这个开头，二人依次联句。）

看闪亮的雀跃，那是漫天的碎珍珠飞起。

修长背影掠过湿漉屋脊，潺潺如过江的童年鲤鲫。

淋湿了的衣衫，冻醒了的秋思；朦胧的水墨调子简约清寂。

恍若在寤寐中掠过的涟漪，倒悬在树枝上静谧的雨丝，敲打着在玻璃上清灵的雨迹。

纵不见瑟瑟缩缩、嗒嗒嘀嘀，这声音一直会镌刻在心底：
又小楼，玉箫和雨吹。
含愁人不寐，无限月华思量起。
任萌萌的怀想充斥天际，
修剪最熟悉的微风细细。
从青石板铺就曲折又幽深的巷弄里，
从油纸伞下弯弯睫毛轻沾的声音里，
从稀释幽深的芦花上落下的声音里，
从野雉惊飞流转徘徊呢喃的声音里，
声声重奏，都在翻唱一曲江南笛。
徜徉在这如痴的歌声里任雨片悄悄把双目濡湿。
一直藏着这样一份寒意表情如痴却又毫无痕迹。
今夜问候你也在静静地倾听雨啼，
就让所有的心事都交给茫茫天地，
只留笑靥如雨后月晕专为你开启。

“稀罕，远远看去还以为是有神仙在这联诗呢！此情此景，此人此诗，叫作‘梨花洲七夕联句’，怎么样？”元山在不远的暗处点评道。

“是阿爷呀，你也过来玩呢？先生说，眼下不仅可以有《梨花洲联句》，而且我们沐家围楼的故事还可以写一部《围楼梦》。”筱郎爽朗的笑声，让卢轲眼前一亮，依稀感觉幽暗的雨幕中有闪烁的星光。

“我给你们带来了两位雅士来助兴呢！”元山说着朝六角亭走来。

“在哪里呀，阿爷？”筱郎绕了靠近的阿爷大半圈，想看个究竟。

“不夜侯、忘忧君，是这两位。”元山把藏在身后的小包袱放在亭子美人靠上，从里面拿出两个大竹筒，一个里面装着苦荞茶，另一个里面装着姜甜酒，然后又取出四个小竹筒酒杯。

“阿爷好贴心，这二位‘雅士’来得正是时候。今天是七夕，家里喜上加喜，我来斟酒，先生和阿爷都喝一盅。”筱郎说着，就往小竹筒里斟酒。醇厚的酒香和绿竹筒清冽的香味被潮湿的晚风糅合在一起，沁人心脾，忧思顿消。

“很妙，要是年轻人都来玩，就热闹了。”元山说着，又从包袱里取出两个小竹盘，分别装上了葡萄和青梅。

“是呀，那几个姐姐，下雨都跑哪儿啦？躲在闺房里绣花吗？”

“绣花，那也得有绣样呢，她们能把兰草绣成大蒜。你守着先生，可以让他给你画几幅，留着压箱底。”

“嘻嘻，正要和先生说画画的事呢。”

“唔，七夕乞巧，好好玩。阿爷带有雨械（伞），等会儿再来接你。我这会儿去坪院，和熟人搭个呱（聊天）。”

“好的，阿爷。让先生替我画完画像，我就跟你回去。”

朝秦暮楚

天像乍开初明的铜镜，有均匀的白光把大地万物照亮，每个灵魂都因此洗去纤尘而了无滓染，或许此时都可以清晰地照见自己。而每一粒雨仿佛都是饱满的豆子，落地有声，“啪啪”“沙沙”，干脆而利落，这些爽朗的雨珠都充满了张力，挂在树梢或檐角上，有时像水晶一样明丽剔透，有时却又成了婴儿的馋的口水，整个眼前的世界，是静笃、清净而光明的。

卢轲一个人待在围楼的回廊外整理画作，就着这样的雨声，并不觉得无聊。

临近巳初时分，筱郎赶过来，带来一篮子食物，篮子里面是南瓜蒸饭和番茄之类的食物。

卢轲放下画笔，尽情地享用完这些食物后，抬头才发现筱郎的表情显得有些疲惫。

卢轲说：“妹妹，昨天七夕，见你还特别开心。二叔还说你像吃了灵芝的小鹿。今天怎么看着就气色欠佳呢?”

筱郎说：“可能没休息好吧？一直陪伴着喃喃，她本来年纪大了，身体不太好。再一遇到这连绵的阴雨天气，她睡眠也不安稳了，看着人都虚脱得没形了。”

卢轲说：“妹妹，那该怎么办呢?”

筱郎回答：“我最近在研制沉香，喃喃就寝前给她点熏，可以促进睡眠。来，我带了一竹管，你回来也可以试试。”

卢轲充满疑惑地问道：“妹妹，这一管线香就能改善睡眠吗?”

筱郎说：“这不是普通的线香呢，是‘沉檀龙麝’，其中沉香就为众香之首。”

卢轲叹服：“我平素自以为才学不俗，与妹妹一比，没想到是坐井观天，孤陋寡闻了。沉香究竟有什么特别之处呢？”

筱郎说：“一两黄金一两沉，可见沉香是极其珍贵难得的。北宋有个大诗人叫黄庭坚，他不仅亲自制沉香、品沉香，还提出了称赞沉香的《香十德》：‘感格鬼神，清净心身。能除污秽，能觉睡眠。静中成友，尘里偷闲。多而不厌，寡而为足。久藏不朽，常用无障。’”

卢轲好奇地问：“你这么说呢，突然想起我在南洋的家里也有这个，堆砌不用的。只是我离南洋久了，反而不记得这物什啦。既然沉香这么难得，朱子溪怎么会有呢？”

筱郎说：“祖辈曾下过南洋，帮助宫廷采办过沉香珍珠。家里也就贮存了一些老物件。”

卢轲说：“说不定几百年前，你的祖辈和我的祖辈在南洋还认识呢！然后我爷爷的爷爷的爷爷就把沉香，交到你爷爷的爷爷的爷爷手里。说着这，他们的生命好像都还活着，活在你我的心里，见证着你我的相遇。这种感觉好奇妙呀！”

“哎呀，光天化日之下，孤男寡女的，凑一起说什么悄悄话，成何体统呢？”海子闯到他们跟前，声音故作深沉地说着。

“海子快过来，让我瞧瞧，长得真快，去年还刚到我的肩膀头儿呢。”筱郎用手探了一下海子的额头。

“筱郎姐姐好偏心，有什么好东西从来都想不到我。”

“哎呀，这吃的哪门子醋呀？”筱郎笑了，“你说沉香呀，我回来送你一碗，你回家煲汤喝呢。”

“刚还听你们说是焚香，这会儿又诳我说是煲汤。我堂堂的真命天子，可不能被你们毒死了。”

“焚香、煲汤都是可以的。”筱郎笑了。

“好姐夫，你把姐姐给你的香给我用吧，一家人何必客气呢！”海子看着卢轲咧嘴笑，又趁其不备，夺了香管，然后朝筱郎炫耀起来。

“长个儿了，也长了个贫嘴。”筱郎说着要给海子抓痒。海子后退，却一下子撞到卢轲怀里。卢轲从后面一把挽住海子的脖子，笑着说：

“上回呢，海子就是因为搞怪，在梨花洲学堂里，被女同学们光天化日之下剥掉裤子。妹妹，咱们这回把他抬起来，甩到房顶，晒晒贫嘴。”

“饶了我吧。其实我要这个香也没用，用它点蚊香味太淡，而且一躺下我就呼呼睡着了，睡不够，不像先生，很晚了还在‘悠哉悠哉，辗转反侧’。”海子说着就像泥鳅一样从卢轲的手腕里挣脱，把香还给了卢轲。

海子再次“还原”了上次在梨花洲书院的经典动作，双手往上提了提裤子，又把手指塞进头发里，把头发揉得像杂乱不堪的雀巢。逗得卢轲笑出了眼泪，筱郎也扶住栏杆笑红了脸颊。

海子突然一本正经地说：“大事不好了，晓得吗？你们还只顾笑。我刚从西溪山岗上过来，看见有人立了一块木牌。”

“什么木牌？”卢轲问道。

于是海子把自己刚才的所见所闻一五一十地讲了出来：

上午十点，利山带人在西溪到东溪之间的山岗上立了一块题字的木牌，上面写着：“西溪畜生禁止越界。”这一幕正好被上山采野葡萄的海子偷偷撞见。

这木牌上的字，明显不是给不识字的阿猫阿狗看的，而感觉像是发泄对某人的不满。海子虽然小，也能猜出，这是冲着筱郎的。

调皮的海子并没有告诉筱郎和卢轲，他当即找了一些锅底灰给木牌上的字做了手脚。

那么利山为什么要立这块木牌呢？原来利山从黑石滩回来后，观察沐楚的病越发严重了。利山请了数不清的中医、西医看了，连同各个山坳的巫婆也都来看了，饮食起居全部都搬出黄历看完吉凶再安排。他在黑石滩镇上的自家临街店面都设置了石敢当，在九竹林的家里也改了大门的朝向，还在沐楚房间的窗户上，请道士贴了“姜太公在此”的辟邪符纸。

只要是听来一种消息，有一丁点希望，利山都做了尝试。

但是沐楚状况仍不见有丝毫起色，利山也更加疑神疑鬼。

利山开始怀疑风，怀疑雨，怀疑周围人都有可能要谋害他家的传家独苗，而他最怀疑和忌恨的还是筱郎。

利山心里给出的理由也很简单，去年中秋节，沐楚和筱郎一起去了趟曲溪，路过藏兵洞，这男孩子回来就跟丢了魂一样。

虽然没有任何证据能证明筱郎和沐楚的怪病有直接的联系，但这个时间节点，是和筱郎出去玩儿之后，沐楚才有的怪病，所以利山宁可相信是筱郎“克”了自己的儿子。

要说及利山和沐楚的父子缘分，还得从十五年前说起。

当时利山的妹妹贞山和一个因病滞留在山里的下乡赵姓知青秘密恋爱，未婚先育，在小满节气生下了一个男孩，起名小满子，大名赵秦。赵秦三个月大的时候，那个下乡知青得到机会可以返城并被安排工作。为保持某种身份的纯洁性，他和贞山就决定把这个孩子送人。正好利山兄弟几个人都没有生养男孩，另外兄弟姊妹几个当中，贞山和利山三哥关系最要好，于是这个孩子就托付给了利山夫妇。利山夫妇自然视这孩子为掌上明珠，还改名为沐楚。

知青在返城后的第三年，费尽周折想法儿把贞山接了过去。夫妻总算团聚了，可是这知青很快撒手人寰，并没有再留下一男半女。夫家提出，贞山年轻且面容姣好，可以考虑再嫁或返回娘家居住。但是贞山坚决不同意，因为她心里再也容不下别的男人了。她愿意就此孤独终老，在起居中始终保留和丈夫在一起时的生活痕迹。公婆不再勉强，在出国前，就留给贞山一笔丰厚的财产。她就算是坐吃山空，也需花好几辈子的时间呢。为了不让贞山太过寂寞，利山就把大女儿茜儿送给妹妹做女儿，也算投桃报李吧。

兄妹俩感情一直很好。贞山在朋友诱导下，投资了很多产业，她也鼓励利山出去做生意。可利山没有任何本钱，贞山就悄悄把自己存的私房钱一次次地拿给了这位哥哥。

不过利山一开始生意并不顺利，不仅把和贞山借的本钱丢了，还欠了一屁股债。等贞山用钱的时候，利山根本拿不出来，只好今天拖明天、明年拖后年，没完没了的拖欠下去。而贞山这边一开始还很崇拜三哥有开拓的魄力，但是她也不太能理解他创业的艰难，时间久了不免抱怨一下。后来在旁人添油加醋的挑唆下，她就发展到对这位三哥恶语和威逼，两人关系最后降到了冰点。

连山曾对贞山劝道，一颗心被伤害只需要一分一秒，可是要愈合这碎裂的心，却需要一辈子的时间。要想让这颗坚硬的心不破碎，除非让它成为水。冤家宜解不宜结，各自回头看后头。何况你们还是骨肉兄妹呢！

但是此时的贞山好胜心切，丝毫听不进去连山的话。

对于身处逆境中的利山，九竹林人也从来没有嘲笑失败者的习惯，大家见面了仍亲切称呼他为沐三先生。可在黑石滩，利山就没有这么幸运了，过去是高朋满座，现在是债主盈门。许多故旧远远见了他，都视而不见，装着仰脸看天或低头看地。

利山记得老父亲曾经给他讲过秦琼尚且落难卖马，韩信还受胯下之辱的故事，自己这点低落苦楚完全算不了什么。他没有了本钱，就扛着冰棍箱每天起早贪黑，腰板挺直地走街串巷，见到谁不管是什么表情，一概报以欠身加上满面春风的灿烂笑容。

经过三年的潜伏沉淀，到前年，利山终于翻身，东山再起。而贞山却因不善经营，生意赔得一塌糊涂。

兄妹关系到此完全形同陌路。贞山不仅向利山要回了借款，还坚持要回当初生的儿子。利山也针锋相对，要要回自己的女儿。两人势同水火，互为仇寇。女儿茜儿不满两家无休止的争吵，自愿在年初回到了利山身边；可是闻讯沐楚得了怪病，心力交瘁的贞山却无力接收沐楚回来。贞山自此就和九竹林断了往来，杳无音信。

于是，沐楚成了利山的一块心病。

且说利山立完木牌，带着个小瓷碗径直来到杉儿家里。他这几天因为上火厉害，眼睛红肿得睁不开眼，要是谁远远看见他，还以为是一只变异后学会直立的红眼熊猫。他来杉儿这里，是按照当地习俗，讨点奶水来洗眼睛。利山顺利讨到了奶水。

杉儿一边给一对双胞胎摇摇篮，一边招呼他坐下扯点闲篇。聊到沐楚的话题，利山一个大男人竟忍不住号啕大哭起来。

杉儿看三叔这样委屈难过，只好一阵好劝，等利山情绪稍稍平稳下来。

杉儿凑到三叔耳朵小声说："三叔，既然到这一步。我给你出个方法，激将一下，说不定还有救……"

利山听完点点头，眼睛更加通红了，端着小瓷碗急匆匆地就赶了回去。

利山找个借口把家里人都支出去了，不慌不忙，把房门关上，拿出一捆麻绳扔在沐楚的床上，冷冷地对儿子说："你别再磨我们了。旧年中秋当天到底发生了什么？你今天要是不说实话，老子就先勒死你，然后上吊去陪你！"

沐楚从来没看到利山这么凶过，一开始干号了半天，声音也发不出来，眼泪也没有。他磨不过利山不肯罢休的架势，终于把实情说了出来：

"我没得病，只是想我的一对金簪。"

"哪来的金簪？"

沐楚断断续续地诉说，利山终于搞清楚了事情的缘由。去年中秋，碧落洞举行太阴星君诞辰祭，异常热闹。沐楚就约上筱郎去那里玩，顺便当个知随，辅助庙里做好例行施斋的义务。

两人一个住在西溪，一个住在东溪，约定这天早晨在围楼戏台见面。

沐楚来到的时候，筱郎已经在戏台吊嗓子有半个小时了。

沐楚看她停歇的时候，凑上前神秘地说："七妹妹，你这么喜欢戏。一直听老人说，戏台的梁上有一套三百多年前的衣裳，像是戏装，你想不想看看？"

筱郎说："小满哥，不用不用。再说这么高上不去呀，太危险！"

沐楚并未听从劝阻，敏捷地顺着戏台右边的一个柱子爬了上去，麻利地来到梁上。

沐楚仔细搜索了半天，终于看到一个满是灰尘的紫绫包袱。他沿着柱子原路滑下来。

沐楚和筱郎打开包袱，发现里面还有绿罗纱包裹着。打开绿罗纱，里面竟是一套明代礼服，翠色芙蓉纱披风、花翟纹马面皆整洁如新。沐楚将衣服抖开，说："七妹妹，你试试嘛，有机会自己也可以比着样子做一件呢。"筱郎拗不过他，只得拿着行头去戏台后台的梳妆室换衣服。沐楚冷不丁看到绿罗纱已经发黄如纸，但它中央似是一幅画，又像是一幅地图，他看了半天也没看明白。"没准是藏宝图呢"，他心里嘀咕了一下，就铺在地上，用手指仔细比对，发现所标注的圈点和他放牛经过的路线、山尖对应完全吻合，再一看终点通到藏兵洞，不禁欣喜若狂。

一会儿，筱郎换了衣服出来，装作若无其事的沐楚让她摆几个造型看看，于是她做了搭鬓、踢裙、磨袖等几个动作。沐楚看得目瞪口呆，说："七妹妹，动作潇洒得很。你这身形让我想起围楼上厅悬挂的《庐山高》画中走出来的神仙人物。"

筱郎轻声道："小满哥，打趣我呢。我看看衣服知道样子就行了，可以照着样子自己做。现在还是叠好，完璧归赵放回去吧，不是还要赶着去曲溪呢?"

筱郎叠好衣服，沐楚再次爬上柱梁将衣服放回原地，却将绿罗纱卷进了口袋里。

早晨辰初一刻，筱郎、沐楚乘坐连山的舟子顺流而下来到曲溪碧落洞。进入隅中，舟子到达目的地。

庙里的知客给三个人分别安排了活计。连山负责看管升幡台信众的香火、鞭炮，以免引起火灾。筱郎、沐楚则负责前后院给熬粥的大锅烧火。

忙到快天黑，知客安排各位服务的知随到东偏殿休息，并给每人发了一些果品。在发放礼品时，筱郎发现找不见沐楚了。

众人尽皆散去，筱郎、连山等了好久，也不见沐楚回来，二人商量了一下，留连山在山门口等候，筱郎去碧落洞里各个殿堂里寻找沐楚。

连山眼看着这天越来越黑，有些着急，因为回去的水路充满了艰险。

"连山大佬，我回来了。"沐楚一脸一身污泥，从远处的"藏兵洞"里走了过来。

"小满子，你跑哪儿去了，让我们好等。刚才发糖果，你也不在。"

"筱郎呢?"

"她又回到碧落洞去找你了!"

沐楚晃了晃手提袋，笑嘻嘻地说："连山大佬，你让七妹妹快回来。我这里有一包嘛极（非常）好的糖果，等我从茅厕出来，我要亲自给她看。"

沐楚蹲着茅坑半天，就在提裤子起身的那一刹那，塞进袖子里的绿罗纱掉进茅坑里了。茅坑对于沐楚而言，简直深不可测，绿罗纱包括里面的"糖果"也根本捞不上来了。

连山站在茅厕门口半天，才看着沐楚失魂落魄地走了出来，心疼地说：

“小满子，丢了就丢了呗，命里就不该是你捡的东西。幸亏我还没给老七提起。”

“小满哥，你快过来呀。我手里有糖果，供过菩萨的，给你留的。”筱郎在山门外朝沐楚过来的方向喊道。

沐楚迟迟地挪了过来，沮丧得面如土色，但在夜幕降临时，旁人是看不清这个细节的。筱郎把一颗剥好的糖，塞进他的嘴里，问：“甜吗?”

那颗糖卡在嗓子眼里，沐楚此刻发不出任何声音。

下舟来，夜已三更。连山看着默不作声的沐楚，语重心长地说道：“碧落洞灵官殿外有一副对联，我今天看了，记在心里了，又忘了：安得……”

“是‘安得百年无病苦，不教一息有愁魔’。”筱郎很快反应接过话来。

“对对，小满子，心就拳头这么大一点，不要什么烦恼都往里装。”

筱郎实在太困了，打了一个长长的哈欠，对沐楚的异常并不以为意。

回来后，心事重重的沐楚就着急得发了烧。等烧退了，他只是看起来有一点忧郁，家人也没看出他有别的什么不正常。可是渐渐的，沐楚的神智竟有些糊糊涂涂、昏昏沉沉起来，家人这才发现了问题的严重性。

利山听完儿子的这番话，虽然是半信半疑，但还是立即去碧落洞找知客说明事由。

在知客许可下，利山组织人到那个粪坑进行清淤打捞了一天一夜，终于在粪坑底部挖出一个朽坏的绿罗纱包裹。众人把打捞上来的包裹，用水洗净，再把包裹的绳子解开，外面裹了三层黏稠的东西，第一层黢黑，还发出浓浓的恶臭；第二层暗红色，没有味道；第三层是鲜血。剥开这三层覆盖物，里面还有一层蜘蛛网状的缠丝，交替呈现出红黄白三种颜色。

利山觉得物品蹊跷，不敢再打开里面的物品，只好交给碧落洞里颇有声望的理清老道长查看。

“怪不得！这红的是火，黄的是土，白的是水。这都是令郎的气血执着，感应所致。”理清道长说着撕开附着物，里面露出的东西有些刺眼。他看了一眼，摇摇头说接着说：“纯想即飞，纯情即堕。令郎是为这对‘瀛洲学士金掩鬓’掩了心窍啊。”

“道长慈悲，可有破解办法?”利山跪在地上恳切地问道。

“古物无主，天地是主。这东西不是自己的，让他看一眼把魂召回来，以后还是别再带在身上为好。”

且说沐楚再次看到了这一对金簪，喜不自禁，两眼放光，竟不到半天就恢复了神智。但是他心里面，还是隐藏着不敢示人的秘密疙瘩：这对沾了污秽的宝贝再也无法送给筱郎了，在他手里把玩一天后，只好眼睁睁地看父亲把它取走并埋进了深山之中；最重要的是绿罗纱和进入藏兵洞后的藏宝分布图，现在已化成灰烬，这个遗憾将永远无法弥补。

这就像一根毒箭已经深深扎进他的骨髓，身旁的人们最多只是帮他切了肉外面的箭镞。这种埋藏在心底的苦痛、遗憾和懊悔，成为他生命中挥之不去的执念。

在利山看来，沐楚的病根已除，儿子只是暂时有些虚弱而已。

利山也意识到完全是自己冤枉了筱郎，第二天，他再次带了一个年轻伙计跑到山岗准备把那个木牌拔了。等他去的时候，发现木牌的背面被涂写了一句话：“东溪老鳖不是东西。”正面的内容被涂抹得什么都看不到了。

“谁干的？老子要揍他个满地找牙。”这年轻伙计愤愤地说。

利山朝他摆摆手，并不关心这是谁干的，而是当时脸上就自我解嘲地笑开了花，念道：“西溪畜生禁止越界，东溪老鳖不是东西。”

伙计问他为什么别人骂他反而这么高兴。

利山说道：“我本来就不是东西呢，里里外外不是人。九竹林的人说我太坏，黑石滩的人说我霸道。”

利山说完就让年轻伙计拔了这块木牌，背着它拿到自己院子的一个角落，再重新立起来，时时自我警醒。

但是出于面子，他没有当面去找筱郎致歉，只是让他的妻子给筱郎送了一只银镀金点翠镶宝石花果纹簪，还答应把喃喃唱戏的行头全都包了。

利山自己一手制造的风波，又被他亲自毫无痕迹的平复。九竹林看上去又恢复了一如既往的平静。

沐家人上上下下都还在惦记小梧的下落。利山从镇上返回九竹林传信当天，家族就立即安排三拨人每天分不同方向出去找人。七月十二日的这一天，卢轲在西溪写生，碰巧看到小茜路过，于是他关切地问道：

“小梧有消息了吗?”

“放一百个心，自私的人怎么会有事?!”

“怎么能这么说小梧!”

“那要怎么说呢?”

“小梧是你的亲妹妹呢。”

“还用你说？我帮理不帮亲!”

“小茜，别这么犀利地奚落我。”

“她呀，早跑得无影无踪了。不会有事的，我娘偷偷给了她好多私房钱。而且阿爷，这个老狐狸，除了不慌不忙的安排人找去了，他晚上照样打麻将。这说明小梧不会有事的。本来小梧喜欢谁、不喜欢谁，我完全不用去管，何况小梧还是我的亲妹妹。直到有一天我发现了小梧和阿爷的阴谋。”

“阴谋？我还是不相信小梧能有什么阴谋。”卢轲惊恐地打断小茜的话。

“小梧要假借出走，陷筱郎于绝境，将她逐出九竹林。阿爷要以此趁机报复大伯，让他这一房从族谱上断了户头。”

卢轲大惊道：“怎么可能？小梧，多好的女孩子呀，又天真又善良。她和筱郎也是亲密无间，还说自己要是男生，一定要娶筱郎。”

小茜看卢轲迟疑的眼神，似乎极其愤怒：

“天真、善良，你才是。知道吗？你这是愚蠢的糊涂，也会滋长别人疯狂的邪恶。”

“从感情上我确实接受不了。”

“那你能说清，为什么在庙会赛社上筱郎给阿爷的茶突然会有问题？为什么二伯和阿爷会当着多么多人面打架？为什么阿爷那么恨筱郎?”

卢轲用双拳捶捶自己的脑袋，痛苦地说道：“这里不可能有阴谋!”

“卢轲，在我沐小茜把问题讲清楚之前先不要插话，好吗?”小茜口气完全像是大姐姐的身份在命令。

“我以前一觉醒来睁开眼，就发愁该怎么花钱，心情特别压抑，不过是把商场的东西从原地的位置搬到家里的位置，特别的无聊，这不是类似你吗？但我的人生也有起起落落，裹挟着恩恩怨怨，这些年我在九竹林进进出出，受尽了各种不公，也滋生了我的自私，但也唤醒了我的良知。而且我活得越来越明白，无论什么事，心智要用在正当的方向上，这样我的灵魂才会心安。”

“不知道你的正当方向是什么？”

“卢轲，你写生的画作中，有没有凭空少了几幅？”

“小茜，你这么一说，我想起我给筱郎在瀑布下画的几幅底稿不见了。”

“我在黑石滩镇上，和小梧住一个房间。有一天我在柜子里找东西，无意间就看到了几幅画。有一幅画的是裸体背影，题写：致我至爱的梧儿——卢轲。”

“我没干过这种事情！”卢轲语气中带着愤怒。

“卢轲，你不用紧张。我晓得你没有画裸体画，这不过是小梧唆使狗子从你那里偷来的，又在上面重新加工成这样。这个底细，狗子都招供了。

如果事情只是发展到这，我还是没有怀疑小梧什么。我觉得她不过是喜欢你，然后通过裸体画来拉阿爷逼迫你就范罢了。如果这事将来成了，卢轲你就成了我的妹夫，我可能略微替筱郎惋惜点儿罢了。

可是第二天，我们一起外出，我们拎着一模一样的书包，各自去找镇上的同学。路上我打开包，发现里面东西不是我的，我和小梧拿错了包。但是包里有个熟悉的药瓶，是沐楚用的药瓶，我当时就觉得有些不对劲儿，可是也找不到头绪。

突然我就想起，小梧一个多月前陪着阿爷一起去镇上的王大夫那儿给沐楚抓药。我开始对小梧产生了怀疑。因为这种新药瓶一共是两瓶，其中一瓶沐楚打开时，不小心掉到地上。阿爷认为药掉地上不能再吃，就直接扫了倒在屋后的阴沟里了。结果家里的鸡鸭突然死了一堆，当时大家完全不知道原因是什么。

我就直接跑到镇上去找开药的王大夫，王大夫说这药是他开的，但是药里被人新羼了含有砒霜的杀虫剂。我把证据拿给阿爷，告诉他，小梧想要了弟弟的命。小梧就是要害了沐楚，整了筱郎，毁了全家，并最终拉上九竹林来殉葬。”

“小茜，你说的这不是真的，不是真的。”

“天有点像要掉点（下雨）了，我们现在就去找筱郎去。”小茜出奇的冷静，她领着卢轲朝筱郎家走去，继续说道，“阿爷之前和你刚才反应一样，完全不信。他哭着说：‘小梧从小就是个懂事、善良又乖巧的孩子。你们姊妹之间千万不要互相猜忌，告诉我，你只是不喜欢小梧，对她有成见才这么说的。我晓得这么多年我是太宠沐楚了，引起了你们姐妹的不满和怨恨，可是我也是为了沐家的香火呀。’但是我的证据确凿，这些深深撼动了阿爷盲目的自信，他积攒的冲天愤怒变成了彻底的绝望。”

“怎么会是这样子！”卢轲倚着筱郎家敞开的院门叹气。

“本来在小梧、小榴出生前我应该是家里的长女，阿爷和姑佬（姑姑）要实现某种交换，他才把我送给姑佬当女儿，姑佬把她生的赵秦送给阿爷当儿子，也就是改名前的沐楚。后来阿爷和姑佬关系恶化，简直是有不共戴天的仇恨。我又被嫌弃地丢给阿爷，可是在小梧的眼里，我不过和沐楚一样都是回来抢这个家的外人。小梧嫉妒我在阿爷面前说一不二的话语权，嫉妒筱郎比她灵巧、温柔，嫉妒沐楚分割了来自父母的疼爱，嫉妒沐楚喜欢筱郎；嫉妒你对筱郎的好，嫉恨喃喃、嗲嗲宠筱郎而很少管她。娘不愿意和阿爷无休止地吵架，就搬出去做义工。我们四个孩子同在一个屋檐下，彼此关系非常的冷漠。”小茜说着话，眼圈开始微微发红。

“我没有兄弟姐妹，体会不到这么复杂的关系。”卢轲看着比小茜还要难过。

“这一切的根源是因为无底洞的贪欲，毁了阿爷、姑佬兄妹之间的亲情，并蔓延到下一代我们的身上。但我不能任其倾覆，我要勇敢地阻止这种罪恶的蔓延，为了我自己，也为了他们。我觉得筱郎会听你的话，你可以劝她和我一起去族里揭发这事。”

“小茜，你真是阿加莎·克里斯蒂笔下的侦探波洛呀，分析问题丝丝入扣。只要筱郎好好的，什么事情我都愿意效劳。”

小茜没有回答卢轲的话就匆匆离开了。卢轲开始敲筱郎的西厢房门。门开了，筱郎看着门外的卢轲，冷冷地说道：

“先生是来给小茜当说客的吗？我一直以为你是正直正派、头脑敏锐的人，没想到你却是冷血无情、见风使舵的人。如果你也想挑拨我们姊妹的关系，那以后没必要再见面了。”然后砰的一声关门了，把卢轲拒在外面，门正好碰在卢轲额头上。

“妹妹，你听我说呀……”

“我不能因为小茜对我好、为我好，就跟她一起去族里告状，这样会把小梧逼上绝路的。在事实没有确定之前，我不愿意冤枉任何一个人。而且，不管小梧犯了什么错误，我们都要把她找回来。”

“我知道你是这个世界上最善良的女生，可我真的没有挑拨的意思。”

“先生，你按照你的样子生活就好，千万不要委屈自己来将就我。你若有亏，我便有愧。我如果喜欢一个人，一定是喜欢他顶天立地的样子，而不是看着他趴在地上被别人呼唤和宰割。”筱郎说完就不再吭声。接着从里屋传来药罐捣药的声音，这捣药均匀的节奏把噼噼啪啪的雨声衬得有点紊乱和不近人情。

卢轲看了看天，天色将晚，但这雨丝毫没有停歇的意思，反而越下越大。

若再等下去，外面又黑又滑，下山陡峭崖壁的石径就更不好走了。于是卢轲把衬衣脱下来顶在头上冲进雨里，开始趔趄地往前挪步。

从筱郎的小院到山岗下台阶的地方，不过三四百步的距离，可是卢轲的衬衣和鞋子早已完全湿透，变成沉重的负担。他迟疑了一秒钟，决定脱下鞋子，把它包在衬衣里，然后提下山去。在他弯腰做完这一切的时候，他发现眼前的雨突然似乎停了，可是周围的树上仍旧吧嗒吧嗒地掉着雨珠呀。

卢轲扭头才看到是海子在身后把伞抻了过来。

“海子，你从哪儿来的?”

“我呀，当然从天上来的，奉七仙女之命来救你出风波之中。”

“幸亏有你，不然就要淋着洗澡回去啦。”

卢轲、海子合着一把伞一步一顿顺着台阶往下走。

“先生，你光（只）晓得三姐厉害，今天也领教筱郎的厉害了吧?”

卢轲刚才被雨水呛住了眼睛，有点难受，就干脆不说话。

“山上的女人是老虎，你可千万别喜欢她们啊。要是喜欢了，就会被她们吃掉。”海子一本正经地说道。

“又开始胡说!”

“我敢开小梧的玩笑，甚至三姐的玩笑也敢开，可是从来不敢开筱郎的玩笑。”

“担心她吃掉你吗?”

“那倒不是，就是她看着十分温和面善，可身上有一种不怒而威的力量。我也说不明白。”

“君子有三变：望之俨然，即之也温，听其言也厉。”

“孙猴子有七十二变也不行。还不如俗话说得好，你是情人眼里出筱郎。可要是沐利山那个老家伙看见了，准会说：你们九竹林这些人呢，个个都是榆木脑袋。我看他呀，从来没把自己当九竹林的人，得把他捅成蜂窝脑袋才配得上他的聪明过人。”

“哈哈哈，那个‘东溪老鳖不是东西’，是不是你写的?”卢轲笑得站不稳了。

“对，好汉做事好汉当。他欺负哪个不行，偏找筱郎，我就是看他不爽。”

“小点声！亏你想得出，真是个机灵鬼。”

“机灵不机灵，还是先生行。我看你是真的喜欢上我的筱郎姐姐啦，不过你放心我不会对任何人说的。”

“你的嘴巴，上下两半，又像抹了蜜，又像藏了刀，像两条光溜溜、油滑滑的泥鳅。这本事跟谁学的?”

“烦人一个，快别打岔，你说是还是不是。”

“我喜欢她，也喜欢你呀，喜欢九竹林的一切。”

“嗬，男子汉要敢于承认。”

“伞你拿走呀。”

“雨械是筱郎的，你下来还给她就好啦。你不晓得吧，我今天一天都在跟筱郎学捣药。”

“怪不得呢。”

“你离开她家还没走多远，她就说天快黑了，把雨械递过来催我快回去。谁料想你在雨中竟然比神行太保跑得还快，怎么也追不上，你淋湿可不怪我哈!”

“怎么会怪你呢！这朱子溪的雨淋着也是幸福的。”

两个人在雨中说着走着，也不知道花了多久时间，就走到了崇福桥畔。

"哎？你往马灯边上凑凑，好。"按照海子说的，卢轲往桥头木柱上挂的马灯前靠近。海子又突然惊叫起来："天哪，你额头上有个包包呢，又大又红，有桃子那么大！"

"桃子那么大？你太夸张了！"卢轲边说着，手就同时往包包的位置要摸过去。

"别动，这是幸福的包包，千万别动，你得留着做纪念！"海子一本正经地说着，"我的先生，今天收获可是太大了：不仅挨骂，还挨个包包！我从来没受到这样的优待。"

"这会感觉有点疼了！"

"切，太矫情了。打是亲，骂是爱，你一个大人少在我小孩跟前卖惨。"

"真的疼。那……你今天不跟我回围楼吗？"

"快开学了，阿爷让我回去写作业。狗子会在楼上陪你的。头上这个包包，不要用手碰呢。你上楼回房间后，进门右边第二个木柜子里最上一层有个写着陆英的小瓶，你可以把里面的粉末取出来，在包包上敷一层就可以啦。"

"你怎么知道得这么清楚？"

"筱郎是我师父呢，交代的事情，点点滴滴都要安排得明明白白。"

卢轲进到坪院，杉儿从东边厢房迎过来，

"怎么回来这么晚呢？"

"刚和海子从外面玩回来。"

"噔噔噔噔，你这脚底生风，什么事这么高兴呀！？"

"淋雨高兴。"

"可别跟筱郎学魔怔了。快去楼上换件干净衣服。下厨房来吃饭，饭还热着呢。你回来，我也就该回去了，两个孩子在家还嗷嗷叫呢。"

"太麻烦三姐啦，您赶紧回去吧。"

"得把状元哥脸色养得白里透红。要不等小梧回来了，肯定要责怪我这个姐姐太刻薄你呢！"

"哪里话！"

卢轲吃完饭后上楼，按照海子说的位置找到了陆英粉末，就在包包的位置涂抹了一层。

他又走出去看晾在回廊上的油伞，用手摸了一下伞布，没有了明水，就把它拿进房间。在烛台前，这撑开的雨伞桐油味道不重，还有一种清香的、沁人心脾的味道。伞的内侧边缘处，画有一片荷叶裹着两朵未开的菡萏骨朵。

那个在荷花盛开背景下，在溪上独竹漂的女子身影，瞬间在眼前浮现开来。

卢轲又低头往烛台前凑了凑，却不料抬头时额头正好碰上柜子的门（应该是他刚才把药瓶归位时，没有把柜门关严实），正好又撞在那个包包的位置上。

“啊——”卢轲疼得忍不住惨叫一声。

这声音惊动了隔壁的狗子。他赶紧跑过来敲门，问道：

“先生，你怎么了？”

“我，我没事，只是不小心碰柜子啦。你睡吧。”

卢轲也把灯吹灭，却隐约觉得楼下还有灯光。他就沿着围楼走廊追溯过去，原来是中厅里还亮着灯。

他听到熟悉的亨山族长的声音，他似乎在殷切地交代着什么事情。不一会儿，亨山族长送一人出门了。亨山在院子里问那人道：“王大夫，你就交交底，小满子侄儿多久能康复？”

那位王大夫不置可否。

亨山族长关切地轻声道：“我刚才看了老先生开的方子，不像是治病的药方，倒像是静养的补方。再冒昧问一句，这孩子还有阳寿几何呢？”

王大夫右手伸出三个指头。

亨山族长问：“三十年？”

王大夫摇摇头。

亨山族长惊恐地问：“那是三年？”

王大夫仍旧摇摇头。

亨山族长追问：“那是三个月？”

王大夫还是摇摇头。

亨山族长叹了一口气，说道：“王大夫有起死回生的医术，一定要救救侄儿。我们兄弟一定结草衔环，不忘厚恩。”

“言重了。令侄是心病，从去年中秋拖到现在快一年了，脉息若有若无，汤药恐不能及啦。族长是智慧人，肯定晓得透过万物万境观照自身的道理：‘心若亡时罪亦灭，心亡罪灭俱空空。’”

“心病如何医得了？”

王大夫答道：“天无绝人之路。避之有时，恬淡虚无，真气从之，精神内守，病安从来？富贵长寿都从这里来，下面这就看令侄的造化了！”

瀑布倒流

丑时快到寅时时分的时候，还在梦乡中的卢轲被一串急促、响亮的敲门声震醒，只是在被窝里往外探了探脑袋，哆哆嗦嗦地不敢回应。

“先生，快救救筱郎！”门外传来同样急促、低沉的中年男人声音，这声音的背景下是同样急促且不间断的雨声。

卢轲这才跃身下床，把门打开，看到是元山打着马灯匆匆赶过来。

“伯伯，筱郎怎么了？”

“十分危急！孩子，快跟我走！”元山一把拉住卢轲的胳膊，就往外拽，“路上再告诉你情况。”

“伯伯，等我穿好衣服呢。”卢轲已经出了房门，浑身却只穿了一条短裤。

“来不及啦，快！”

“我把筱郎要的那个画像拿上。”卢轲挣脱掉元山的手，快步折回房间里，把桌案上的画轴取了出来。

在路上，他接着问元山：“筱郎到底怎么了？”

元山答：“半夜我听到筱郎房间有咚咚撞墙的声音。在门外叫她半天也没有反应。我就破门进去，发现她瘫坐在地上，满脸是血，披头散发的。眼睛里看不见人，跟完全傻掉了一样，好像不认识我了。一听见外面电闪雷鸣，她就浑身抽搐，感觉非常恐惧的样子。半天我才从她嘴里听到微弱的声音，琢磨了半天，才晓得是在叫你。”

元山继续欠身恳切地说道：“先生，只有你才能和那个附身的女鬼对话，我们谁也做不到。大恩不言谢，筱郎就拜托你了。”

“伯伯，这是举手之劳，能帮到筱郎也是我的荣幸。您这么客气，我都不好意思啦！”说完，卢轲顿时感觉脸颊发烫。

一路踩着泥泞坑洼，二人依然步履匆匆。好不容易才进了院子，元山嘱咐卢轲不要害怕，并用满手鲜红的手指在这年轻人的额头和两颊涂抹了几下。

“伯伯，你手上这是什么呀？”卢轲不解地问道。

“朱砂！”元山应答声音陡然变得洪亮，并朝筱郎的房门喊道，“卢轲先生来了！”

卢轲提着元山给的灯笼走进筱郎的房间，看眼前的“筱郎”坐在地砖上，她皮肤煞白，眼神迷离，对来人视而不见，只是浑身在不由自主地微微颤抖。

“筱郎，我来了。我是卢轲呀！”

“文曲星君，我认得你，你认得我吗？”

“你是筱郎！”

“不，我不是什么筱郎。你先把蜡烛吹灭，我行（们）再说话。”

“……”卢轲呆若木鸡。

“快点！我讨厌光，讨厌人间的一切光！”

卢轲看对方发出严厉的命令的口气只得照做了，接着说：“那你是谁？”

“我是冯小青，三百六十年了，虽久处幽冥，可魂魄不散。文曲星君，你晓得是为什么吗？”

“……”

“只为传心。”

“传的什么心？”

“以尧舜之心传尧舜之心。”

“听着冠冕堂皇，不就是借人之身，作已之祟？”

“我知道你是因为筱郎而责怪我，但要是为己，我就不会执着到如此境地了。世人在红尘中遇到的不过最多是七苦八难，我遭受的苦痛远远超过这些。”

“噢？”

“我生于三百多年前的乱世，所历种种：亲爱离析之痛，知己离散之痛，家园毁灭之痛，战乱屠戮之痛，天下倾覆之痛，文物丧失之痛，礼乐崩坏之痛，这些苦痛就像丹火一样，早已融化成了卑贱之躯。痛不欲生，生而愈痛。

痛而复痛，痛何如哉？”卢轲看她表情悲戚，但已经没有了任何眼泪，她的声音怆然，听着让人五内俱焚。

停了片刻，卢轲看她情绪稍稍稳定下来，就不客气地问道：

“你的痛苦，成了你窍（作祟）筱郎的理由？”

“我观天下人，大抵碌碌，俗不可耐，不是纵欲的痴货，就是贪利的蠢材。而筱郎不同，她秉心纯清，立在天地之间，让日月不敢争辉，让山水不足称奇。而我生死相搏，百折不回的执念，是将一袭华夏衣冠及裁制之法，传与后世不绝。幸遇筱郎，信可托付。此愿已了，夫复何求？”

“冯小青，我姑且相信你的话。可既然你已了了心愿，为什么还要继续为难筱郎？你借助了她的身体，为什么还要让她受尽折磨？”卢轲恳切的声音中带着严厉的口吻。

“这是夙日缘分，命中不得不如此。”

“命中不得不如此？”

“正是。自我与筱郎合体，这种状态妙不可言。对我而言，我的心愿可了，压在肩上的累世幽怨和仇恨，化成一股白烟遁于九霄，通体轻盈自如。对于筱郎，她从我这，无师自通了：山医命相卜。还有天癸即至，少女心神极易狂乱，而有我的护持，可以助她，无妄无灾，无忧无虑，元神安位。”

“闻所未闻！”卢轲的语气充满着震惊。

“哼，就知道你会不懂。”对方朝卢轲发出轻蔑地冷笑。

“……”

“阴阳共占一体，终非常道。不过今日一过，她和我的尘缘将尽，我不会再来扰她的。卢先生勿忧，凡人也好，幽魂也罢，所维之系不过一个‘信’字。”

“哦。”

“先生带来了你为我准备的画作吗？”

卢轲连忙将画轴打开，将画像展示给她。

“妙极！果然是天来之笔，笔下风雷有如神助，衣着悉照往日遗物，容止简直复刻本人，惟妙惟肖！”

“过誉了。那未来你将要去哪里？”

"了无牵绊，了无依恋，免受沉沦，随处即安。"

"不能说得明白些吗？"

"该明白的时候，先生自然会明白。不必此刻急于动问。"

"说得有些玄妙啦，不过凡事不可强求。这么晚找我，肯定有事吧？"

"先生雅量。在中元节前小女子还有一事想劳烦你一下，唐突之处，万望赎罪。"

"不必客气，愿献芹意。"

"明天是七月十四。到戌时，烦劳先生把为我画好的画像，也就是那张筱郎的画像，放进围楼梁间的那件衣裳里，包裹起来。从围楼出门沿着崇福桥出来，沿着白马潭岸边顺时针走，数到堤岸上第二十四棵柳树。然后叮嘱筱郎把包裹挂在柳树临水的树枝上，念三声：'自思自解自商量，心可在，魂可在，着衫又捻裙双带。'然后迅速离开，不要回头，不管身后有任何动静都不要回头。性命关天，切记切记！"

"悉听遵嘱。"

"还有，为了让筱郎的元气更好地恢复。你务必要做到这最后一件事：此事办完后的八十一天内，除非她想起你来，你千万不可以主动去和她说话还有见面，不可以有任何联络。"

"……"

室外一声鸡鸣，那个冯小青不知何往，而筱郎瞬间恢复了神智。

她似乎不清楚自己刚才声音凌厉的样子，也没有觉察到卢轲在自己房间，双脚不受控制地跑出房间，径直来到院子井边打水洗漱。

紧接着就是此起彼伏的鸡鸣，让这个黎明前夕的夜变得格外立体、通透起来。

卢轲这才意识到自己仍是赤裸着上身站在一个女生的房间里，倍感尴尬，这朦胧的夜将室内外连成一片混沌，正好可以掩盖他不好意思端详闺房布局陈设的尴尬。

院子里隐约传来元山和女儿的对话。过了片刻后，筱郎在外面大声说道："先生，让你一个人在屋里待半天，太抱歉啦。靠窗边的竹椅上，有一套短褐衣裤，和一套青色的袍子，是给你新做的，你穿上出来吧。"

窗户处是房间里唯一一个有些微明亮的地方，卢轲准确无误地找到了竹椅的位置。透过微弱的光线，他隐约能看到窗户两边有字，瞅了半天发现是一组对联：天际望朱霞，人中称白鹤。于是，他摸索着从竹椅上拿起衣服，凭感觉快速穿上，疾步走了出去。

东边的山上泛着一丁点儿淡紫色的晕彩，整个天际都笼罩着淡淡的蓝雾。倏地，天空出现了一条洁白的云挂，像来回变幻身体的游龙，大口地呼吸着院子里飘逸着的栀子花香气。筱郎静静地站在树下看着这一切，若有所思，若有所悟，她的身影真的如超然的白鹤，清空孤唳，神动天流。

“先生，你猛一出来，也不说一声，吓我一跳。都三四天了，你也不来看我。”筱郎话语中虽是责怪，但脸上仍是浅笑嫣然。

“我……”

“快过来，我的哥哥，竟然衣服的带子都系错了。给你调调。”

“妹妹让我穿这个黑衣……也就是你说的青袍子叫什么呀？”

“富贵衣！”

“上面还打了五颜六色的补丁，看着像乞丐衣。我，我脱下来啦！”卢轲说着笑着要将这件袍子递给筱郎。

“以前还觉得你是刘姥姥，现在觉得你是刘姥姥带的板儿还差不多。”

“我有这么土气吗？”

“晓得什么是读书多，见识少吗？在戏曲中凡是穿这种衣服的人，开始都是落魄寒酸，之后必然显达腾飞呢！”

“那我拿回来。”

“哼，扔回来是你，要回去还是你，我还不给了呢！”筱郎说完就抱着衣服扭头背过去。

“妹妹真生气了吗？你骂我笨好啦！”

“你呀，不是笨，是呆。一会儿要出去，穿这个也不方便，我先给你收起来。”筱郎清朗的笑声，让卢轲心里听得痒痒的，早起的困劲儿消失得无影无踪了。

“筱郎，光顾着贪玩说话，让先生洗漱没有？”元山从院子外回来，右肩扛着一个大南瓜，侧脸问筱郎。

“阿爷，先生他不着急。”筱郎对阿爷说完，就转身就仔细端详了一下卢轲的脸，忍不住地笑道，“先生，我想先看看阿爷给你脸上涂的朱砂印，像不像可爱的老虎。走，带你去瀑布那儿看看自己。去那儿洗脸，然后在那儿再排排戏。”

二人沿着逶迤的山径，来到轰然咆哮的瀑布下方，水汽氤氲，眼前皆是朦胧景象。卢轲借着潭水，看到映照在倒影里的大花脸，忍不住笑了，于是俯身准备洗脸。

“先生你起来看瀑布上有什么？”筱郎的喊话打断了卢轲的举动。

“彩虹，真壮观！”卢轲高兴得几乎跳了起来。

“是霓虹。”

“有区别吗？”

“彩虹的颜色从上到下，依次是按赤橙黄绿青蓝紫的顺序排列，而霓虹的排序刚好相反。”

“妹妹太厉害了！”

“霓虹代表雌的，彩虹代表雄的。霓出现了，虹肯定就在不远处。你再看看那远处的大人尖。”

“那边真的有彩虹呢！”卢轲惊奇地看着远处，然后陶醉地数着颜色。

突然，卢轲感到一阵冰冷的水珠从空中抛向他的脸上和脖子上，浑身打了一个激灵。

“妹妹，是……你在人工降雨？”卢轲迟疑了一下，反应过来是筱郎在洒水突袭。

“哥哥，给你洗脸呢。总不能在喃喃寿筵上，一直当花老虎吧？”

“我也给妹妹洗脸。”卢轲也捧着潭水向筱郎身上撒去。

二人不由分说，互不示弱，十几个回合下来，就都把对方淋成了落汤鸡。

“哥哥！”

“嗯？”

“你是中元后，就要走吗？”

“是的，快开学了，还要提前回去整理参展作品。”

“那你舍得离开这儿吗？”

“当然不舍得。”

“你舍不得谁呀?”

“朱子溪上的山歌，吃花会醉的鱼儿，西溪瀑布的霓虹，沐家围楼的夕阳，九竹林里的美食，还有大花小花……”

“真没良心！早知道这样，当初你掉进溪水里，就该让你喂王八啦。”

“我舍得了谁，也舍不得妹妹你呀!”

“虚情假意，这会儿才想到拿话来诓我。”

“我要是骗你，就被山里的野狼叼走，被水里的蟒蛇吞掉。”

“哼，野狼和蟒蛇才不稀得啃你这皮包骨头呢!”

“此心昭昭，日月可鉴。”

“跟你开句玩笑话，你就一本正经，真不好玩。”

“妹妹的话就是圣旨，每一句我都会认真地铭刻于心，马虎不得。”

“先生，那我也认真地告诉你：认识先生是我的福气，你让我摆脱附体之苦；可是病好后，冯小青会离开我，也会带走她附身这一段的全部记忆。”

“我算是你这段记忆里的一个章节吧?”

“嗯。我忘记你啦，你肯定也会很快忘记我的。这样也好，如果这个世上没有了记忆，应当也就没有痛苦。”

“不，我永远，永远不会忘记你!”

“是吗？那你还会再冒着这七关之险，来找我吗?”

“会的，哪怕是比这更大的艰险，也阻隔不了我来找你。或许一年后；或许是我毕业了，二十一岁的时候；也或许是等你二十一岁的时候；哪怕我苍苍白须地拖着九竹林的鸡粪，也要来找你。”卢轲眼里噙着泪水，但他努力不让它掉下来。

筱郎看到这个情景反而格外地平静，拍了一下卢轲的右胳膊，引他看瀑布，说道：“‘无为在歧路，儿女共沾巾。’临别在即，要给先生一个刻骨铭心的念想。”

“带我去独竹漂?”

“不是带你玩过吗?”

“是呀，当时我昏倒了。”

“还说呢，第一次见我的那天晚上，你就鬼鬼祟祟，偷看偷听，长大仙（蛇）当时就不愿意了，咬你了吧。当时，你脸皮比城墙还厚，现在，怎么跟个女哥（女孩）似的?”

“厚也好，薄也好，都只是为你一个人。为你痴，为你狂，哪怕哐哐撞围楼高墙，也只为心中的仙女筱郎……”

“少来！你是不是对每个女孩子都这么甜言蜜语呢?”

“这个世界上，除了妹妹，还有人能把我这闷葫芦撬开口吗?”

“好吧，先饶过你。还有比竹漂更让人心跳的，带你一起去体验一把瀑布倒流的奇观，感受一下朱子溪的天公之泪。就说你怕不怕吧?”筱郎问道。

“不怕!”

“走起!”

二人脱掉鞋子，相互搀扶着，沿着滩涂向前方的潭水跑去，身后留下一串串大小相间的脚印，太阳透过云彩的间隙正好投射在脚印上一束金光，仿佛这是来自宇宙洪荒之力的永恒作品。他们的前方就是一个用楠竹竹篾做骨干、用丝绢做皮膜的大型凤凰风筝，凤凰的尾翎都有六七尺长。筱郎让卢轲把风筝举起拉到潭水边沿，然后挑出来一根又粗又直的楠竹拖到潭水中。临下水时，她对身旁的男孩子提示道：

“双脚站在楠竹上，别乱抖。左手拖住风筝端稳，右手扶住我腰后面的绳索。”

竹漂接近水潭另一侧的水车时，筱郎眼明手快地将水车上转动的缆绳和卢轲举起的风筝连在一起。然后让卢轲挤进“凤凰”风筝的腹中，并用风筝上的细绳索固定住腿、腰和肩膀。筱郎背对着卢轲贴了上去，只把卢轲腰上多出来的绳索系在自己的腰上。

“哥哥，双手抓紧我的腰带扣，别松开!”

“凤凰于飞——一二，起!”筱郎说着拍子，二人默契地同时从水面上跳起来，又一起用右脚用力跺了一下楠竹。二人瞬间脚底悬空。借助水车的拉力和风力的带动，风筝竟沿着瀑布外围向上徐徐起飞。

临近瀑布，水声震耳欲聋，还好有水汽弥漫，水光迷离的调和，让心儿不至于特别的恐慌；只是有水珠频频飞溅，打在身上还有些疼呢。

此时卢轲的眼泪像奔涌的泉水一样，融入了更宏大的瀑布流水之中，他怀疑眼前此时的景象不是真实的。这真是天公漫挥天下泪呀！此生何幸，能沐浴其中，能受如此垂爱呢？

还不等卢轲反应过来，发出呼呼风声的风筝已经“飞”到瀑布的顶部。筱郎敏锐地扫视了面前的景象，立即解下别在腰间的五爪飞虎钩，抛向一棵矮粗的罗汉松枝干，这棵树正好生在瀑布顶端、从水面中间露出的礁石上。二人合力攀着飞虎钩的绳子费力地上到礁石，卢轲侧身用左边的手脚紧紧地勾住罗汉松，以免被风筝漂浮的力量拽走，筱郎则解下了风筝的绳索。

瀑布源头风轻云低，溪流清澈平静，两岸芳草如茵，中间点缀着不知名的各色小花，如牛乳般的阳光直射在鹅卵石上，让这水底的沉璧也散发出潋滟的光波。这恰如其分的美丽就和梦中的童话王国一样动人，一点也不矫揉造作。还好溪流的深度只是没过小腿，筱郎和卢轲小心翼翼地牵扶着对方来到岸上。

从瀑布脚下到它的顶端，整个过程用了不到三分钟的时间。卢轲惊魂未定，躺在草坪上动弹不得。筱郎则坐在旁边，取出梳子梳理头发。

“妹妹，太惊险了！瀑布怎么会倒流呢？”卢轲气喘吁吁地问道。

“出现彩虹的时候，这里一般就会下雨。瀑布下的潭水湿气因为热力蒸腾，在封闭的沟谷中就会形成旋转上升的气流。刚才风筝就是借助这股气流上升的。”

“刻骨铭心，怕是日后想忘记也忘不掉了。你也躺下说话吧！”

“头发本来就湿湿的，再躺在湿湿的草地上，可就一时半刻干不了的。”

“那妹妹就把我当枕头，躺过来。”

筱郎没有照做，而是纵身一跃，从旁边树上拽下来一把东西就往卢轲怀里扔，说：“卢轲，接住，垫巴一下辘辘饥肠吧。”

“我又不是羊，这灰溜溜的树枝虽然嫩，可也吃不了啊。”

“这是丁钩果子，外脆里糯。”筱郎说着若无其事地躺下，仰视着像羊群一样在游走的白云，又倏地探起头来对卢轲说：“我头枕下来，发现你的肚子是瘪的。看来你是真的饿了。”

“不饿，你刚才叫我什么？”

“卢轲！”

“嗯？第一次听到妹妹叫我名字呢！”卢轲激动地坐起来。

“你躺回去，坐起来会把我头发弄乱的。说说你初次见我的印象吧。”

“我见过最美的夏天，是你爬到悬崖旁，抓住被阳光浸泡的绳索远远回头看我的那天。你的眼神像离弦的箭一般击中我的心尖，从此让我知道了什么叫疼。”

“噢，你内心原来这么丰富呀。”筱郎用右手指尖轻轻戳卢轲的心窝。

“妹妹戳的好痒！”卢轲双手猛然将筱郎的右手捧在手心里，接着问道，“筱郎，你平时心思不喜外露，看着像闲云野鹤一般，有什么理想呢？”

“我嘛，并不喜欢谈什么理想。内心只有与生俱来的，一个简单、坚定的信念：一辈子，就像哆哆喃喃毕生在荒芜的崖壁上垦出美丽的梯田，我也要在凉薄的世界中种下良善的希望。对，就是这样。”

“让我想起来哈姆雷特的一句话：这时代脱了节，真糟，偏偏我有责任把世界整好！”

“你这次误打误撞，来到九竹林有什么收获呢？”

“感谢这不可思议的缘分，让我遇见你；在这儿也让我学会静下心来，放慢脚步，整理自己的现在和过往，过一段宁静又自省的日子。心能安定下来，才能深刻地体味到人间的清欢诗意，做一个敦文而又勇敢的人，‘把世界整好’！”

再生之缘

题记：若是凤凰不变音，若是君子不变心。

且说东溪这边，元山带领亨山还有几个妯娌、近亲同族，齐聚在沐家围楼，从大清早开始一直忙到晌午，把围楼坪院和中厅都装饰了一番，看上去比桑儿出嫁时的场面还要喜庆。

利山也没闲着，他安排小茜带着两个壮汉抬着楠竹躺椅，上山来西溪接喃喃。可是接驾“人马”一到，喃喃坚决推辞，她老人家不愿意消受这个，说从来不干“剥削”人的事儿。

为了能让老伴平安下山来，嗲嗲昨天就悄悄背着铁锹，把下山的每个台阶的苔藓和碎石都给铲了一遍。可是，今早的雾气还是有些大，嗲嗲就叮嘱小茜扶着喃喃走在后面，自己再次带上木锹，铲除遗漏的青苔，并在一些容易打滑的台阶石条上，铲了一些浮土盖在上面。

小茜扶着喃喃走在台阶上面，看着台阶下面嗲嗲忙碌的侧影说：“嗲嗲，你真是闲不住呢！”

嗲嗲专心干活，没有抬头，朗声回答道：“你喃喃身体不好，下山来一趟，比唐僧西天取个经还难。我花了几十年，终于将这条道修好了。可是落雨苍苔多，踩石头会滑溜的。”

小茜说：“嗲嗲，你这太费时、费力、费事了。等我发财了，在山中，给你们装个电梯，上下山一眨眼工夫就到了，比孙悟空腾云驾雾都快。”

嗲嗲说：“嗲嗲和喃喃都老了，一辈子没出过山。更没见过你说的什么电梯，再说也用不上这新玩意儿。我呢，只为我的心，只为喃喃一个人的心。

你们年轻人不懂，可能一辈子也不会懂。”

小茜心里面思忖着嗲嗲的话：我只为我的心，只为喃喃一个人的心。

从西溪的山岗下到东溪来，嗲嗲清晰地记得台阶一共有一千二百一十三个。喃喃一行人走了差不多半个时辰才到白马潭。

三人费了好大气力，才进到围楼中厅院落，尚未坐定，就听到外面吹吹打打，好不热闹。元山出去看时，是喃喃的娘家三个兄弟来了，这阵容说是浩浩荡荡也不夸张，除了前面的大锣和唢呐乐手，后面还有擎旗的、擎大红灯笼的。于是，元山快步折返回去，把喃喃搀扶到东门去迎接。

亨山族长这时赶紧招呼九竹林的后生在崇福桥列队肃立，以示欢迎。利山则亲自到白马潭闸口欢迎三位舅舅。三位舅舅中年纪最轻的两位看上去也年过花甲了，这二人走在最前面，亲自用竹杠子抬着木制条箱，杠子晃悠悠地闪着红绸箱包裹的雕龙画凤，远远望去如一串闪烁的红色火焰。

条箱分几层，从下往上，箱体依次缩小，底层放寿面、寿烛、寿桃、新衣、新鞋两双。中层还放有补品，是山珍和一些蛋、礼肉之类。第三层是看盘，即只看不吃的，每盘是用糕点做好的灵芝、如意、龟、鹤之类造型。每层礼品上都点缀着柏树枝叶，寓意长寿无灾。

场面越来越热闹，还有几个和嗲嗲经常走动的老伙计、同族的家庭代表都是自发地来参加寿筵的。

喃喃不免和兄弟还有亲友们寒暄起来，满满的笑声四溢，淹没了一两句感叹光阴荏苒的叹息。但整个寿筵场面没有丝毫的虚伪俗套，而是充满了朱子溪独有的古道热肠。

厅堂里寿烛高照，映得挂满两壁的寿联寿幛熠熠生辉，中厅中堂正中间新挂有寿星画像，两边寿联内容是：

百岁老能预期廿载后如今日健

九竹林齐上寿十年前已古来稀

而中厅的门框上悬挂的对联则是：

培椿萱并茂得交柯树

揽日月同辉住瑶岛春

正午时分，随着前奏的锣鼓齐鸣，欢迎宾客到来的唢呐吹奏《迎客曲》，曲调高亢而欢快。重要宾客一一坐定之后，场内开始演奏用阮、琵琶、筝、笙、箫合奏的《大开门》，曲牌风格热忱而又惬意。

曲牌刚一结束，只听一声“喃喃，恭贺寿诞之喜，并八喜临门。祝你和嗲嗲，海屋添筹，长命百岁！”喃喃视力不太好，嗲嗲在一旁提示说是桑儿和新姑爷双双进院，在给寿星磕头呢。

所谓八喜临门，就是寿诞之喜、金榜题名之喜、立灶之喜、花烛之喜、添丁之喜、成人之喜、乔迁之喜、丰收之喜，寓指生活里方方面面的喜事到来。

喃喃听见这好彩头高兴得合不拢嘴，忙不迭地对这一对回门的新人嘘寒问暖。新人把贺寿礼箱放下后，为二老分别献上了神农箭竹杖。

这时杉儿夫妇已经抱着一对孪生曾孙，加上包括海子等在内的二十几个同族晚辈小伢，排着整齐的队列准备给喃喃贺寿。

连山大佬忙不迭地把二老拉回到中厅中堂前坐下。喃喃坐在条儿的西边灯挂椅上，嗲嗲也坐在东边南官帽椅上。

杉儿夫妇跪在最前面，其余的年轻人依着年龄和辈分依次跪下。杉儿的姑爷怀里还抱着两个孩子，杉儿则在一旁连山大佬的小声指引下，念着《拜寿歌》：

一拜喃喃添福寿，二拜喃喃增安康，三拜寿比南山竹，四拜福如东海洋，五拜松龄千载壮，六拜鹤发万年长，七拜萱草春常在，八拜翠柏叶凝香，九拜桃有桃源境，十拜玉升玉满堂。

喃喃在小茜的搀扶下，笑盈盈地走到中院，叫大家都起来。她走上前，仔细地把每一个贺寿的年轻脸庞都端详了一遍，同时她把中厅两边的长条凳上放置的一杯杯冰糖蜂蜜水，端给儿孙后辈们，用一杯杯冰糖蜂蜜水作为甜蜜的祝福，在她满意的表情中似乎看到了九竹林的未来和希望。

九竹林里有这样一句俚语："男做齐头女做一。"意思是男子的大寿一般是按诸如五十、六十、八十这样的岁数整数来操办，而女性的寿礼则是在整数的基础上加一岁再着重办寿。按照朱子溪的习俗，今天的寿礼叫贺寿酒，主要的亲朋凑在一起、承欢膝下，强调一个热闹的"贺"字；其实老人的寿礼昨天就开始了，这天要暖寿面，就是老族长的几个儿子、儿媳以及干儿女等一干体己人，带上珍补礼品，各表孝心，但一起给寿星做龙须挂面是必不可少的一个祝寿环节，讲究一个贴心的"暖"字。

一阵又一阵欢腾的声浪，从厅堂里涌出来。

"利山，小梧怎么还没回来呀？"喃喃突然表情怆然，声音也带着些许哽咽。

利山赶紧从厅内冲到院子里来，安慰喃喃说："老太太，小梧没事。她出去见世面去了，还通过镇上的王大夫，托桑儿给你捎来一封信，是祝寿信！"

利山朝桑儿使了一个眼色，桑儿会意赶紧展开信，凑到喃喃跟前照信念了起来：

喃喃，今天是你八十一寿辰，不孝孙女小梧在外给你磕头了，愿你和嗲嗲寿比南山，福如东海。

念到此处，桑儿就停止了，嗲嗲却让她念完。

我不懂这个世上什么是喜欢，但我唯一确定的是，我会以生命来护筱郎的周全。筱郎的心一定是用朱子溪的泉水做的，跟她在一起，总是有快乐的浪花在飞溅，这种柔曼和谦和，永远不失水的本性，然后如梦一般，翩翩起舞、飘落、静谧、融化。与她相反，我的心是黑石滩的石头做的，执着的性格看似谦卑，却有坚硬、锐利的冰楞覆盖，露出时会不经意伤及他人，事事处处又须以我为先、以我为重、以我为荣，认为这个世界的人都不可原谅。

阿爷，我心目中最帅的男人，只要你高兴，把我的任何东西拿走、毁掉都行，但是，你千万别碰我的画。要知道缺乏安全感的小孩，被丢下过一次，就会质疑所有的爱。

我对自己最大的不满就是，在一段关系中，我总是做懂事的那个，懂事是对一个人最残忍的评价。明明很期待，却装作若无其事。聊天永远是自己垫底，送别永远是自己最后转身，拒绝别人像自己犯了错，连心情崩溃都要考虑别人的感受。

只要自己能扛，咬着牙也不会去麻烦别人。不过不提太多要求，别人干脆什么都不给我，除了偶尔得到一句，真乖呀。阿爷说，现在的年轻人太好活了。与成年人面临各种“暴击”相比，我们面对的都不过是芝麻小事。可是谁能理解，就是这满地的芝麻足以让你捡到崩溃。现在的少年，有着过分的清醒，有着巨大的压力，有着难以承受的希望，有着难以启齿的欲望……

我恨自己为什么不是男孩子。虽然我是如此的不喜欢沐楚，但是我从没有对他有任何仇视的行为。相反同在一个屋檐下，我对他也很怜悯。我这次出来前，识破了他有轻生的想法，就带走了他要服毒的药瓶，可奇怪的是瓶子在我包里凭空丢了。

阿爷把他变成了笼子里的金丝雀。生性善良的他，只是有点贪玩，多少还有点像阿爷一样贪恋钱财。但是我知道他最渴望的不是被关注，而是自由。

小榴作为我的影子，虽然不好言语，但是心有定力，未来可期。

我在外面一切都好，都不用挂念。还是要抱有一丝希望的……只要我不再敷衍自己的崩溃、不怕和负面的自己独处，就会一直拥有和世界对话的能力。虽然现在的我还没有，我相信我最终会和自己和解的。

就此搁笔吧。

不孝孙女小梧

信念完了，里面却没提卢轲一个字。众人赶紧围上来，对喃喃说道：“还是年老太君福大寿高，荫庇后人。看，梧儿这不好好的嘛，很快就回来了。”喃喃这才心里宽慰下来，招呼大家赶紧落座。

丰盛的寿筵开始，桌席从中厅一直摆到坪院，每桌都是六盘十二碗，中间是红枣、葡萄干镶嵌“寿”字的八宝饭，周围摆满了红烧肉、鱼、炖全鸡、包圆等食物。

在这种场合，包圆自然是必不可少的，也极具本地特色。“包”是“一定”的意思，“圆”是“团圆”的意思，全家人欢欢喜喜，平平安安，一定团圆，在寿宴上摆包圆则有瓜瓞绵长、满堂团圆的意思。包包圆虽很费时，但有一家老小上阵，活跃拜寿气氛自不必说，还能保证按时开饭。

开席之初，吃上三两个包圆，喝酒不容易醉，九竹林人都晓得“饿肚酒”易伤胃的常识。包圆制作颇为讲究，味道有甜有咸，是用煮熟捣烂的芋子羹和番薯粉拌和做皮，用香油拌冬笋丁子与瘦肉酱，或用新鲜鸡油煎热后伴芝麻、红糖做馅。皮包馅就像饺子一样捏好。包圆捏好后，一一放在铺纱布（纱布铺放之前需用冷水浸泡）的蒸笼床上，注意彼此的间距，以免粘连，盖好之后，用大火蒸上半个钟头即可。揭盖时，身旁还需准备一盆凉开水，每拿出一个包圆，手都要在水中浸一下，一是怕烫坏手，二是包圆上敷有冷水，就不会在装盘子时互相粘连扯皮。“扯皮”的公案看来就是从这儿发端的吧。

筱郎、卢轲在领略完瀑布倒流后，就迅速奔回围楼并早早化好舞台妆了。妆容易花，演出前是不能去筵席吃饭的。台上先演的节目，有利山的“道情”，还有大舅爷请来的戏班，唱的是《五女拜寿》。

在后台等的时间有点长，卢轲就干脆带着妆面，去观众席的楼上楼下看看热闹。他在二楼，听到那两位年轻的舅爷议论着。

“这《五女拜寿》都听了八九遍，还是听不够。”

“别慌，下来的压轴戏是《再生缘·探病》。”

“好好的寿礼上，要演‘探病’?”

“老姐姐最喜欢的戏就是《再生缘》。她前一阵子欠安，筱郎许愿，等喃喃康复了，就在寿筵上唱‘探病’，驱驱晦气。”

“噢!”

“要说这部戏真好，在六十多年前听过，那时老姐姐还是和筱郎差不多大的小伢子，我们几个就更小了。转眼就是一个甲子，岁月催人老啊!”

“只是时间太久了，就记得是孟丽君女扮男装当了宰相，去看望有心病的门生——恋人皇甫少华。这对苦命鸳鸯，吞吞吐吐，就像茶壶煮饺子，就不捅破一层窗户纸。戏文早记不住啦，只怕看半天也弄不清赵钱孙李，周吴郑王呢!”

“这件事情，筱郎早就想到了，她把戏文的唱词抄了五六份，大伙可以传着看看。”沐思年及时插进话来。

“难为你孙女这么细心灵巧。”“是呀，你们老夫妻真是好福气。”两位舅爷赞不绝口。

等《再生缘》开场，已过平午了。舞台的正中央悬挂着一幅工笔人物卷轴，内容正是卢轲为筱郎创作的闺门旦造像。

筱郎扮演的是孟丽君，俊俏清朗，在台上一亮相，就引起了场下的喝彩欢腾，亲戚们也向嗲嗲、喃喃称赞这个孙女。

“孟丽君”字正腔圆地唱道：

见画像，百感生，三年旧物安无恙。

二楼观众席上围绕喃喃和嗲嗲的长辈们，无一不是会心一笑，点头称妙的。

画呀画，我羡你命运比我强，三年来日日伴他在身旁，我羡你不愁风波不愁浪，淡妆匀粉好安详。今日里，真容假貌来相逢，怎不叫人触景生情情难藏！

“孟丽君”唱到此处，英俊的“皇甫少华”（卢轲扮演）闻声登台。一楼原本有些躁动的年轻观众也安静下来了，和二楼的长者一样聚精会神。

（少华唱）他那里有意装作无意样，我有心再把心话讲。恩师啊！皇甫少华与孟丽君，早就海誓山盟结鸳鸯。

（孟丽君白）噢，贤契得了这样一位如花如玉的小姐，真是福分不浅啊！

（少华白）唉！哪里有什么福分啊！

（少华唱）可惜是黄榜贴出三月多，未见她投案露真相。恩师呀，你殷勤嘱我候佳音，怎奈是画饼不能充饥肠。

（孟丽君唱）贤契啊，好风来时篷才张，青云有路终能上。你与她有情人终能成眷属，何须焦躁不用慌。

“有情人终能成眷属”这一句刚落，台上台下的掌声像狂骤的雨点一样热烈地爆发出来。戏台房顶上有各色鲜花轻盈撒落，香气弥漫了整个围楼，映衬得舞台煞是好看。

（少华唱）如今是好风已临篷不张，只怕她做了高官把旧情忘。我为她戎马倥偬常挂念，我为她画不离身三年长。我一片真心唯天表，她无动于衷为哪桩？

（丽君唱）他那里字字句句诉衷情，我这里方方寸寸九回肠。他情切切为我思念长，他恨生生怨我旧情忘。酸溜溜他语中带刺挖苦我，痴呆呆我万千苦衷他全不想！常言道，水未落，石难出，我心中有话怎明讲？人说伴君如伴虎，一旦有祸要害夫郎，奸佞未除怎下堂，少华啊，这难煞人的处境你不体谅！

喃喃听到此处，不停用手帕擦拭眼泪，似乎颇有共鸣。往日的桩桩件件，在心头浮现开来：

沐思年当年要娶年念沐，被她的婆家人毒打。念沐跪了五个时辰求饶，婆家人才算把昏死的沐思年放了。可婆家人接着造谣，说年念沐在外风骚偷情，有很多姘头。接着把她从婆家户籍除名，不让她拥有婆家的任何财产。思年在外九死一生，而可怜年念沐从跟公鸡拜堂后，十年守身如玉。思年去找寻念沐时，听闻谣言蜚语，准备当面质问念沐。

念沐看到自己深爱的男人也轻信了传言，没有一字一句辩解，决定跳进朱子溪以示清白，闻讯后及时赶到的沐思年也跳进溪流……一对苦命的鸳鸯终于走在了一起，虽逃亡于绝壁险境之间，也是甘之如饴。

（少华白）唉！孟丽君呀孟丽君，你的心实在太狠了！

（丽君白）这是你错怪……

（少华白）嗯？

（丽君白）噢！这是你错怪（指画）她了！贤契呀！

（丽君唱）既然她，敢逃冤狱走天涯，定是个，血性女子有志向。你恩重如山对待她……

（少华白）怎么样？

（丽君唱）她定会情深如海来报偿。

听到此处，喃喃才从剧情中回过神来，嗲嗲也从旁边悄无声息地递过来手帕，喃喃接过来，低头挨着桌面擦拭眼泪，耳畔却听到一浪高过一浪的掌声，如同白马潭涌动的潮水一样富有热情和力量。

（少华唱）：恩师啊蒙恩师来诊病，好言好语慰我心，少华自知已不起，仙丹妙药也无灵，身后憾事有两件，死到黄泉目难瞑，一不曾报答老师天大的恩，二不曾相会爱妻孟丽君，少华死后入幽冥，阎罗殿上去求恳，求阎王将我剖开两个身，求阎王死后赐我两个魂，一个魂变成犬马报师恩，一个魂天涯追随孟丽君，今生今世已休矣，我只得到来世了却今生不了情。

（丽君唱）：听贤契一番真切肺腑言，深深震动我的心，孟丽君何德又何能，赢得你至诚至爱如此深情，你与她良缘堪庆天作合，哪知道偏受磨难遭不幸，为守信她离家出走去逃婚，人海浮沉天涯行，到如今她自己也不知归何处，更不知能否胜凶顽避灾星，人若在有一日如能全力克魔障，飞越关山也要与你完婚姻，若是远离人世去，她的魂定要伴你飞升扶摇入天庭，贤契呀为师非是无情人，怎不知你对她一片至诚心，只恨我如今无有回天力，尚不能挽回你厄运，贤契你务必多保重，苍天有眼不负苦心人，孟丽君若是凤凰不变音，若是君子不变心。

台上这对亦师亦友的有情人唱到结尾处，恰好那只熟悉的白鹤轻唳着从戏台顶上掠过，观众早已是满怀热泪、啧啧称奇，大舅爷喊了一声“若是凤凰不变音，若是君子不变心”。观众全体起立，一起拍手称快。

筱郎和台上的几个小演员给观众鞠躬三次，然后谢幕，可是观众无一人愿意离开。一楼的小观众嚷嚷起哄让台上再唱一节《宝剑记·夜奔》，而二楼的观众也不示弱，齐喊要台上再唱一段《风筝误·凯宴》。

这也是九竹林的古老风俗，在一折戏结束后，观众还坚持让演员返场唱一段新戏，是对演员的高度认可。

最后还是嗲嗲起身解围，提议筱郎单独唱一曲《朝元歌》。一个是这个曲子短暂精悍，是筱郎练声的拿手唱段；另一个最重要的是老族长心疼孙女和几个演员还没有吃上晌饭，怕太消耗气力。

于是演员们都退下场来，但台上司弦、司鼓未歇，整个戏园的气氛热闹不减。突然弦鼓戛然而止，筱郎换了一身水田衣，手持仲尼瑶琴，席地而坐，玉指轻抚，奏出“长清”“短清”两曲，又听得她悠悠唱道：

《长清短清》，那管人离恨？云心水心，有甚闲愁闷？一度春来，一番花褪，怎生上我眉痕。云掩柴门，钟儿磬儿枕上听。柏子坐中焚，梅花帐绝尘。果然是冰清玉润。长长短短，有谁评论，怕谁评论？

一曲终了，不仅在后台侧面观看筱郎演出的卢轲心头别生一般疼痛，没回过神来，观众席上也是鸦雀无声，大家似乎都意犹未尽。忽然有一人倚在一楼的看台柱子旁，兀自鼓起掌来。众人一看是二楞，大家都喜不自禁，掌声如朱子溪涌上白马潭的春汛潮声一般激烈。

族长亨山起身说道：“各位高朋至亲，两位寿星老请大家移步到西门外梨花洲游赏，梨子正黄，到那里吃梨吃茶去。”大家闻声纷纷跟在寿星老和亨山后面，往梨花洲走去。

演员有序地退回内场，筱郎领着几位小伙伴一起向梨园祖师爷作揖拜谢后，开始卸妆。歇息片刻后，元山带着他们一起去前厅东厢房又开了一桌席面，一是给“演员”们分享寿酒，二来也是给卢轲践行。

元山给卢轲敬完酒，又叮嘱筱郎好好陪卢轲吃饭后，就出去了，席上的小伙伴们吃饭都出奇的安静。突然海子号啕大哭，旁边的人都问他怎么了，他吸了吸鼻涕说：“明天先生就要走了，我舍不得先生走！”

筱郎因为心里早有准备，所以故作镇定不语。小榴和另外几个孩子都是泪花在眼眶里打旋。

海子忽然破涕为笑，指着卢轲说：“快看，先生脖子上有口红印呢，快招，是谁亲的？”

气氛突然变得活泼起来，众人都把目光“杀向”卢轲。卢轲很清楚，这原是上午在化妆后台，筱郎起身戴上“孟丽君”的花冠，让卢轲帮自己正好，卢轲刚上前来，筱郎就感觉眼前发黑，一下子栽倒在了他的怀里，一个口红就这样印在卢轲的脖子上。卸妆时，卢轲不舍得擦掉，就留了下来。

“是……我自己试试油彩，画着玩的。”卢轲半天才想到这么个解释。

“咦！咦！”屋子里都是起哄声。

这时，隔墙外有急促的脚步声，匆匆冲进围楼，似乎是从东门往西门的方向跑去。

“（少年的声音）青源大爷……（老者的声音抢话）青源大哥，小慢子不好了，他就等着和你告个别。”这声音一听就是一少一老的男子喊的。

于是卢轲让海子出去探探是什么动静，海子出去了一圈，给众人说了如此这般：

原来沐思年听到那一老一少的话，双手颤巍巍地回头问利山：

“小满子在哪儿？”

利山急忙解释：“小满子在前厅西厢房歇息呢，好好的呢。这叔佬说的是你兄弟小慢子——青涟六佬要见你！”

沐思年突然愤愤地说：“我耳朵还不聋，小慢子和小满子会分不清楚？但小满子和小梧儿还不是被你这浑老子折磨得不像个人？”

利山被父亲莫名其妙的话吓得面如土色，连忙扶住沐思年来到东厢房。沐思年进门就看见小满子正趴在靠椅背上啃着猪脚，满嘴是油，脚下还放着许多甜糕点盒子。利山摇摇头走了出来。

“哪个大病未愈的人吃这个？会要命的。”沐思年双手颤抖拄着拐杖，痛心地看着跟出来的利山说道。

“小满子说，就想吃这个。拿下来赶紧换了。”利山弱弱地搭话。

“慈父出败儿！你晓得不？”沐思年冷眼提了一下拐杖，戳戳利山的腿，示意儿子赶紧走开。

沐思年和刚才来人一起急匆匆地赶往青涟的屋子。老族长发现这屋里墙上挂满了自己给青涟送的草药，一点都没动，而固执的青涟却在前几天偷偷跑去沙坡上，采了一些有毒的蛇泡草当作止咳的五夹皮煎服下。此时，可怜了这位中毒的老人躺在床上气息若无，身体如木，可是眼睛还是努力地睁着。

“孤雁是要回到雁群的，雁有雁志；小溪是要回归大海的，水有水道。老兄弟，你放心地去吧。辞世之日，就是长生之时。老兄弟伙的（们），很快就会再次相聚的。”老族长抬起青涟老人枯槁、消瘦的手背。青涟老人似乎也听到了老族长的话，眼角滴下最后一滴泪水，右手食指抖动了一下指向窗户。

老族长会意地推开有些朽坏的窗户，对青涟说道：“黄河自有澄清日，乾坤当有舒朗时。我们九竹林的人，世世代代都会做像大人尖一样正直，像朱子溪一样清洁的人。”

话音刚落，一群大雁排成人字形从窗前掠过，此时，青涟的手也耷拉了下来。老族长用手轻抚青涟的脸，将他双眼合上。

室内传来悲恸的哭声。

“孤雁不饮啄，飞鸣声念群。谁怜一片影，相失万重云？”老族长静静的沉吟之声，让九竹林的空气也凝固成苍凉之色。

中元送灯

“留下，你会从此失去整个外面的世界；离开，往后你会失去整个的九竹林。”小茜拍拍眼前的小楠竹对卢轲说道，漠漠的语气透着一股清寒。

此时，已是亥正三刻，这两人都站在白马潭的闸桥上，周围格外的安静，只有竹叶发出萧索的声音，月亮避在暗灰的云层里不见踪影，只有两三颗星星在天际站岗。闸桥内侧有一条被阻隔的一叶扁舟，舟篷里除了静静坐着等待的连山大佬，还放了由亨山族长托连山送给卢轲的一个戗金云鹤纹朱漆木箱，小巧的木箱上面还贴上写有“江南无所有，聊赠一枝春”的封条。箱子里面是什么呢？虽然连山大佬的确知晓，但他没有给卢轲透露一个字。

看卢轲沉默不语，小茜继续追问道：“留下、离开，卢轲你选哪个？”

“要开学了，我要提前回去准备画展。”

“几百年留下的老规矩，你喝了谁家的薏苡汤，未来就要给谁家做夫婿。如果没有得到奉汤人的首肯，九竹林里所有人包括族长都没有权力给你的舟子放行……哼，像你这种无趣又无情的木头人，如果不是连山大佬说看你很无助，我才懒得来管你呢。”

“谢谢你的援手相助！”

“筱郎失去了对你的全部记忆，你不打算帮她一起找回来？”

“我会回来看她，还有姐妹们的，现在……现在必须回去开学呢。”

“解释就是掩饰，掩饰就是事实。既然如此，你当初为什么要闯进九竹林呢？想出去就出去，想回来就回来，你觉得你有这么大的造化吗？”

“……”

“朱子溪身世显赫的就数九竹林沐家，而沐家家业最盛的就是阿爷沐利山。只有他才掌管着闸桥的钥匙，可是现在阿爷说，钥匙不见了，八成是小梧带走了。她或许是在暗示你等她回来。”

“我也很对不起小梧。”

“那你决定不走啦？”

“还是要走的，我会记得你们对我的好的。”

“船走不了呢！”

“如果舟子不能出去，那我就沿着沟谷自己走出去。不管是要三天、三十天，还是要三个月，我都要走出去。”

“第一次见你这么有骨气的说话。不过以你的笨脑袋瓜子，就算走三年你也走不出朱子溪的。”小茜的话在肯定中还带了一些挖苦的意味。她接着对舟上的连山喊：“连山大佬！”

“哎？”连山朗声回应道。

“小梧现在不在九竹林，父母又无暇顾及。我是小梧的姐姐，就暂且替妹妹做一个决定，连山大佬，准备出发吧。小梧，如果未来回来，因为这个以宗法告我，让我被逐出九竹林，我也无怨无悔。我昨天在闸桥下正中心的舟里藏了一把撕辂（斧子），现在只要我抡起一下，铁链上的铜锁就会断掉。”

话音刚落，只听得铜锁“咣”的一声冒着金色的火星被劈开了。此时还有来自九竹林的百十双眼睛汇聚在溪水两岸的黑暗处，安静地注视着发生的这一切，如果不是有人硬闯闸桥，他们都会选择视而不见的。

连山大佬撑着舟子缓缓驶向闸门，示意卢轲跳上来。

“卢轲，真没发现你有什么好的，可是却让我们几个姐妹都有点喜欢你。”卢轲左脚刚迈到舟上，小茜又在身后叫住他说道。卢轲不太好意思地盯着小茜。小茜凛然正色道：“别看着我，我说的并不包括我。”

卢轲也不明白自己此时此刻的所言所为：刚才对于小茜的提议，我为什么拒绝得如此的果决呢？如果换作是小梧笑容可掬地盛情相留，没准我还会在这里多逗留一些时日；如果是看到筱郎一个眼神的羁绊，那么自己还忍心走吗？命运的戏剧性在于，当下小梧不知去向，筱郎又完全不认识自己啦。人心本身就充满着看不见的沟沟壑壑，不可能对于任何人都是怀着平等不偏的心思吧。

“沐茜，若你有亏，我心有愧。萍水相逢，后会有期！”卢轲说道。

“卢轲，那你就永远愧着吧。离开九竹林，我们——不会再会的！”小茜的表情依然冷若寒冰，拒绝的语气像天上朦胧的星子一般并不明显。她接着朝连山大佬喊：“趁着阿爷被我灌晕了，他的撕绺也被我藏起来了，快走吧！”

连山大佬听见后忍不住地哈哈大笑，卢轲也跟着尴尬地笑了。

舟子已离开闸门，朝朱子溪下游驶去。卢轲不停地朝小茜和九竹林挥手惜别，小茜扭头看着别处，没作任何回应。

舟子自动漂行了约二十丈远，小茜在后面喊道：“我那天说要去宗祠会上去告小梧，不过是试探筱郎罢了。不要当真！不过你要知道，小梧真的为你伤透了心。”

“晓得啦。”说完此句，卢轲扭头看向天空，泪水再也忍不住夺目而出。

天地没有开口，周围也一片寂静。嘘，听，好像时间在哭泣……九竹林，别了！可这一别，一不小心会不会就是永别呢？

舟子往朱子溪下游行至三里处，卢轲突然觉得清风徐来，寒凉袭人，穿着初秋的单衣会冷不丁地打个哆嗦。连山说这里叫摇光谷，因为两边有很多温泉眼的缘故，冬暖夏凉，造成谷底地气会四季趋于均衡，长春无寒暑。摇光谷西边向溪水凸出的高台上有梨树五十余株，薏郎的坟冢就安在此处。

卢轲心里默默感叹：可惜我来迟了，要不就能和沐家的七个姐妹都见上面了。

大多时候这一带的云汽都结成了霜，天空就像澄明的镜子，星星格外耀眼，沟谷两边都是石英构成，能把星光都反射到溪面上，仿佛星星全都被吸引到这谷底，争先恐后在溪水中留下自己摇曳璀璨的光影，这光影的情愫太浓太稠，偶尔会溢出投射到摇光谷的崖壁之上。

卢轲让连山在摇光谷下暂停一下，并要来连山的酒葫芦，接着把酒撒入溪中，这是要凭吊一下素未谋面的薏郎。此时，忽听到在摇光谷的岩壁高台上，像是有人在读祝文：

牡丹艳艳，花无千日之红，人貌堂堂，岂有百年之寿，青鸾鸣，白鹤舞，日月两明同今古，天边童子自来迎，快饮三杯登紫府，孝士虔诚，酒斟初献。

伏以，明月在天，也有一圆一缺，人生在世，难免一死一生，且死生之更迭，如日月之轮回，致敬亡灵，酒斟再献。

伏以，一杯芳酒且高歌，古往今来事若何，红日西沉扶辇至，夕阳芳草泪痕多，先将酒一盅，宽宽来醉饮，满满莫辞杯，孝士恭至灵前，酒斟三献。

读祝已毕，高台上传出隐隐约约的悲戚之声，给这寂寥的夜，又增添了一层凄怆的底色。

舟子靠近溪水的另一侧时，卢轲才看清高台上读祝的女子，正是筱郎。她身着素袍，在月光下一时分辨不出颜色。旁边立着一个童子，身材单薄。当他张嘴说话的时候，卢轲才分辨出他是海子。想必二人是赶在中元前夕来祭祀薏郎的呢。

海子说："筱郎姐姐，现在是秋天了，梨花怎么会都开了呢？"

筱郎看了一下海子，没有理会他，而是蹲身对着薏郎的坟茔，悠悠说道：

"薏郎，今晚来坟前为你祭奠，摇光谷中陪你蹀躞。我想你想着就开始发呆，还时常看到你还和平日一样，默默陪在我身后呢！

薏郎，我时常都梦到你，你还是那么美丽，脸上一点皱纹都没有。梦到你给我梳头发，梦到你教我学绣花。还梦到那次，我还是四五岁的模样，被一群小孩欺负，你拿起牛鞭在山岭上追他们，追了好几里，一个一个收拾他们。

薏郎，你梦里给我说：你本来不叫薏郎的，因为别的孩子老是叫我小狼的废名（绰号），你怕筱郎被孤立，就自己也改名叫薏郎啦。你说：大狼要保护小狼的，永远都会的。

薏郎，自旧年（去年）到今天，筱郎给你送了四百一十五次饭，你应该都吃到了吧？今天送的是你平时最喜欢的钵粄、捆粄、笋粄。大姐你看看，筱郎的厨艺现在有提高吗？

薏郎，最近我觉得心里空落落的。想哭又哭不出来，想喊又没有理由，就觉得浑身懒懒的。哎，好怀念前几年，一睡着，就能梦到自己飞起来，在星空中无忧无虑地遨游。我记得有一天，大白天的，我竟然见到你在戏台听戏，戏还没唱完，我就到人群中去找你，可是当我被石头绊倒，一头钗冠散落在地时，四顾茫然，空空如也，我才晓得是在幻觉中，幻觉……”筱郎诉说罢，失声呜咽，远处也呼应着狼的哀鸣。这一近一远的声音传入卢轲耳中，让他心中更萌生了一层悲凉。

海子怕筱郎过于伤心，想安慰她几句，嘴唇动了半天才絮絮地说：

“姐姐，已经是初秋了，谷外百花凋零，这里的梨花竟然开得有点儿热闹。可是这热闹吧，有一种会把心肺都扒出来，悬在缥缈虚空中的感觉。”

筱郎这才注意到周边一树一树的梨花，有风吹来。她轻轻抬手，有几片梨花瓣正好滑落，清清凉凉的停栖在手心。

“海子，刚才你这话说得很好，这一片洁白，沉静得很，越是热闹却越显得寂寞。这种感觉，繁华而又苍凉。梨花本该开在晚春，开在一片姹紫嫣红之中，现在却开在繁华之后的落寞之秋。月下映入眼中的全是一树惆怅，一抹清明。这不正应了苏东坡的那句：‘惆怅东南一枝雪，人生看得几清明？’”

筱郎再次朝薏郎坟茔蹲了下来，喃喃说道：

“薏郎，想必是你芳魂有感，泉下有知，让所有的梨花都反季盛开啦。此处月华朗朗，梨花皑皑，宛如一个清净怀素的琉璃世界。而谷外灯火，一定是有人不眠，有人相思，有人对镜梳妆，有人坐望归人，有人撑篙遏舟。那么你呢，在另一个世界还好吗……”

祭祀已毕，筱郎和海子在薏郎坟前继续说了一会儿话，就收拾物什准备归去。

“筱郎姐姐，稍等一下。差点忘了，这是黄昏时自称是你的‘一个故人’托我送来的。我来打开看看。”海子说着从一堆物品中，取出一件来，它用玉版生宣包裹得严严实实。这件物品是卢轲托海子送来的，卢轲还强调一定不要透露自己的名字，就对筱郎说是“一个故人”。

“好。”

“还故人呢，这就是一把青草。害得我背了这么远。”心怀不满的海子说完要把手中物扔在地上。

“快别扔。”筱郎抢步上前一把接住，认真地端详了一下，接着批评海子：“你是不晓得这礼物的珍贵。”

“筱郎姐姐，一把青草哪里都是。你不会发烧了吧，这话是认真的吗？”

“‘生刍一束，其人如玉。’吾有何德，足以当之？”

“不懂哎，师父！”

“不懂就先不懂吧。反正这位故人，就很懂我的心思。你来看，他刍草上的捆签上写有雅号‘九皋鹤’，与我的别号‘迦陵雪’相应。迦陵是佛经中的雪山神鸟，擅长妙音；而‘九皋鹤’，出自诗经的‘鹤鸣于九皋，声闻于天’。虽不曾谋面，其鸣相和，胜过惺惺旧识，似他这般高士，在当今世上，也是无双啦！”

“原来是这样，小童子我跟文里文气的师父长了好多见识。”

“小童子，这称呼好。那位故人现在哪里？”

“他刚刚乘舟走了。”

“星月，舟子。故人，新人。来了，走了。走了，来了。”筱郎悠悠说道。

“筱郎姐姐，我在想这个世界是真实的吗？”

“那小童子，你想出答案了吗？”

“在此时此刻，你我想到梦到听到看到的应该都不一样吧，就算是同一个自己在上一秒和下一秒，也能觉察出这种不一样的感受和矛盾。所以，眼前的景象是真实的吗？这一个多月来发生的事是真实的吗？所以，这个世界是真实的吗？”

“这个世界是真实的吗？”卢轲远远听到这句疑问，也陷入了悠悠浮想中：

明月朗照之下，月华似可透瓣而出，上下天光，天上明月，地上梨花，两处洁净，相映成趣，增加了几分迷离，几分虚幻。这究竟是春天还是秋天，又究竟是月华还是梨花？

“快看天上，像是星星在下雨呢。”海子打破了片刻的寂静。

“天上滑动的是流星，半空中闪烁的是流萤。”

“此情此景，好美呀。师父，给我读首诗吧？”

“嚯，一天天猴精猴精的，怎么就突然会喜欢诗了呢？”

“虽然不会哭，跟着艾蒿熏烟就会掉眼泪嘛。我这不会诗，跟着师父熏陶也就有了诗情呗。再说，如此空旷的地方，你读诗就当是送给朱子溪上月夜泛舟的旅人吧，他们听了路上就不会孤独啦。”海子眼圈泛红。

“蹊跷！童子，竟然哭了？你这是日头从西边出来，石头精竟变得多愁善感起来！”筱郎带些疑惑笑着对海子说道，“好吧，我想起来唐代诗人杨凝《行思》，正应景呢：千里岂云去，欲归如路穷。人间无暇日，马上又秋风。破月衔高岳，流星拂晓空。此时皆在梦，行色独匆匆。”

筱郎念着诗领着海子缓缓往家的方向走去。《行思》尚未读完，已经消失在卢轲视线之外了，卢轲的魂魄仿佛也跟着他们回去了。极目所望，宛如混沌初开，星辰列阵，自成一派无倚无待的空灵之境。

“舟子该走了！等会该起雾了！”连山提醒痴痴的卢轲，往前移动着舟子。

卢轲心里无限怅然：筱郎真的已经不认识自己了。

“连山大佬，真奇了。这初秋梨花开放，又开始下雪了？”卢轲伸了伸手，却够不着岸边白茫茫的一片。

“读书人啦，这不是雪，是盐肤木。这果子会长出盐来，远处看着白白的像雪。”

“那就当是雪吧，此时的心情需要雪。”卢轲心里默念着。

卢轲回想起还在戌时的时候，他和筱郎一起去送画像。两人携手从围楼出门沿着崇福桥出来，沿着白马潭岸边顺时针走，数到堤岸上第二十四棵柳树，就把包裹挂在柳树临水的树枝上。照着冯小青的吩咐，筱郎念了三声：“自思自解自商量，心可在，魂可在，着衫又捻裙双带。”

办完事情后，卢轲拉着筱郎迅速离开，走了大约二十步，听到身后似有青年女子凄厉的声音从那柳树处传来，似在吟咏，两人就暂停了脚步。卢轲只听清了这两段内容，都是夏完淳创作的《南仙吕》中的句子：

客愁新，一帘秋影月黄昏。几回梦断三江月，愁杀五湖春。霜前白雁樽前泪，醉里青山梦里人。

两眉颦，满腔心事向谁论？可怜天地无家客，湖海未归魂。三千宝剑埋何处？万里楼船更几人！

接着，就听到那女子发出哀号，声音悲痛欲绝，想必她就是冯小青吧。卢轲、筱郎都觉得毛骨悚然，牵着彼此汗津津的手不敢回头张望。

那哭声似从脑腔嗡嗡发出，回音令人眩晕，紧接着声音在喉舌之间一唱三咏后，又滑入心肺之间传出，让聆听者情不自已，觉得又熨帖又悱恻。不久后声音又沉入丹田，余音沉郁苍凉，让人不禁忘掉身心，与天地混沌在一起。悲戚之声宛如从遁入的地下发出，激越栗烈大有山崩地坼之势。

从柳树处离开后，筱郎按着当初和冯小青的约定，继续绕潭顺时针方向往家里走去，卢轲不紧不慢地跟在后面。当他们再次走回崇福桥，二人点头惜别。卢轲站在桥上，目送前来接驾的大花、小花陪着筱郎离去，直到他们的身影消失在暮色中。

岭上传来两杖鼓声，把卢轲从记忆中拉回，连山大佬也仔细听了听，又摇头叹了叹气。

卢轲好奇地问："连山大佬，这鼓声有什么问题吗？"

"双杖鼓，平日里节奏急促劲爆，跟打雷电掣一个样，是为了驱赶野猪的。今天的声音听着这般低沉迟缓，听着让人感觉心里乱乱的。这肯定是山上的，快出来吧，我晓得你是来送别故人的！"

那击鼓之人果真从崖壁的林子里探出身子来。

"二楞，果然是你呢。大才子，快看，是他！"连山说道。

二楞依然沉默，瞥了一眼伫立在扁舟之上的二人身影，又遁入林里。只听得他一会儿哭一会儿唱，继续用双杖鼓打着节奏。卢轲跟着节奏动动脖子，这会儿才像是读懂了这声音：它一定是来自心情极快乐、极柔软的人，并且也是极孤独的人。

"大才子，我来问你。筱郎为谁而哭？"连山大佬问话的口气也像一个一脸认真的孩子。

"为……为大姐薏郎吧？"卢轲脸背着连山，满眼噙泪。

"那个游魂冯小青呢？我在戏里听说她是晚明的人，到现在有三百多岁喽。"

"为超越轮回生死的执着，为她的梦，为一袭华裳在哭泣！"

"海子这伢子好像也哭了？"

"小童子为青春烦恼，也为旅人而哭吧？"卢轲说的"旅人"主要是说他自己，但是语气有点动情，声音有点哽咽。

"还有狼呢，也在哭。它为谁而哭，为什么事……"连山问完，看卢轲保持沉默，就自问自答，“我晓得，晓得狼寻不着同伴，为无边的孤独在哭，为无边的黑暗在哭。”

“唔。大佬，您说，二楞叔叔为什么哭呢？”卢轲问道。

“你说呢？”

“我不知道。”

“他呀，看上去癫狂，其实呢是这山里的半个‘圣人’。他是在为他自己，为你，为我，为所有苦难的、地上的、地下的众生在哭泣。”

“人也好，狼也罢，都是有情性的。他们的眼泪都感人至深，汇聚在一起，就像一颗颗透亮的珍珠，又通过宁静的朱子溪这条星河线来串起来……这是我在这个夏天里最难忘、最精妙的收获。”

月色和周边的秋霜渐渐相容，仿佛要把周围的一切都刷成夜幕这块画布上的洁白的底色，而这子夜也更加凄清寂静了。

“咳咳咳（清嗓子声音）……我唱首《鹧鸪天》，要不咱爷俩呀一路静得发慌呢。你听着哈：拾得藤蓑挂破船，芦汀柳岸两悠然。曈昽海日生残夜，烂漫江春入旧年。霞散绮，绿飞烟，侬家何处不青天？星辰滥摘从人买，只索苔阴数颗钱。”连山大佬看卢轲听得入迷，又说道，“才子哥，轮流唱喽，该你了！”

“那我唱一首，自己作的《卜算子》吧：

揽月最相宜，天水两冰洁。昔梦江南寻月时，春枕梨花雪。

惺眼又盈盈，已是秋时月。一样毫光一样明，褪尽夜儿黑。”

该连山大佬唱歌啦，可是他迟迟没有张嘴，半天才说：

“‘一样毫光一样明，褪尽夜儿黑’，看似寻常白话，却很有嚼头，听着听着，在这夜晚仿佛我的眼睛突然明亮起来，能看到极远处咧。《卜算子》，真不错，才子哥儿……哎，又该我啦，唱不动了，醉了。”

“连山大佬，诳我吗？您今天可没喝酒呢！”

“虽没喝酒，但是想到你在这儿的一个多月发生的新鲜奇闻，我的心早已经醉喽。”

月光的触角追上舟子，正匍匐在朱漆木箱的戗金图案上，上面镶嵌的两只牙雕白鹤竟像有了灵气，展翅欲飞。

这一景象被卢轲看到了，几乎同时连山也看到了：

“才子哥儿!”

“连山大佬!”

两人几乎同时开口。稍做停顿，连山说道：

“我晓得你想问木箱中是什么?”

“非常想知道!”

“提示一下，你最稀罕九竹林里什么声音?”

“雨声。”

“知卢轲者，筱郎也。趁着月光正好，想看就打开看看吧?”

卢轲小心揭开封条，打开盖子，看到里面是一个如意形云龙纹滴水瓦。这一看就是沐家围楼房顶的一款老瓦，经过无数风雨的洗刷雕琢，表面光滑锃亮，但上面的图案仍旧清晰可辨。

卢轲明白筱郎送老瓦的意思，思念是没有声响的，可是手一触碰到它，似乎会发出绵延悠长的召唤：

“‘一春梦雨常飘瓦’，我若思念，心里面就住着一个淅淅沥沥、淋淋漓漓的雨天，此景此念，从不曾走远。”

连山大佬看着痴痴的卢轲笑了，说道：

“到中游这一段，溪水比较平缓，你来推舟，我来睡觉，公平吗?”

“好咧，您来休息，我来撑篙。”

卢轲接过篙，撑着舟还算娴熟地往下游驶去。没行多久，躺在船舱里的连山就在自己发出的雷鸣般的鼾声中睡着了。

“呃，呃!”连山倏地挣扎着醒来，似乎惊魂未定。这样子着实把卢轲吓了一跳。

“记得才子哥你初来朱子溪，一路醉倒，做了很多南柯喽。我在溪上，刚刚也做了一个南柯。”

“连山大佬，说来听听?”

“我呀，梦见你的画展火了，火得一塌糊涂。你不仅成了大画家，忙得团团转，我竟也跟着忙得前胸贴后背，你说稀奇不？因为你画上有我，我也跟着出名了。每天都有人要来采访我，要坐我舟子。可是人实在太多了，我应付不过来，只好每登一回舟，我就收取高额的船票来拒绝采访。就这呀还是挡不住外面的文明人排队要来的热情。令我吃惊的是，他们很快给我的舟子上，堆满了各式金币、银币和钞票。就在我茫然无措的时候，舟子就沉了。沉底了，晓得不，这可把我这老家伙害苦喽……唔，梦里跟真的一样……西林寺，到了。”

舟子摸黑靠岸，连山和卢轲来到西林寺，二人要来个秉烛夜谈。进院还是卢轲初次来见到的那位女居士出来招待。她笑容可掬，眼神所向，是云淡风轻一般的自在随和。寺院里，一个角落有个义工在打扫，背影很像是小梧。卢轲朝她喊了一声，对方没有应，很快就隐在了暮色之中。

女居士端上来一个托盘，里面有几样精致的小菜和果品，外加一壶茶。

卢轲看见放在桌子上的托盘里，还有一张字条，上面写道：

法师云游远方，叮嘱留守每日俱需止语自新；同时临走前交代，若卢先生再过敝寺，务必要赏光留份墨宝呢！

卢轲坐在临窗的阁子中，铺开案子上的宣纸，思考该写什么呢？抬头正好可以看见朱子溪在竹影摇曳中蜿蜒溯洄。上游九竹林方向的溪上闪烁着流萤，溪面点缀着河灯，这样远远看去，朱子溪就像移动的游龙，默默闪耀着金色的鳞片。而下游的黑石滩只可听到潮水的声音，景致更是漆黑一片的模糊混沌。此时，他心清如水，笔走龙蛇，倏然写下：

朱溪萤火黑滩潮，
载入轻舟愁不消。
酹酒忘归一枕梦，
朱溪萤火黑滩潮。